Ismene Poulakos

Haut aus Glas

Köln Story Band 1

Roman

Kann man verliebt sein, ohne sich je gesehen oder gehört zu haben? Die 40-jährige Eliza, unerfüllt in Job und Ehe, schreibt monatelang mit Alexander aus Köln über eine Dating-App. Als sie ihn endlich treffen will, verschwindet er auf mysteriöse Weise. Ist es nur Ghosting, das wortlose Verschwinden des digitalen Zeitalters? Oder steckt mehr dahinter? Eliza spürt, dass etwas nicht stimmt. Mit Alexander. Mit ihrem Leben. Die Journalistin ergattert einen Auftrag in Köln und begibt sich für ein Wochenende auf die Suche. Im Hostel trifft sie die viele Jahre jüngere Sirin. Die Barkeeperin ist mitten in einer Lebenskrise, wütend auf ihre Mutter, wütend auf das Leben. So unterschiedlich die beiden sind, sie spüren eine Verbindung. Beide sind auf der Suche, beide haben ihre Gefühle gegen Gleichgültigkeit getauscht und wollen, dass das Leben endlich anfängt. Doch Gefühle sind gefährlich. Auf der Rolltreppe kreuzen sich Alexanders und Elizas Wege. Was dann beginnt, ist ein rasanter Großstadt-Movie in einer Stadt, die das Thema Sehnsucht feiert wie kaum ein anderer Ort in Deutschland.

Ismene Poulakos, Jahrgang 1970, lebt in ihrer Wahlheimat Köln und hat jahrelang als Journalistin beim »Kölner Stadt-Anzeiger« gearbeitet. Studiert hat sie Soziologie, Psychologie und Medienwissenschaften und arbeitet jetzt in einem tiefenpsychologischen Forschungs-Institut. Mit ihrem ersten Roman hat sie sich einen kleinen Traum erfüllt und plant weitere »Köln-Storys«. Sie ist im Hunsrück aufgewachsen und seit 25 Jahren bekennende Bewohnerin von Köln-Nippes (»bestes Dorf Deutschlands«). Sie hat zwei Kinder und ihr Kater heißt nicht Keith Richards, sondern Tzatziki.

IMPRESSUM

1. Auflage 2023
Copyright © 2023 Ismene Poulakos
Gustav-Nachtigal-Str. 39, 50733 Köln

Cover: Poulakos/Lange mit Canva

Satz: Constanze Kramer, coverboutique.de

Herstellung und Verlag:
BoD – Books on Demand, Norderstedt

ISBN 978-3-75681-325-4

Für meine Kinder

PROLOG

Der junge Mann sitzt vor dem Rechner, konzentriert, die Augen müde, ein geplatztes Äderchen zieht sich durch das Weiß wie ein Sprung in einem Wasserglas. Nur die Wangenknochen werfen feine Schatten, sein Gesicht schimmert bläulich-blass im Licht des Monitors. Er schiebt eine Strähne hinter sein Ohr, immer wieder, und tippt schnell, obwohl er nur zwei Finger benutzt. Längst muss er nicht mehr alles überprüfen, was es ausspuckt. Zumindest das klappt. Was er hier tut, ist nicht okay. Wenn er nachdenken würde, wirklich nachdenken, dann würde er seine Tasche packen und einfach gehen. Wohin? Weiß er nicht.

Doch er denkt nicht nach. Die Konsequenzen? Egal. Das hier: egal. Die Trennung? Spürt er nicht, wenn er sich anstrengt, nichts zu spüren. Sie beim Namen zu nennen tut weh. Wer dem Schmerz ausweichen will, tut gut daran, den Dingen keinen Namen zu geben.

Was ist schon okay? Er folgt einfach den Anweisungen. Die Entscheidungen liegen nicht bei ihm. Gut oder schlecht? Gut ist es, einen guten Job zu machen, zu funktionieren. Funktionieren wie seine zwei Finger auf der Tastatur. Funktionieren wie sein Code, der keinen Kummer kennt.

ELIZA

Ihre bloßen Füße stehen auf den Schachbrett-Fliesen, schwarz, weiß, schwarz, weiß. Der Küchenboden ist kühl, fast zu kühl, aber unter dem verschlissenen gelben Frotteebademantel speichert sich die Wärme der Nacht wie in einem Kirschkernkissen. Keith Richards streicht flirtend um ihre Beine, sein Fell kitzelt an ihren Waden. Er gähnt mit weit aufgerissenem Maul, sodass sie jeden seiner spitzen hellen Zähne und die rosa Zunge sehen kann. Dann starrt er sie an, herausfordernd, die Augen dunkel vor Gier.

»Gleich, Süßer!«

Eliza löffelt routiniert Kaffee in die Glaskanne. Der Duft ist ihr Signal für einen neuen Tag, ein Weckruf: Träume abschütteln, loslaufen, funktionieren. Morgen für Morgen ein Neuanfang, das Pulver eine Verheißung, die Spuren auf dem maserigen Holz der Arbeitsplatte hinterlässt. Warum kaufen eigentlich alle gerade Kaffeeautomaten? Teure Dinger, die so viel kosten wie ein Urlaub. Mit Düsen oder ohne, herausnehmbar oder fest. Bei jeder Gelegenheit werden endlose Pro-und-Kontra-Listen ausgetauscht, wird über den perfekten Kaffee räsoniert. 15 oder 19 Bar? Kegel- oder Scheibenmahlwerk? Nichts davon macht das Leben lebenswerter! Ihr reicht eine French Press, Kaffeepulver und eine Prise Zimt.

Keith Richards wird jetzt laut, das Reiben drängender. Sein Hunger scheint echt. Sie haben den Kater im vergangenen Jahr aus dem Tierheim geholt, Tim wollte ihn nicht, aber sie war irgendwie berührt von dem Tier. »Beschädigte Ware«, hatte die Pflegerin kommentiert und war dann überrascht, den ramponierten Kater loszuwerden und nicht die blauäugige Siamkatze, mit der Tim angebändelt hatte. Keith Richards war ein Streuner gewesen, strubbelig, voller Narben und einem halb abgerissenen Ohr. Eliza stellt sich gerne sein Leben auf der Straße vor, purer Rock 'n' Roll, voller Abenteuer, durchwachter Nächte und vorüberziehender Liebschaften. Jetzt ist er kastriert und sieht ziemlich verlebt aus.

»Du hast es richtig gemacht! Gelebt, gelebt, gelebt. Es richtig krachen lassen.«

Sie beantwortet seine Avancen mit ihrem großen Zeh, wohl wissend, dass er nur auf die Futterdosen im Schrank über ihr scharf ist. Eliza spürt noch einen Moment die kalte glatte Oberfläche der Fliesen und den warmen Körper an ihrer Haut, dann schlüpft sie in ihre Pantoffeln.

Im Hintergrund murmelt der Radiosprecher, es geht um Donald Trump und seinen Wahlkampf. »Ich küsse sie einfach, ich warte nicht ab«, zitiert der Sprecher den Mann, der sich für das höchste Amt der USA bewirbt. An Elizas Unterarm stellen sich die feinen, blonden Härchen auf. »In was für einer Welt leben wir eigentlich?«, fragt sie den Kater, der sich jedoch nur für seinen Futternapf interessiert. Sie gießt heißes Wasser in die Kanne. Während der Kaffee zieht, greift sie zum Messer. Der Brotkasten hat neuerdings einen Platz oben auf dem Regal, neben den Gewürzen. Sie muss sich auf die Zehenspitzen stellen, um dranzukommen. Seit einigen Monaten ist sie die Kleinste in der Familie. Selbst Mia überragt sie, Niklas hat sogar seinen Vater längst eingeholt und ist einen ganzen Kopf größer als seine Mutter.

Eliza drückt das Brot an ihre Brust. Langsam und präzise schneidet sie in den krustigen Laib, Scheibe um Scheibe säbelt sie sich durch die Rinde in das weiche Innere und baut einen Brot-Turm auf der Anrichte. Die Kinder haben bis zum späten Nachmittag Schule, sie schmiert für jedes zweimal zwei Hälften. Niklas will alles mit einer dicken Schicht Senf, egal, was sich darunter befindet. Mia ernährt sich seit drei Wochen vegan, noch mehr Gründe, um zu meckern. Nur ihr Mann Tim verspeist alles klaglos, was sie ihm zubereitet, die Supermarktwurst aus der Plastikpackung genauso wie den teuren französischen Brie vom Käsestand. Mechanisch beginnt Eliza die Brothälften zu bestreichen, mit Senf, Butter, Cashew-Creme.

Verstohlen schielt sie auf ihr Handy, das neben der Kaffeedose liegt, hält kurz die Luft an. Schnell tippt sie auf das Display. »Sie haben Nachrichten.« Sie atmet aus. Später.

Die Brotdosen haben ein System, für jedes Familienmitglied eine Farbe. Niklas blau, Mia rot, Tim hat gelbe Boxen. Eliza nimmt, was übrig ist, die grüne, die lilafarbene, die gemusterte, die mit dem übrig gebliebenen

Deckel, die dann nicht richtig schließt. Eigentlich sind die Kinder schon viel zu groß für die geschmierten Stullen, die Müsliriegel und die gründlich gewaschenen Kirschtomaten. Sie hält an diesen jämmerlich kleinen Zeichen der Fürsorglichkeit fest, die möglichst viele Unzulänglichkeiten ausgleichen sollen. Überstunden in der Redaktion, vergessene Elternabende, in letzter Minute eingepackte Geburtstagsgeschenke. Ihr morgendliches Ritual ist aus diesen gefühlten Defiziten entstanden, ein Ablasshandel: unzählige Stunden Rabenmütterlichkeit im Tausch gegen Butterbrote.

Tim steht als Erster im Pyjama in der Küchentür, noch ganz knautschig vom Schlaf. Das ansonsten so glatte Gesicht ist mit einer hauchdünnen Stoppelschicht bedeckt, er blinzelt ohne Brille.

»Morgen«, brummt er. Irgendwas an seiner Haltung erinnert sie an Niklas, an den kleinen Nik in seinem Dino-Schlafanzug, den Stoffhasen unter den Arm geklemmt, das Gesicht ratlos zwischen Traum und Wachsein. Sie schäumt warme Milch auf und reicht Tim seinen ersten Kaffee. Er hat ein bisschen abgenommen in den letzten Monaten, fällt ihr plötzlich auf. Das Gesicht ist an den Rändern nicht mehr so verwischt, konturierter. Wieso hat sie das noch nicht bemerkt? Mit seiner Tasse verschwindet er in Richtung Bad.

Niklas kommt in die Küche gerumpelt, die Haare verwuselt, schon fertig angezogen mit Trainingshose und grünem Sweatshirt-Hoodie, in der Hand sein Handy, wie festgewachsen.

»Moin, Mutter.«

»Guten Morgen, Sohn.«

Ein exklusiver Scherz zwischen ihnen, ein rituelles Band aus drei Worten. Ein Jahr noch, dann hat er sein Abi. Wer ist eigentlich dieser junge, gutaussehende Mann? Von seiner Welt außerhalb ihres kleinen Reihenhauses weiß sie fast nichts mehr. Beruhigend und beunruhigend zugleich.

Niklas reißt die Kühlschranktür auf, greift nach dem Orangensaft, schraubt den Deckel ab und setzt die Öffnung an den Mund.

»Nik!«, mahnt Eliza.

Ihr Sohn grinst, kneift die Augen zusammen, trinkt in gierigen Schlucken.

»Ich mach ihn leer.« Er rülpst und hält sich gerade noch die Hand vor den Mund.

»Kannst du noch den Müll mit rausnehmen?«, bittet sie, einfach um etwas Normales zu sagen, etwas Mütterliches.

Er rafft nachlässig die Tüte zusammen und ist schon wieder auf dem Weg nach draußen. In der Tür dreht er sich noch mal um.

»Ich geh nach der Schule direkt zum Fußball und dann zu Marco.

Tschö, Mama.«

»Tschö, Großer!«

Erst jetzt trinkt Eliza einen ersten Schluck Kaffee, süß und bitter, und sieht Niklas' blaue Brotdose auf der Arbeitsplatte. Sie öffnet das Küchenfenster, beugt sich über die Brüstung und sieht ihren Sohn nur noch von hinten.

»Niklas«, ruft sie. »Nik!« Doch der hat Kopfhörer auf, wippt im Takt lautloser Musik und schaut sich nicht um.

Was soll sie jetzt mit den in Senf getränkten Schnitten machen? Unschlüssig steht sie am Fenster und legt dann die blaue Box auf die gelbe von Tim.

»Mama?« Mia steht hinter ihr. Sie hat die erste Stunde frei, kann sich also Zeit lassen, braucht aber am längsten im Bad. Wie eine Zollbeamtin auf Drogenfahndung öffnet sie die rote Box, inspiziert die Brothälften und schnuppert daran.

»Alles fleischfrei«, sagt Eliza stoisch. »Keine Spur von Tier.« Schnell wischt sie über die Arbeitsplatte und verstaut die Aufstriche im Kühlschrank, während Mia ebenfalls verschwindet.

Endlich sind alle versorgt und aus dem Haus. Eliza atmet tief durch und setzt sich mit einem zweiten Kaffee an den Küchentisch. Nicht mal das Radio plappert mehr, Tim hat es auf dem Weg nach draußen ausgemacht. Die Stille des Hauses fühlt sich an, als würde sie ihren Kopf unter Wasser stecken.

Jetzt. Sie greift nach ihrem Handy, öffnet die Nachrichten.

ALEXANDER
Guten Morgen, meine Schöne. Montag!
Du wirst dein Meeting heute gut
überstehen. Ich denke an dich.

Sie muss lächeln, in ihrem Bauch fühlt sich der Kaffee plötzlich warm und weich an.

> ELIZA
> Ich denke auch an dich.

Kurz legt sie die Hand auf das warme Display und steht dann mit einem Ruck auf. Rasch packt sie ihre Tasche, zum Duschen reicht die Zeit nicht. Sie muss um neun in der Redaktion sein, Themen-Meeting. Schnell schlüpft sie in Jeans, T-Shirt und ihre graue Strickjacke. Zwiebel-Look, damit kann sie nichts falsch machen.

SIRIN

Medikamente? Nein. Chronische Krankheiten? Nein. Allergien? Nein. Sirin sitzt im Wartebereich des Strahleninstituts, durch das Fenster kann sie den Kölner Dom sehen und füllt den ärztlichen Fragebogen aus. Meine Güte, sie ist erst 27. Wie krank ist das denn? Rauchen? Okay, ja! Alkohol? Schon! Geht die nichts an. Zweimal nein.

Herzschwäche? Hallo?

Oder vielleicht doch, aber anders. Also: nein!

Kurz fragt sie sich, wie sie hier hingeraten ist, auf den weißen Plastikstuhl mit Blick auf einen billig gerahmten Mark-Rothko-Druck in Blau-gelb, an den

Rändern schon leicht eingerissen. Was soll sie hier? Im Strahleninstitut. Hier strahlt gar nix, auch nicht die alten Frauen um sie herum, Frauen über fünfzig, so alt wie ihre Mutter, Großmütter, die brav ihren Einladungen zur Mammografie folgen. Echt jetzt?

Ihre Frauenärztin hat vor zwei Tagen bei der Vorsorgeuntersuchung etwas ertastet, kaum zu spüren, aber irgendwie schien es ihr bemerkenswert. »Machen Sie zur Sicherheit mal eine Mammografie«, hat sie gesagt. Gar nicht aufgeregt, fast wie nebenbei.

Zur Sicherheit. Das hatte beruhigend geklungen, langfristig. Irgendwann würde sie zur Sicherheit mal eine Mammografie machen. In zwei Monaten, zwei Jahren, zwanzig Jahren. Wenn sie 47 ist, kurz vorm Sterben.

Zwei Stunden nach der Untersuchung rief die Praxis sie schon auf dem Handy an. Eine Arzthelferin, zuvorkommend, fast schleimig: »Ich habe Ihnen einen Termin im Strahleninstitut für Mittwoch festgemacht. Wir hatten Glück, um 11 Uhr war noch was frei.«

Was für eine Scheiß-Definition von Glück! Sirin wollte sie schon abwimmeln, am Mittwoch, da bin ich verabredet, kann ich nicht, sorry. Aber sie hatte gar nichts mitzureden. Mittwoch um 11, das war keine Frage, das war längst entschieden.

»Denken Sie an die Überweisung«, sagte die Arzthelferin noch wie eine besorgte Mutti, bevor sie auflegte.

Sie rutscht nervös auf dem Plastikstuhl hin und her und kreuzt weiter Neins an. Schilddrüse? Nein. Diabetes? Nein. Krebserkrankungen? Nein!

16

Nein, nein, nein!

Was das hier dauert! Die Uhr über der Anmeldung springt jetzt um, auf 11:23. Fünf Minuten. So lang wartet sie noch, dann geht sie einfach. Ihr linker Fuß macht sich selbständig und trommelt nervös auf die grauen Fliesen. Immer noch 11:23.

Eine hagere Frau mit erdbeerroten Haaren blättert in einer »Women's Health« und nimmt dann Sirins Sneakers ins Visier. Der Blick ist nicht nett. Sirin starrt so lange zurück, bis sie ihren gefärbten Schopf wieder in das Magazin versenkt. Blöde Kuh.

»Sirin Wilde?« Eben wollte sie nicht mehr warten, jetzt würde sie am liebsten auf dem weißen Plastikstuhl kleben bleiben. Geht nicht. Die Frau im weißen Kittel schaut sie auffordernd an und begleitet sie zu einer weißen Tür.

»Hier können Sie sich frei machen. Vergessen Sie nicht abzuschließen.«

Noch 'ne Mutti.

Über der Bank hängt ein Spiegel, in dem sie ihr blasses Gesicht sieht. Sie betrachtet ihre fast schwarzen Haare, das Tattoo auf ihrem Hals, ein mexikanischer Totenkopf. Spontane Entscheidung, vor einem Jahr. Der Shop hieß »Sorry Mom« und das hatte sie so amüsiert, dass sie einfach reinging. Drinnen hat sie ein speckiges Booklet voller laminierter Vorlagen durchgeblättert.

»Den Totenkopf? Auf den Hals? Bist du sicher?«

»Ja, ganz sicher. Fang schon an.«

Der Tätowierer erklärte beim Stechen, dass so ein Totenkopf einen Verstorbenen symbolisiert.

»Oder jemanden, der nicht mehr bei dir ist.«

Wie passend. Der Schmerz hatte sich gut angefühlt, ein kleines magisches Ritual, eine gerechte Bezahlung.

Sie fährt mit dem Finger über die feine Zeichnung, schluckt.

Die Umkleide ist so klein, dass sie sich kaum bewegen kann. Mit Aufhängern für Klamotten und einer Bank, an der Wand befestigt. Alles weiß. Wie im Schwimmbad, früher.

Es fehlen nur der Chlorgeruch, die Sonnencreme und der Bikini. Die Hitze. Es fehlt eigentlich alles.

Sirin kriegt kaum Luft, ihr Brustkorb ist eng, zu eng.

Als sie sich fertig ausgezogen hat, sitzt sie da, mit nacktem Oberkörper, die Arme über der Brust verschränkt, und wartet.

ELIZA

Viertel vor neun ist Eliza im Büro, bucht sich mit der neuen Shared-Desk-App an einem der fünfzehn Arbeitsplätze ein. Auf einem Tisch in der Mitte des Raums liegt ein Berg Kosmetik. »Zum Mitnehmen« hat jemand auf einen Zettel geschrieben, ihr Blick schweift über die erschöpfende Vielfalt an Produkten, Contour, Highlighter, Blush, eine eigene Sprache. Sie bleibt an einem Camouflage-Make-up hängen, nimmt es in die Hand und legt es dann doch wieder zurück auf den Pröbchen-Gipfel.

»Guten Morgen, Eliza«, ruft eine Stimme quer durch den Raum, die Redaktions-Assistentin, sie ist immer als Erste da.

»Morgen, Bettina.«

Dann setzt sie sich mit ihrem Laptop in den Meeting-Raum, noch allein am langen weißen Tisch, ganz am Rand, toter Winkel. Noch schnell die Agenturen nach Themen scannen, falls sie angesprochen wird. Unwahrscheinlich, aber wer weiß.

Eliza arbeitet seit acht Jahren als Redakteurin bei dem Frauenmagazin »Melli« – Gesundheit, Familie, Mode, Kosmetik, Entertainment. Content für die ganz normale Frau, wie Anna immer betont. Eliza ist nie klar geworden, was eine ganz normale Frau sein soll, aber offenbar kann sie ihren Job auch ohne dieses Wissen bewältigen.

Die Chefredakteurin rauscht um 9:01 rein, zieht einen Duft nach Frühling hinter sich her. Irgendwie zu frisch für die Jahreszeit. Sie ist zehn Jahre jünger als Eliza, die blonden Haare akkurat zum Bob geföhnt, weiße Jeans, weiße Sneakers, weiße Zähne. Eliza rutscht mit ihrem Stuhl noch ein paar Zentimeter nach hinten und zupft an ihrem nachlässig zurückgebundenen Zopf. Es ist ihr ein Rätsel, wie man schon am Morgen so perfekt aussehen kann, sie selbst müsste für ein halb so überzeugendes Ergebnis um fünf Uhr aufstehen und sich stundenlang im Bad einschließen. Anna liefert sogar noch ihre Tochter vor der Arbeit im Kindergarten ab. Morgen für Morgen, energetisch wie ein Eiweißriegel.

Seit vergangenem Jahr ist Anna der Kopf von Melli, ein Überraschungscoup des Verlagsleiters, der die alte Chefin mit Anfang 60 in Frührente geschickt hat und ein »junges Talent« präsentierte. »Hi, ich bin Anna, lass uns das hier rocken«, hatte sie gesagt und erst mal alle geduzt, auch den Verlagsleiter, der ziemlich verdutzt geguckt hat. Dann hat sie sich umgeschaut, die Schreibtische mit den Papierstapeln und Familienfotos fixiert: »Als Erstes räumen wir auf.« Seitdem wird im Shared-Desk-System rotiert und zum Dienstschluss jede Spur der eigenen Anwesenheit eliminiert.

Anna setzt ihre Brille auf, groß mit schmalem, goldenem Rand, studiert kurz die Themenliste auf dem Tablet, streicht sich beiläufig durch die glänzenden Haare und lächelt in die Runde. »Dann mal los«, ruft sie wie eine Animateurin im Cluburlaub. Zehn Frauen und der Grafiker sitzen um den Tisch und kramen in ihren Notizen. Anna verkündet die digitalen Reichweiten der Artikel: »Wir sind wieder gewachsen«, jubelt sie. »Franziskas Reportage über weibliche Gründerinnen von Tech-Start-ups ist unser erfolgreichster Klickbringer. Also traut euch ruhig auch mal andere Themen anzupacken.« Alle klopfen routiniert mit den Fingerknochen auf den Tisch. Franziska, gerade mal Anfang 20 und seit sechs Monaten Volontärin, glüht vor Stolz.

Eliza kennt den Artikel, hat ihn selbst bearbeitet. Liebevoll bearbeitet. Das Thema war gut, Franziska hat

Feuer. Aber ihre Schreibe? Eine Katastrophe! Stunden hat sie damit verbracht, das Chaos in einen lesbaren Text zu verwandeln. Eigentlich hätte auch ihr Name in die Autorinnenzeile gehört, aber das ist ihr nicht so wichtig.

Marie schlägt vor, eine einflussreiche Kunst-Influencerin zu porträtieren. »Die mischt diese langweilige Kritiker-Szene total auf.« Sandra will die Nachhaltigkeit von Kosmetik auf den Prüfstand stellen, »die schummeln mit dem Mikroplastik.« Anna zögert. »Achtung, Anzeigenkunden«, sagt sie und zwinkert. Sandra will protestieren, sie öffnet schon den Mund, da redet Franziska einfach rein: »Sollen wir mal was über vegane Burger machen?«

Anna erzeugt ein Energiefeld um sich herum, ein hektisches Sirren, wie von Insekten, die eine Lampe umschwärmen. Von ihrem Platz am Rand beobachtet Eliza das heftige Bemühen der Kolleginnen, mit ihren Vorschlägen anzukommen. Sie selbst schweigt, kritzelt nur hin und wieder etwas in ihr Notizbuch, denkt an ihre Nachrichten, die sie noch mal checken will, es ist dringend, wie der Wunsch nach einer Zigarette. Vor den Schwangerschaften hatte sie noch geraucht, sie weiß noch genau, wie der Suchtdruck langsam anstieg und welche Erlösung es war, dann endlich die Packung rauszukramen, das Feuerzeug klicken zu lassen und den ersten tiefen Zug in der Lunge zu spüren.

»Wer will eine Story über die beste Karaokebar Deutschlands schreiben?«, fragt Anna in die Runde, als würde sie nicht ein Thema anbieten, sondern Freigetränke. Schweigen. »Die haben gerade einen Award gewonnen«, lockt sie. »Niemand hier, der am Wochenende nach Köln fahren will?«

Elizas Herz pumpt schneller, mehr Sauerstoff, das Blut schießt ihr ins Gesicht. Sie will etwas sagen, aber ihr Hals wird ganz eng, ein zu ungewohnter Impuls. Es dauert zu lang, als würde sich ihr auf Unsichtbarkeit gedrillter Körper gegen den seltenen Kommunikationsversuch im Konferenzraum wehren. Sie zieht hörbar die Luft ein, Anna bemerkt das Geräusch, guckt sie auffordernd an. Es ist nur ein kleines Loch aus Schweigen, doch in das ruft die Volontärin Franziska, offenbar gehyped vom Lob eben, mit ihrer quietschigen Stimme hinein: »Ich mach das! Karaoke ist cool.«

Annas Blick verweilt noch einen Moment auf Eliza. Doch die zieht den Kopf ein wie eine Schnecke, die sich in ihr Haus zurückzieht. »Alles klar. Die Reise geht an Franziska«, freut sich Anna. »Superduper. Sorg für Videos. Und such dir bitte ein günstiges Hotel, ein sehr günstiges.« Anna zuckt mit den Achseln: »Leute, das Budget ist knapp.«

Eliza fühlt sich erschöpft. Der Impuls, sich zu melden, »Ja, ich mach das!« zu rufen, steckt ihr noch im Hals fest und erzeugt dort ein unangenehm verstopftes Gefühl. Franziska nickt, grinst breit.

»Klaro, ich steh sowieso mehr auf Hostels.«

»Eliza, kannst du die Energiespartipps übernehmen? Der Winter kommt. Setz einen Schwerpunkt auf Gemütlichkeit – ›Wärme trotz Sparen‹ oder so was in der Art.«

Dann schenkt ihr Anna ein Lächeln, ein perfektes Anna-Lächeln, und für eine Nanosekunde wird Eliza sauer, richtig sauer. Dann nickt sie.

Anna zeigt eine Reihe sehr gerader Zähne.

»Toll, danke. Weiter geht's, wir sind durch mit den Themen.«

Alle strömen in Richtung Glastür. Auf dem Vinyl-Holzimitat, den abgetretenen Teppichboden hat Anna kürzlich austauschen lassen, klackern die Absätze ihrer Kolleginnen. Nur Eliza sitzt noch auf ihrem Stuhl, wartet, bis der Raum leer ist. Sie fröstelt, schließt ihre Jacke bis zum obersten Knopf und starrt einen Moment ins Leere.

Langsam steht sie auf. Die beste Karaokebar Deutschlands, das klingt grauenhaft. Überteuerte Getränke, schief singende Frauencliquen, baggernde Typen und jede Menge Schadenfreude – zum Fremdschämen. Eigentlich ist sie zu alt für so was. »Viel Geld bezahlen, um sich zum Deppen zu machen«, fasst Eliza die noch nicht geschriebene Reportage in Gedanken zusammen. Franziska wird das schon machen und sie, Eliza, wird den Steinbruch aus Wörtern im Anschluss in einen lesbaren Artikel verwandeln. Ist besser so.

Sie schüttelt kurz die Taubheit aus ihren Beinen, wahrscheinlich zu lang gesessen, und geht zügig zu ihrem Desk. »Wärme im Leben trotz Energiesparen!« Alles klar, nichts leichter als das, sie liefert zuverlässig und dann: pünktlich Feierabend.

ELIZA

Die Mittagspause verbringt Eliza am liebsten allein, ohne Leute, ohne Small Talk. Pausengespräche können so anstrengend sein wie Facebook in echt. »Wir haben diese süße Finca auf La Gomera gebucht. Mitten in einer ehemaligen Bananenplantage, traumhaft.« »Morgen gehe ich zum Friseur und lasse mir Strähnchen machen, in Tiramisu-Blond.«

Eliza hat nichts aus ihrem Leben zu erzählen, nichts passt. Niks Abivorbereitungen? Tims zahlreiche Überstunden? Mias Essverhalten? Nichts davon würde über ihre Lippen kommen. »Ich habe einen heißen Typen aus einer Kölner Werbeagentur über eine App kennengelernt und mit dem schreibe ich jetzt täglich.« Ja, das würde die Kolleginnen interessieren, aber sie würde sich lieber die Zunge abbeißen.

Köln. Ihre Eltern haben sich dort kennengelernt und immer von ihrer Zeit dort geschwärmt.

Mit ihrer Butterbrotdose und einer schwarz glänzenden Thermoskanne, Geburtstagsgeschenk von Tim, setzt sie sich auf ihre Lieblingsbank im kleinen Park, von der aus sie Passanten beobachten kann. Der Oktober meint es gut, die Luft ist mild, und trotz vorbeiziehender Wolken fühlt sich der Tag nicht herbstlich an. In den Beeten blühen Stiefmütterchen, fein säuberlich in Reihen gepflanzt, kein Unkraut in der schwarzen Erde. Es sind Spaziergänger unterwegs, einige Mütter schieben schicke Kinderwagen. Die meisten halten ihr Handy in der Hand und tippen darauf herum, selbst wenn die Kinder sie aus dem Buggy anschauen. Ist doch klar, dass die quengeln.

Bis wann ist man noch eine gute Mutter?

Sie weiß es selbst nicht, hatte sich schon früh und heftig nach Kindern gesehnt, einen fast schmerzhaften Kinderwunsch verspürt. Doch als die Babys da waren, hatte sie Angst. Sie zu vergessen, sie nicht zu füttern, den Kinderwagen stehen zu lassen, versehentlich ohne sie nach Hause zu spazieren. Bei Niklas war es ganz schlimm gewesen. Zwei Jahre später, bei Mia, hatte sie sich schon etwas an diese unerhörte Verantwortung des Kinderhabens gewöhnt. Jedes Mal war sie erleichtert gewesen, nach dem Abstillen wieder Arbeiten zu gehen. Nicht wegen des Gelds oder der Karriere, sondern um sich dieser nie endenden Bedürftigkeit zu entziehen. Ich sollte andere Mütter nicht kritisieren, denkt sie.

Sie streckt ihr Gesicht der Sonne entgegen und schließt für einen Moment die Augen. Jetzt nichts denken, denkt sie. Doch das funktioniert nur kurz, dann breitet sich ein diffuses Unbehagen in ihr aus. Das immer wärmer werdende Wetter ist beunruhigend, ein Sonnenbad macht sie zur Nutznießerin des Klimawandels. Sie beobachtet auf der Bank gegenüber ein Pärchen, die junge Frau setzt sich auf den Schoß des Mannes und er schiebt beide Hände unter ihr T-Shirt.

Eliza schaut weg. Der Klimawandel scheint die beiden gerade jedenfalls nicht zu beschäftigen.

Ihr ist auf einmal zu warm, sie knöpft die Strickjacke wieder auf, zieht ihr Handy aus der Tasche und öffnet endlich die »Love & Found«-App. Immer öfter bemüht sie sich, diesen Moment noch ein wenig hinauszuzögern, ihn sich aufzusparen. Jetzt kann sie es nicht mehr aushalten.

> **ALEXANDER**
>
> Na, Sunshine? Ich mache gerade Mittagspause und denke an dich. In dem Imbiss, wo ich gerade bin, gibt es die besten Bowls. Mango, lecker. Die müssten wir mal zusammen essen. Magst du Mango? Wie war dein Meeting? Hat Anna mal wieder alle an die Wand gequatscht? Hast du dir ein interessantes Thema sichern können? Ich drehe heute noch eine Runde auf dem Motorrad. In Köln ist es trocken und ich brauche dringend Wind um die Ohren. Ich küsse deine süße Nase.

Sie lächelt. »Die müssten wir mal zusammen essen!« Alexander lässt sie an seinem Alltag teilhaben, ganz so, als teilten sie wirklich ein kleines Stück Leben. Sie schaut sich zum x-ten Mal sein Foto an. Lässig sieht er aus, schlank, die Haare halblang, das Gesicht markant, aber nicht kantig. Den Motorradhelm in der Hand lehnt er an seine Maschine. Sie stellt sich seine Haut vor, weich und trotzdem männlich, rau. Kribbelig. Sie würde jetzt gerne auf den Sozius steigen, einfach mitfahren. Die Sonne scheint ihm von links ins Gesicht und er kneift ein Auge zusammen, als würde er sie anblinzeln. Wer hat das Foto eigentlich gemacht? Kurz ist sie eifersüchtig, auf wen auch immer.

Vor ein paar Monaten konnte sie noch gut auf seine Nachrichten warten, hat manchmal den ganzen Tag nicht ihren Account gecheckt. Immer wieder war sie kurz davor, die App zu löschen, den Quatsch zu lassen. Aber jetzt? Sie muss die Nachrichten mittlerweile dosieren, nicht zu oft auf das Display starren. Seine Worte immer wieder zu lesen ist fast ein Hobby geworden, eine heimliche Passion. Während andere Tennis spielen oder im Chor singen, scrollt sie durch ihren Posteingang. Alexander ist so aufmerksam, merkt sich auch Kleinigkeiten, die sie erwähnt. Und sie teilen so viel, denken über ähnliche Dinge nach, mögen beide vietnamesisches Essen. »Hallo Schöne.« Irgendetwas hüpft in Eliza, wenn sie diese beiden Wörter liest, sie stellt sich Alexander vor, wie er sie tippt, an sie denkt. »Hallo Schöne«, sagt sie halblaut zu sich selbst. Ein Mann im Anzug geht vorbei, schaut sie an, schräg, findet sie, sie senkt den Blick.

ELIZA
Hey, du! Ich sitze auf unserer Bank.
Auf der wir noch nie zusammen gesessen
haben und wo du trotzdem immer bei mir

> bist ☺. Es ist warm und ich würde jetzt
> gerne deine Hand halten. Weißt du was?
> Heute wurde in der Redaktionskonferenz
> eine Dienstreise nach Köln vergeben.
> Stell dir vor, wir beide in einem Café, live
> und in Farbe. Das wäre verrückt, oder?

Sie zögert, dann löscht sie die letzten Sätze wieder.

> **ELIZA**
> Hey, du! Ich sitze auf unserer Bank. Auf der
> wir noch nie zusammen gesessen haben
> und wo du trotzdem immer bei mir bist ☺.
> Es ist warm. Weißt du was? Heute wurde in
> der Redaktionskonferenz eine Reportage
> über eine Karaokebar vergeben. Was für
> ein albernes Thema. Typisch Anna …!
> Wünsche dir viel Spaß beim Motorradfahren.

Sie seufzt und liest ein wenig in alten Chatverläufen. Auch das: altmodisch. Kein Telefon, kein Videochat, schon gar kein Treffen. Sie ist dankbar, dass Alexander das in Ordnung findet, sie hätte ihn sonst wohl abgewimmelt. Nichts liegt ihr ferner als ein Seitensprung, eine billige Affäre, ein schmieriges Online-Date hinter dem Rücken von Tim. Aber was sollte eigentlich in Köln passieren, wenn sie sich dort treffen würden?

Das Pärchen gegenüber knutscht jetzt heftig. Ob die beiden zusammen sind? Oder ist das eine heimliche Liebschaft, eine Mittagspausen-Affäre? Sie nimmt wieder ihr Handy und starrt auf das Foto, bis ihre Augen anfangen zu tränen. Seinen Arm berühren, ganz leicht, mehr nicht. Ihre Nase an seinen Hals legen, ihn riechen, zum ersten Mal, in seine Augen schauen und nicht auf ein totes Foto.

Unmöglich. Eliza trennt ihre zwei Männerwelten so fein säuberlich wie Eiweiß und Eigelb beim Backen. Tim, das ist Ehe, das ist Familie, ein Zuhause für die Kinder. Alles, was zählt. Sie beide schlafen sogar noch miteinander, was nicht alle Eltern in ihrem Alter von sich behaupten können, wenn sie den Mütter-gesprächen und den Internetforen glauben kann. Man darf nicht aufhören, sonst ist es für immer. Der Sex ist pragmatisch, unspektaktulär, selten, aber regelmäßig. Vielleicht zwölfmal im Jahr.

Jeden Monat einmal? Gibt es für den Sex vielleicht einen geheimen Algorithmus, den sie noch nicht durch-schaut hat? Darüber hat sie noch nie nachgedacht, Tim wäre es zuzutrauen, schließlich ist er Mathematiker.

Eliza packt ihre Thermoskanne wieder in die Tasche und lehnt sich noch einen Moment zurück. Wenn das ihr Leben ist, Arbeiten, Familie, einmal im Monat Sex, die Tim-Welt – was ist dann die Alexander-Welt?

Sie weiß es nicht. Es fühlt sich gut an, ja. Manchmal aber auch wie eine anfliegende Krankheit. Eine Schwäche in den Beinen, ein schmerzender Stich im Bauch. »Ich sehe dich«, hatte er einmal mit einem Zwinker-Smiley aus dem Avatar-Film zitiert. Das ging ihr durch und durch.

Ich sehe dich. In Köln.

Leider nicht. Aber in Ordnung, ihr reichen die Nachrichten, in ihrem Chat-Archiv gibt es immer was zu lesen.

> **ALEXANDER**
> Wo bist du gerade? Ich denke an dich!

> **ALEXANDER**
> Muss gerade an dich denken!

> **ALEXANDER**
> Ich denke an dich!!!

Sie scrollt und scrollt und steckt ihr Handy dann frustriert in die Tasche. Zurück in die Redaktion, es ist Zeit, sie muss sich beeilen.

SIRIN

»Achtung, es wird jetzt kalt.« Die Ärztin nimmt eine Tube mit Gel und drückt es mit einem Furzgeräusch auf Sirins Brust. Sirin liegt wie erstarrt auf der Pritsche. Es fühlt sich schleimig an, kalter Schleim, auf dem jetzt ein Ultraschallgerät gleitet wie ein perverser Finger. Ihr Fuß fängt wieder an zu wippen, sie muss sich konzentrieren, um die Bewegung zu unterdrücken.

Der Raum ist komplett abgedunkelt, ein Darkroom mit medizinischen Geräten.

Der Fuß. Ruhig jetzt!

Die Ärztin zoomt immer wieder auf eine Stelle, wiegt sorgenvoll ihren Kopf hin und her. »Da ist etwas zu sehen«, sagt sie einfühlsam, pädagogisch, einfach zum Kotzen. Gleich packt sie noch einen Lolli aus. »Wir sollten das abklären. Sie sind sehr jung. In ihrem Alter wachsen Krebszellen schnell, wir müssen einen bösartigen Tumor möglichst schnell erkennen und behandeln.«

Sirin schweigt, als könne sie das Wort »bösartig« einfach überhören. Blablablabla.

»Darf ich Ihnen eine Gewebeprobe entnehmen?« Selbstverständlich, meine Dame. Schneiden Sie sich was raus, mein Körper gehört Ihnen! Sie will aufstehen, rauslaufen. Doch stattdessen nickt sie wie ein Schaf.

»Das machen wir mit einer kleinen Biopsie-Pistole, direkt hier.«

Die Ärztin tätschelt sanft ihren Unterarm, als ob sie einfach so das Recht dazu hätte, als hätte Sirin ihre Selbstbestimmung vorne an der Anmeldung mit ihrer Krankenkassenkarte abgegeben. Über ihr ein paar blaue Augen, sie schauen ganz lieb, als wäre nicht vor ein paar Sekunden das Wort Pistole gefallen.

Sirin sollte Fragen stellen, stattdessen zischen ihre Gedanken hin und her wie wild gewordene Böller an Silvester. Sie stellt sich die Scharen von Frauen vor, die jeden Tag, jeden Monat, jedes Jahr genau auf dieser

31

Pritsche liegen. Kerngesund. Angeschlagen. Zum Tode verurteilt. Und bei jeder dieser Frauen tätschelt die Ärztin sanft den Unterarm, immer gleich, denn das hat sie gelernt im »Umgang-mit-Patientinnen-Seminar«, bei dem es die guten Krabben-Schnittchen gab und für das sie im vergangenen Jahr Fortbildungspunkte bekommen hat.

Eine zweite Frau im weißen Kittel kommt dazu, sie hat einen lustigen hohen Pferdeschwanz, aber das ist nur Tarnung, denn sie drückt ihr irgendein Gerät auf die Brust und es knallt, wirklich, tut weh. Sirin ist plötzlich unendlich erschöpft, fühlt sich perforiert, wie ein Stapel Papier, der zur letzten Archivierung in den Aktenschrank soll.

Scheiße!

Wie soll sie je wieder auf die Beine kommen?

»Dann hoffen wir mal auf einen Fehlalarm.«

Die Ärztin klingt heiter. »Wir rufen Sie an, wenn die Laborergebnisse da sind.«

ELIZA

Ein paar Meter vor dem Eingang der Redaktion läuft Eliza in eine Menschentraube, sieben, acht Männer und Frauen, die halb auf dem Bürgersteig, halb auf der Straße stehen. Neugierig geht sie ein paar

Schritte nach vorne und schaut, was da los ist. Auf dem Bürgersteig liegt ein Mann, um die 50. Graue Schläfen, Jeans, Winterjacke, in der schlaffen Hand eine Papiertüte mit Einkäufen, die jetzt teilweise auf dem Asphalt verstreut sind. Eine Orange kullert in Richtung Rinnstein, Ziegenfrischkäse, ein zerbrochenes Glas Cornichons und eine Backmischung (Zitronenkuchen fruchtig) liegen auf dem Boden und bilden ein unheimliches Stillleben. Die Milchtüte ist geplatzt und zieht zwischen den Gurkenglasscherben einen schmalen weißen Fluss.

Eliza ist plötzlich hellwach. »Was ist hier los?«.

»Keine Ahnung«, sagt ein Mädchen mit zitternder Stimme. »Der ist einfach umgekippt.«

Eliza scannt innerhalb von Sekunden die Anwesenden. Alle stehen wie erstarrt, hilflos. Keiner rührt sich. Ihr Herz beginnt heftig zu pochen. Erst vor sechs Wochen hat sie auf Bitten von Anna einen Erste-Hilfe-Kurs absolviert, die Redaktion musste eine Ersthelferin im Team an den Verlag melden, eine typische Eliza-Aufgabe.

»Klar, mach ich«, hatte sie gesagt.

Sie guckt noch mal in die Menge, hofft auf ein Wunder, hofft, dass jemand sagt: »Ich bin Ärztin, gehen sie zur Seite.« Nichts passiert, die Leute um sie herum glotzen nur.

Eliza zieht ihre Strickjacke aus und wirft sie mit der Tasche auf den Boden.

Prüfen, Hilfe rufen, Herzdruckmassage durchführen.

Sie kniet sich neben den Mann, beugt sich zu seinem Gesicht: »Hallo, hallo, können Sie mich hören?«

Vorsichtig gibt sie ihm eine Ohrfeige, erst ganz leicht, dann fester.

»Hallo?«

Nichts, keine Reaktion, der Brustkorb ist still wie der von einem toten Tier, keine Atmung. Der Mann hat eine ungesunde Gesichtsfarbe, bleich, aber auch ein wenig grünlich. »Ruft sofort einen Krankenwagen!«, ruft sie in die Menge, ihre Stimme kippt leicht beim Versuch, autoritär zu klingen. Doch es wirkt. Handys werden gezückt, eine korpulente Frau in einem rosa Mantel reagiert zuerst: »Schnell, ein Notfall. Der Mann ist bewusstlos.«

Eliza versucht sich verzweifelt an den Kurs zu erinnern. »Trauen Sie sich! Das Schlimmste ist, aus Angst nichts zu machen.«

Sie holt tief Luft und legt die Hände auf den Brustkorb.

»In der Mitte der Brust ansetzen und dann sechs Zentimeter tief drücken.«

Die Stimme der Kursleiterin ist jetzt in ihrem Ohr, als würde sie neben ihr stehen und ihr assistieren. Sie zieht den Reißverschluss seiner Jacke auf und schiebt T-Shirt und Pulli hoch, bis sie den graubehaarten Brustkorb sehen kann. Die Intimität der nackten Haut ist irritierend, sie schluckt, doch zögert nur einen winzigen Moment. Dann blendet sie auch die Blicke der Zuschauer aus, die ganze Aufmerksamkeit, die auf sie gerichtet ist, und konzentriert sich auf die Stimme in ihrem Kopf. »Kräftig drücken, 100- bis 120-mal pro Minute, immer im Takt von ›Staying Alive‹.«

Puh, ausatmen.

Eliza setzt ihre Hände auf und drückt.

Ah, ha, ha, ha, stayin' alive, stayin' alive.

Ah, ha, ha, ha, stayin' alive, stayin' alive.

Ah, ha, ha, ha, stayin' alive, stayin' alive.

Zwischendurch macht sie eine Pause, ein paar Sekunden nur, und prüft den Atem des Mannes. Eliza spannt ihre Muskeln so fest an, wie sie kann, um noch kräftiger zu drücken.

Ah, ha, ha, ha, stayin' alive, stayin' alive.

Ah, ha, ha, ha, stayin' alive, stayin' alive.

Das kann doch nicht sein. »Trauen Sie sich, drücken Sie noch fester.« Sie drückt weiter und drückt und plötzlich knackt es unter ihren Händen, sie erschrickt, hat aber die Stimme im Ohr.

»Eine Rippe darf ruhig brechen, Hauptsache Sie kriegen das Herz wieder zum Schlagen.«

Und so drückt sie, als ob es um ihr eigenes Leben ginge, obwohl sie die Kräfte verlassen, immer mehr Zeit vergeht und sie das Gefühl hat, einen toten Körper zu malträtieren. In diesem Moment riecht sie das Aftershave des Mannes, es ist das gleiche wie Tims, und sie weiß, dass sie diese Anstrengung nicht mehr lange durchhalten kann.

Ah, ha, ha, ha, stayin' alive, stayin' alive.

Ah, ha, ha, ha, stayin' alive, stayin' alive.

Ah, ha, ha, ha, stayin' alive, stayin' alive.

Ah, ha, ha, ha, stayin' alive, stayin' alive.

Der Mann röchelt. Eliza denkt erst, dass sie sich das eingebildet hat, vielleicht hat sie seine Lunge zerstört mit ihren Händen und das macht Geräusche. Aber nein. Sie lauscht kurz. Das war ein Röcheln und dann folgt ein Husten, schwach, aber ein Husten, dann ein Luftholen. In der Ferne sind auch die Martinshörner zu hören, sie kommen rasch näher, und jetzt haben auch die Zuschauer die Lebenszeichen bemerkt. Die Frau im rosa Mantel fängt an zu klatschen, »Mamma mia«, ruft sie und dann redet sie irgendwas auf Italienisch, während sie in den Himmel schaut, und Eliza ist sich sicher, dass es ein Gebet ist. Und dann fangen alle an zu klatschen, wie nach einem Konzert, sie applaudieren Eliza, aber auch dem Mann, der sich tapfer ins Leben zurückgehustet hat.

Als der Krankenwagen ankommt, legt sich Eliza mit dem Rücken auf den kalten Asphalt. Bevor sie kurz, ganz kurz die Augen schließt, sieht sie Annas akkurat geföhnte Frisur und ihr zahnpastaweißes Lächeln.

SIRIN

Sirin sitzt an der Theke des »Backpack-Palace«. Eben in der Kabine hat sie sich den Rest Gel mit kratzigem Papier von der Brust gewischt, aber es fühlt sich immer noch schmierig an. Sie braucht jetzt Betäubung, will nicht nach Hause, bloß nicht. Michael reicht ihr schon das dritte Kölsch über den Tresen. Sie sagt nicht mal danke, glotzt stumm auf das Spirituosenregal und auf Michaels muskulöse Oberarme. Fragt sich, wie sie noch schneller betrunken werden kann.

»Alles gut bei dir, Sirin?«

»Musst du nicht wissen.«

Michael grinst sie an, nimmt es nicht persönlich. Gut so.

Ist schon ein anderes Gefühl, an der Theke zu sitzen und nicht dahinter zu zapfen. Perspektivenwechsel. Fummeliges Licht, der Boden unter ihrem Hocker klebt und in den Tresen haben irgendwelche Idioten Buchstaben geritzt. Der Laden ist ziemlich runtergerockt, genau richtig. Sollte Michael mal auf die Idee kommen zu renovieren, wird sie ihn davon abhalten.

Der Job passt, passt zu ihr. Laute Musik, genug Trinkgeld und ständig wechselndes Publikum, Leute auf der Durchreise, Kids, die in Köln mal richtig auf die Kacke hauen wollen.

An der Wand gegenüber sieht sie einen faustgroßen Fleck. Sieht aus wie eine Blüte. Oder eine Qualle. Der war letzte Woche noch halb so groß, meint sie. Unkontrolliertes Wachstum, Zellteilung in Grüngrau. Fuck, weggucken.

Ein blonder Typ setzt sich neben sie, obwohl sie so trübsinnig in ihr Kölschglas starrt, als wäre darin gerade ihr liebster Goldfisch gestorben. Seine Arme sind von oben bis unten tätowiert, rankende Rosen, ein gähnender Tiger, die nackte Brust einer Meerjungfrau und ein Hamburger, doppelstöckig. Sirin studiert seine Haut wie ein Bilderbuch, überlegt, ob sie umblättern will, er ordert zwei Kölsch. Dann stellt er sich vor, Engländer, höflich, immerhin. Das ist nicht die Regel. Typen auf Reisen halten sich oft für das Epizentrum der Welt, denken, sie stehe nur an der Theke, um von ihnen flachgelegt zu werden. Meinen, sie könnten sie einfach zum Knutschen ins Mehrbettzimmer über der Bar schleppen und dann wieder unten abliefern. Das Selbstvertrauen junger Männer ist zum Totlachen.

So läuft es nicht. Nie. Sie bestimmt die Regeln. Niemals geht sie in eins der Hostelzimmer, Sex hat sie nur bei sich zu Hause, handverlesen. Übernachtung mit Frühstück ist nicht drin, stattdessen: Tschö, das war's.

Der tätowierte Engländer bestellt Shots. Sie hauen sie gemeinsam auf die Theke: »Prost. Cheers. Yes!« Sein Name ist Ian und er ist aus Manchester angereist, um sich im Stadion das Spiel FC Köln gegen den HSV anzuschauen. Fußball, naja. Aber die Ablenkung ist willkommen.

»Die Tickets sind billig, du darfst stehen und Bier trinken. Ich liebe die Bundesliga.« Ian rollt das R mit diesem schnodderigen Manchester-Akzent. Süß.

»Auf den FC!« Sirin signalisiert Michael mit zwei Fingern, dass sie noch mehr Kölsch brauchen. »Auf billige Tickets. Auf die Südkurve«, sagt sie und verschüttet ein wenig Bier auf der Theke. Reflexhaft greift sie nach dem Lappen neben der Spüle und wischt die

Pfütze weg. Ihr ist schwindelig. Die Qualle an der Wand tanzt ein bisschen.

»Die haben mir eine Pistole auf die Brust gesetzt«, flüstert sie Ian jetzt auf Deutsch ins Ohr und er versteht gar nichts, wie auch. Das Flüstern macht ihm augenscheinlich Hoffnung und er legt einen Arm um ihre Hüfte. Aber Sirin ist so erschöpft und fühlt sich in ihrem Innersten so verwundet, dass sie aufsteht, als er zur Toilette geht. Sie verlässt die Bar, ohne Tschüss zu sagen, betrunken und schwach auf den Beinen, und fragt sich, wie sie bloß die nächsten Tage überstehen soll.

ELIZA

Eliza steht vor dem Kühlschrank. Kirsch-Joghurt, Käse, Kapern, ein schon ziemlich schlapper Romana-Salat. Kurz überlegt sie, einkaufen zu gehen, aber sie hat keine Lust. Zu Hause ist es still. »Gemütlichkeit trotz Energiesparen« hat sie routiniert bis zum frühen Nachmittag recherchiert, getextet und den Artikel vor dem Publizieren mit dem Kaschmir-Decken-Test verlinkt. Anna hat darauf bestanden, sie nach der Reanimation früher nach Hause zu schicken, sie muss wohl ziemlich erschöpft ausgesehen haben. Um 17 Uhr war sie bereits auf dem Heimweg.

»Keith Richards, hör mir zu. Ich habe heute ein Leben gerettet. Bist du stolz auf mich?« Der Kater miaut, starrt dabei aber auf den Futterschrank. Was soll sie mit der freien Zeit anfangen? Sie kann es beim Abendbrot erzählen, keine große Sache draus machen, aber eine Story ist es schon. Soll sie was kochen? Mal gucken, was die Kinder wollen und wann Tim aus dem Büro kommt. Seit dieser Software-Umstellung vor ein paar Monaten muss er oft bis spät im Büro bleiben. Probleme lösen, nicht näher benannte Krisen in den Griff kriegen. Er macht sich ziemlich wichtig, redet aber noch weniger als vorher, auch mit den Kindern. Sogar am Sonntag hat er sich in seinem Arbeitszimmer verschanzt, um irgendwas abzuarbeiten, einen Berg Aufgaben. Vielleicht hat er nachher Zeit? Sie will heute Dinge tun, die Ehefrauen tun, gute Mütter. Mit Mia reden, über etwas Unverfängliches, bloß nicht über vegane Ernährung oder Schulthemen, sie will nicht wieder mit ihr aneinandergeraten. Niklas zu einer Partie Kniffel auffordern, eine schnelle Runde, das liebt er. Meistens gewinnt er, sein sonniges Gemüt beeinflusst das Würfelglück, schlägt die Gesetze der Wahrscheinlichkeit. Vielleicht spielt Tim eine Runde mit, bevor er wieder ins Arbeitszimmer flüchtet? Das wäre doch schön. Oder sie trinken ein Glas Wein und überlegen gemeinsam, wo es im nächsten Sommerurlaub hingehen soll. Nichts Exotisches, davon hat sie wirklich genug. Vielleicht Frankreich, Atlantik, da können sie mit dem Auto hinfahren. Irgendein Gefühl sagt ihr, dass sicher Niklas, aber vielleicht auch beide Kinder schon bald eigene Pläne haben. Dann werden sie zu zweit verreisen, nur sie beide. Ob sie dann wieder Gesprächsthemen finden? Oder sich im Restaurant anschweigen wie diese bedauernswerten Paare, über die sie sich früher immer lustig gemacht haben?

Auf der lila Latexfarbe über dem Herd entdeckt sie einen roten Soßenfleck, den sie schnell wegwischt. Eliza schlüpft aus ihren Schuhen und macht sich einen Tee. Während er abkühlt, stopft sie Handtücher, Unterwäsche und Socken in die Waschmaschine. Aus Platzgründen steht sie in der Küche. Eliza stört das nicht. Das Rauschen und Rumpeln im Hintergrund entspannt sie, der Laden läuft.

Ihr Handy vibriert, Familiengruppe.

> **NIKLAS**
> Marco feiert Geburtstag.
> Kann spät werden.

Prompt meldet sich ihre Tochter.

> **MIA**
> Kann ich bei Maja schlafen,
> wir wollen noch das Kunstprojekt für
> morgen fertig machen? Okay, oder?

Geschickt formuliert, denkt Eliza. Eigentlich sind an Schultagen keine Übernachtungen erlaubt, bei Niklas war sie da sehr streng. Kurz überlegt sie, Einspruch zu erheben, hat aber keine Lust, sich unbeliebt zu machen.

41

Soll sich doch Tim einmischen. Das Handy vibriert abermals.

> **TIM**
> Kein Problem, ihr zwei, ich komme auch
> spät, hier ist mal wieder alles abgestürzt.

Kein Problem, ihr zwei. Eliza ist kurz gekränkt. Mitgezählt zu werden ist doch das Mindeste.

Sie schaut auf das gerahmte Bild, das gegenüber vom Kühlschrank an der Küchenwand hängt, ein Nashorn, gepanzerte Haut, teilnahmsloser Blick. Tim war ganz aus dem Häuschen gewesen, als er es vor das Objektiv bekommen hatte: »Jetzt haben wir die Big Five voll!«

Er hatte sie überrascht mit der Reise, an ihrem Hochzeitstag hat er morgens am Bett gestanden, in der einen Hand einen Strauß Rosen, in der anderen einen Umschlag. Seine Wangen waren gerötet vor Aufregung.

»Lust auf ein Abenteuer?«

Eine untypische Geste, sie war überrascht.

»Klar, wow. Eine Safari? Nur wir beide?«

»Nur wir beide.«

Zwei Monate später ging es los. Schon am Flughafen vermisste sie Nik und Mia so heftig, dass sie am liebsten umgekehrt wäre. In Tansania wurde sie dann von Todesängsten geplagt, hatte Angst, mit dem Safarijeep zu verunglücken, nachts im Zelt von einem Büffel totgetrampelt zu werden. Stundenlang lag sie wach und lauschte unruhig in die Geräusche der Wildnis. Richtig

42

panisch wurde sie bei einem Inlandsflug, die Cessna wurde heftig von Winden geschüttelt. Sie flogen viel zu tief und der Pilot schien die ganze Sache nicht ernst zu nehmen, scherzte mit den wenigen Passagieren und telefonierte zwischendurch mit dem Handy. Die Vorstellung, wegen einer dummen Safari ihre Kinder als Waisen zu hinterlassen, brachte sie zum Weinen. Tim fand alles lustig. »Was sagt der Pilot zur Stewardess, bevor der Flieger abstürzt?« Wütend hatte sie sich die Ohren zugehalten und die Minuten bis zur Landung gezählt.

Tim dachte auf der Reise vor allem daran, wie er seine Kollegen mit spektakulären Fotos von Löwen, Geparden und Nashörnern beeindrucken würde. Dafür verbrüderte er sich mit dem Safari-Guide, der für ihn in einem Irrsinnstempo durch die Natur preschte, sobald er über Funk hörte, dass irgendwo ein seltenes Tier gesichtet worden war. Sie jagten mit dem Jeep an friedlich grasenden Zebras und träumenden Giraffen vorbei, die erschreckt davontrabten. Wie ein Großwildjäger lag Tim dann auf der Lauer, das extra gekaufte Teleobjektiv im Anschlag. Er schoss Tausende Bilder, konnte sich kaum an einer Landschaft oder einer galoppierenden Herde freuen, digitalisierte jedes Erlebnis, bis nichts mehr von ihm übrig war. Was sollten all die austauschbaren Bilder, wenn man den echten Moment verpasste?

In Eliza weckte die überall präsente Armut Schuldgefühle, in Tim den Reflex zum Festhalten. Sie verteilte hinter seinem Rücken üppige Trinkgelder und sehnte sich nach dem gemeinsamen Zuhause, den

Spieleabenden, den Terminen. Dem Alltag, wo sich die Defizite ihrer Beziehung weniger scherenschnittartig abhoben als vor dem Hintergrund der weiten Savanne Afrikas.

Was jetzt? Ein Buch lesen? Wie soll sie das schaffen, wenn ihre Gedanken ständig durch Zeit und Raum flattern?

Von jetzt auf gleich hat sie einen Riesenhunger. Den schlappen Romana ignoriert sie, warum soll sie als Einzige immer alles vor dem Verfall bewahren? Sie kramt eine Tiefkühlpizza aus dem Eisfach, stellt den Ofen an und setzt sich an den Küchentisch. Trinkt ihren Tee in kleinen Schlucken und starrt auf die Küchenzeile.

Die Waschmaschine schleudert. Noch zwei Minuten.

Keith Richards kommt angeschnurrt und fixiert sie. Sein Streunerleben hat ihn dahingehend konditioniert, auf jede Möglichkeit des Fressens zu lauern. Eliza zieht ein paar Leckerlis aus dem Katzenfutterregal. »Komm zu Mutti. Wir machen uns heute einen schönen Abend, nur wir zwei.« Sie will ihn streicheln, aber er schlingt und schluckt nur, wendet sich dann ab und zeigt ihr auf dem Weg zum Sofa sein Hinterteil.

Immer noch zwei Minuten. Das stimmt doch nicht. Plötzlich springt das Display auf Null und es piept. Gleichzeitig klingelt der Handy-Wecker für die Pizza. Sie schaltet Waschmaschine und Backofen aus, nimmt einen Teller aus dem Schrank.

Die Pizza isst sie vor dem Fernseher, legt sich aber eine Serviette bereit und benutzt Messer und Gabel. Sie schaut Nachrichten, wechselt dann auf Netflix, scrollt und scrollt. So viel Auswahl und nichts dabei. Genervt zappt sie in eine Endlos-Serie, irgendwas zwingt sie zum Weitergucken, immer wieder, warum kann sie nicht einfach aufhören? Um dem Gefühl totgeschlagener Zeit etwas entgegenzusetzen, bügelt sie nebenbei ein paar Blusen, die Arbeitshemden von Tim und schließlich noch die Geschirrtücher. Dann schlendert sie durch das unbelebte Haus, räumt hier und da etwas weg, hängt die Wäsche auf die Leine im Keller.

Der Abend zieht sich wie die Käsefäden auf der Pizza. Sie liest ein Buch, das ihr ihre beste Freundin Mona geliehen hat, ist nicht ihr Ding, zu anstrengend für ihren Geschmack. Es geht um eine ziemlich verwickelte Dreiecksgeschichte und sie kann jede Perspektive so gut nachvollziehen, dass sie das Buch schließlich erschöpft weglegt. Sie überlegt, ob sie noch raus soll, was unternehmen.

Ins Kino? Doch dann fehlt ihr die Energie, sich wieder anzuziehen oder ins Programm zu schauen. »Na, Keith Richards? Von welchen Abenteuern träumst du gerade?« Sie greift sich den Kater und streichelt ihm das glanzlose Fell, er lässt es sich gefallen, aber schnurrt nicht.

»Was meinst du, hätte ich nach Köln fahren sollen? Wie eine Löwin kämpfen für den Auftrag?«

Sie stellt sich vor, wie es sein wird, wenn die Kinder groß sind, ausziehen. Nur noch sie, Keith Richards und Tim, eine Ehe-WG zu dritt in einem ehemals zu kleinen Reihenhaus, das dann ein bisschen zu groß sein wird.

Wird sie dann immer noch morgens aufstehen, Butterbrote schmieren und Leckerlis verteilen, weiter und weiter, bis sie grau und faltig ist? Und parallel dazu in Nachrichten von Alexander schwelgen, die bis dahin zu einem epischen Archiv angewachsen sind?

Sie muss wieder an die Redaktionskonferenz denken! Verpasste Chance! Ganz nebenbei, ungeplant hätte sie ihn treffen können. Der Gedanke surrt wie ein Tinnitus, will nach vorne, verwirrt sie.

Mona treffen? Für Bier ist sie nicht zu haben, aber vielleicht auf einen Ingwertee? Sie schaltet ihr Handy ein. Endlich ein Grund. Keine Nachricht von Alexander. Sie textet an Mona.

> ELIZA
> Lust auf ein Getränk?

Die Antwort kommt prompt.

> MONA
> Sorry, Schatz, aber ich bin verabredet und mache mich gerade schön. Date-Time.

Mona ist Dauersingle und mit der gleichen Strenge und Energie, mit der sie jeden Morgen ihre Sonnengrüße abhakt, hat sie auch über die Jahre das Online-Dating perfektioniert. Eliza hält das Handy noch einen Moment unschlüssig in der Hand, dann öffnet sie »Love & Found«.

> **ELIZA**
> Alex, du glaubst nicht, was heute
> passiert ist. Vor der Redaktion ist ein
> Mann zusammengebrochen und ich
> habe ihn reanimiert. Es war verrückt, ich
> war erst wie erstarrt und dann habe ich
> nur noch funktioniert. Und es hat
> geklappt! Er hat tatsächlich überlebt!!!

Nur ein paar Minuten später macht ihr Handy »Ping« – eine neue Nachricht. Sie ist so aufgeregt, dass sie zwei Anläufe braucht, um in ihren Posteingang zu kommen.

> **ALEXANDER**
> Wahnsinn! Ich bin so stolz
> auf dich. Lebensretterin!

Und dann, eine zweite Nachricht.

Eliza küsst das digitale Herz, das in ihrem Posteingang pulsiert, und hinterlässt einen fettigen Abdruck auf ihrem Display.

ELIZA

Eliza zieht den Frotteebademantel aus und schlüpft in Jeans und ein dunkelblaues Sweatshirt. Die Rollläden im Wohnzimmer rumpeln ein wenig beim Hochziehen, und sie wirft einen Blick in den trüben Tag. Die schon herbstlich gefärbten Blätter haben gestern noch geleuchtet, heute sehen sie nass und farblos aus. Nur die Fleißigen Lieschen leuchten pink in der grau-braunen Tristesse des kleinen Gartens, in dem ein Trampolin langsam Moos ansetzt. Keine Spur mehr von Sonne, stattdessen Nieselregen, graue Wolkenberge und ein diesiges Licht, das ihrem freien Vormittag jeden Glanz nimmt. Sie schielt auf ihr Handy. Heimlichkeit ist so normal geworden, selbst wenn sie allein ist.

Keine Nachricht.

Eliza seufzt und deckt den Frühstückstisch. Um zehn will Mona zum Frühstück kommen, danach geht sie einen halben Tag in die Redaktion, kurzer Dienst, Überstunden-Abbau. Sie arrangiert Weichkäse und ein paar Scheiben mittelalten Gouda auf einer Platte, dekoriert Weintrauben, schneidet Brot und Biogurke und füllt vegetarische Aufstriche in kleine Schälchen. Die Salami lässt sie im Kühlschrank. »Kannst du dir das vorstellen, Keith Richards? Früher habe ich mir mit Mona in den Schulpausen noch Schinkenbröt-

48

chen beim Bäcker gekauft. Ja, genau, mit Mona, der Yoga-Mona. Die hat früher sogar geraucht, getrunken und Drogen genommen. Ihr hättet euch bestimmt gut verstanden.«

Mona, ihre Freundin seit der Schulzeit, seit einer Ewigkeit. Mona, mit der sie erst hunderte von Zettelchen zwischen den Schulbänken hin und her gereicht und später dann im Klo Marlboro geraucht hatte. Undenkbar heute. Mona ist Yogalehrerin und Ernährungsberaterin, trinkt vielleicht dreimal im Jahr Alkohol und bestraft sich am Tag danach mit Sellerie-Smoothies und extra Trainingseinheiten.

Sie hatten sich auf dem Gymnasium kennengelernt, sie war gerade mal zehn, Mona elf gewesen. Eliza lebte damals mit ihrer Mutter allein, ihr Zuhause still, düster. Sie erinnert sich noch genau, als Mona zum ersten Mal in ihre Klasse kam. Größer als sie, dünn, dunkel. »Das ist Mona«, hatte die blonde Lehrerin sie vorgestellt, mit dieser hohen, begeisterten Stimme, mit der sie auch Geschichten vorlas oder etwas von Elefanten erzählte, wie eine Kindergärtnerin. »Mona ist gerade erst mit ihren Eltern umgezogen.«

Mona hatte nicht gelächelt. »Nicht mit meinen Eltern. Nur mit meiner Mutter!«, hatte sie korrigiert, dabei aus dem Fenster geschaut und sich dann wortlos neben Eliza gesetzt. Bis zum Abi haben sie sich einen Tisch geteilt, die Pausenbrote, die Geheimnisse.

Trotzdem hatte sie ihr bisher nichts von Alexander erzählt.

Um genau zehn Uhr klingelt es an der Tür, Mona ist wie immer pünktlich, überpünktlich. Ihre Haare sind nass. Der Regen hat auch ihr Gesicht ein wenig befeuchtet, sodass ihre Wangen eine frische Farbe haben. Seit Neuestem trägt sie eine Brille, das Gestell ist schwarz, sie steht ihr, auch wenn sie damit ein wenig streng aussieht, wie eine Lehrerin. Mona ist groß, immer noch größer als sie. Sie umarmen sich zur Begrüßung, Eliza lehnt sich an ihre durchtrainierte Schulter, atmet den vertrauten Geruch nach Rosen-Öl ein.

»Ich bin so froh, dich zu sehen«, sagt sie, und wie Luft aus einem Fahrradventil entweicht ihr ein Seufzer und ihr Körper wird ganz schlapp, sein ganzes Gewicht jetzt in Monas Arm. »Ich bin völlig durch den Wind.«

Mona lehnt sich ihrerseits ein wenig an die Wand und hält Eliza fest. Mit ihrer Hand fährt sie beruhigend über ihren Rücken, wieder und wieder, streichelt sie wie eine Mutter ihr Kind, das sich das Knie blutig geschlagen hat.

»Bienenton-Atem?« Es ist weniger eine Frage, mehr eine Anweisung. Mona atmet tief ein, die Luft strömt mit einem Summen wieder aus. »Komm, mach mit.«

Eliza kennt Monas spontane Yoga-Einheiten, Widerstand ist zwecklos, sie stimmt ein und brummt wie eine elektrische Zahnbürste. Nach ein paar Minuten kribbelt ihr Körper angenehm. »Na, komm erst mal rein, schön, dass du da bist.«

Sie gehen durch den Flur in die Küche, setzen sich an den Frühstückstisch, Eliza schenkt Tee und Kaffee ein.

»So«, sagt Mona und nimmt einen großen Schluck. »Was ist los?

Eliza schweigt noch einen Moment. Will sie ihr Geheimnis wirklich teilen? Kurz überlegt sie und spürt dann, dass es raus muss, nach oben blubbert wie Kohlensäurebläschen im Sprudelwasser.

»Es ist was passiert in meinem Leben. Etwas Aufregendes.«

»Mach's nicht so spannend.«

Eliza druckst herum, es ist gar nicht so einfach, das Unerhörte auszusprechen.

»Ich habe jemand kennengelernt. Einen Mann.«

»Im Ernst? Wen? Wann? Ich will alles wissen.«

»Alexander. Vor ein paar Monaten.«

Mona schaut sie erstaunt an. Und da ist noch etwas, ein Schatten, wie ein kleines Tier, das vorbeihuscht. »So lange schon?«, sagt der Blick. Sie hätte es ihr früher sagen müssen.

Eliza fixiert die Milchtüte, als gäbe es darauf eine tiefere Wahrheit zu lesen. Einfach weiter erzählen, es gibt kein Zurück mehr.

»Erinnerst du dich noch an unseren Mädelsabend? An dem ich mich so lange über Tim beschwert habe, bis du total genervt warst? ›Schau doch mal, ob dir nicht ein anderer Kerl besser gefällt!‹, hast du gesagt. Und dann haben wir diese neue App ausprobiert.«

»Wir haben sogar Cocktails getrunken.« Mona verzieht ihr Gesicht.

»Der nächste Morgen war schrecklich.«

»Ja, aber der Abend ganz lustig, oder? Du hast mich mit Photoshop aufgehübscht.«

Es stimmt, Mona hatte sich richtig Mühe gegeben. »Schau mal, hier machen wir deine Haare noch ein bisschen glänzender. Die Augenfalten glattziehen? Kein Problem.« Am Ende erkannte sich Eliza selbst kaum wieder. »Sehr hübsch, danke Mona«, hatte sie gekichert. »Und jetzt schreib rein, dass ich witzig bin und in meiner Freizeit Motorrad fahre.«

»Das Profil hast du am nächsten Tag direkt gelöscht.«

»Wollte ich löschen«, sagt Eliza gedehnt. »Ich hatte Kopfweh. Ich weiß noch, ich habe mir ein paar Eiswürfel aus dem Tiefkühlfach geholt und in ein Küchentuch gewickelt.«

»Und dann?«

Eliza schaut Mona an, die ungeduldig ihre Daumen umeinander kreisen lässt.

»In dem Postfach war eigentlich nur Müll, blabla, komische Typen. Ich wollte gerade alles löschen. Wirklich. Dann ist noch eine Nachricht gekommen, genau in diesem Moment. Eine richtig lange. Der hat sich Mühe gegeben. Hat mich genau beschrieben. Also das, was er auf den Fotos gesehen hat, und es, ja, analysiert. Das war so, so aufmerksam, der hat sich richtig Gedanken um mich gemacht.«

Mona zieht eine Augenbraue hoch.

»Wirklich, Mona, das war kein plumpes Angraben. Keine Ahnung. Es war intensiv.«

»Und dann?«

»Dann habe ich zurückgeschrieben.«

»Und dann?«

»Hat er zurückgeschrieben. Und dann immer so weiter. Keine Treffen. Nur Schreiben.«

Eliza nimmt sich noch einen Kaffee, schaufelt zwei Löffel Zucker hinein und rührt ihn so energisch um, als wollte sie Sahne schlagen.

Mona nimmt einen Schluck von ihrem Tee.

»Das heißt, du hast dein Profil nicht gelöscht? Echt jetzt? Und ihr schreibt euch seit, Moment, mal nachrechnen, sechs Monaten?«

Sie schaut Eliza so entgeistert an, als hätte sie gerade gestanden, einen Nebenjob als Escort-Dame zu haben.

»Mona, es ist unglaublich, wie wir uns verstehen. Er schreibt etwas und es passt. Es funkt sofort in meinem Herzen. Als ob wir uns seit Ewigkeiten kennen, und gleichzeitig ist es wahnsinnig spannend.«

Eliza beobachtet jetzt genau, wie die Worte wirken. Mona hat ihre Brille abgenommen und wienert sie mit einem Putztuch, obwohl sie gar nicht schmutzig ausgesehen hat.

Bei Betrug reagiert Mona allergisch, schon immer. Ihr Vater hat Frau und Tochter verlassen, vor 30 Jahren, seine neue Freundin war schon schwanger, als er von einem Tag auf den anderen auszog, ohne sich zu verabschieden, einfach so. Er hat dann zwei neue Töchter bekommen, Zwillinge. »Ich hasse sie.« Stundenlang konnte Mona darüber reden, wie hinterhältig die neue Freundin war, wie hässlich, dumm und einfach nur überflüssig die Zwillinge. Sie sah ihren Vater irgendwann nur noch an ihrem Geburtstag, auf den sie jedes Jahr heimlich hinfieberte, nur um dann am Ende des Tages Tränen der Enttäuschung zu weinen. Eliza spürt all das, redet aber trotzdem weiter.

»Mona, ich bin durcheinander. Verliebt.« Dieses Wort, laut ausgesprochen, in ihrem Zuhause, ihrer Küche. Wie ein Topf mit Tomatensoße, die so stark blubbert, dass sie rote Spritzer an den Wänden hinterlässt.

Mona greift in den Brotkorb.

»Sorry, ich verhungere.«

Sie bestreicht die Scheibe sorgfältig mit vegetarischer Curry-Mango-Paste, beißt kleine Ecken ab, pickt die abgefallenen Sonnenblumenkerne auf dem Teller auf und streut sie auf ihr Brot. Keith Richards schleicht vorbei und springt auf ihren Schoß, aber sie scheucht ihn runter. Sie mischt sich ein Müsli, langsam löffelt sie Flocken aus verschiedenen Gefäßen, weicht Hirse, Dinkel, Chiasamen und Walnüsse in Mandelmilch ein.

»Wow«, sagt sie und lächelt jetzt endlich. »Das sind ja mal Neuigkeiten.«

SIRIN

Kopfschmerzen. Noch im Halbschlaf wummert es hinter ihrer Stirn und Sirin versucht, den Moment des Aufwachens hinauszuzögern. Blind tastet sie neben ihrem Bett nach einer Ibuprofen, greift erst in ein Stück angebissene Pizza, dann in ein Taschentuch, findet schließlich die Tablette und schluckt sie mit einem Rest schalen Sprudelwassers. Das Bett füllt fast das winzige Zimmer aus, nur eine Kleiderstange mit ihren wenigen Klamotten hat sie noch zwischen Wand und Matratzenrand gequetscht.

Tag eins nach der Biopsie ist grau. Auf ihrer Scheibe sammelt sich an den Ecken das Kondenswasser, ein einsamer Tropfen rollt Richtung Fensterbank. Ihr ist übel. Wann kriegt sie ein Ergebnis? In fünf Tagen? Einer Woche? Zwei Wochen? 14 Tage, in denen alles möglich ist! Sie kann völlig gesund sein oder zum Tode verurteilt. Was für eine Scheiße.

Sirin schaltet den Fernseher an, lässt irgendwas laufen. Eine Tablette reicht nicht, sie nimmt eine zweite, quält sich aus dem Bett, schiebt tiefgefrorene Frühlingsrollen in den Ofen und vernichtet einen halben Tetrapack Orangensaft. Sie füllt den Wasserkocher randvoll, macht sich einen Instant-Kaffee und eine Wärmflasche, geht wieder ins Schlafzimmer. Begräbt sich unter zwei Decken, geht auf Netflix und schaut »Gilmore Girls«.

In die Serie kann sie wahllos einsteigen, die Dialoge fast mitsprechen. Ihr Handy klingelt.

»Na, alles gut bei dir?« Ihre Mutter.

»Yep«, sagt sie. Nichts läge ihr ferner, als etwas von der Biopsie zu berichten. Wäre klar, was dann passiert. Es ginge nur noch um sie. Welche Ängste sie aussteht! Dann müsste Sirin sich bis zum Testergebnis Vorwürfe anhören, warum sie das Leben ihrer Eltern nur derart durcheinanderbrachte.

Am Telefon plappert ihre Mutter in einem fort.

»Hast du eigentlich einen Freund? Nein, natürlich nicht, du liebst ja deine Unabhängigkeit über alles! Und arbeitest du immer noch in dieser Kneipe? Was für ein heruntergekommener Laden! Willst du dir nicht mal was Vernünftiges suchen? Du mit deinem Einser-Abi. Geh doch zur Uni oder mach wenigstes eine Ausbildung! Ach nein, das könnte ja …«

Sirin schweigt, legt den Hörer zur Seite, um sich einen zweiten Instant-Kaffee anzurühren, während die Stimme ihrer Mutter aus dem Handy quäkt. Der Redefluss stockt jetzt, als wäre die Leitung ein verstopfter Abfluss.

Sirin nutzt die Pause.

»Ich muss jetzt los. Sorry, wir hören uns.«

Nach dem Telefonat schiebt sie das Handy unter ihr Kopfkissen und muss an früher denken. Wie es war, als Kind krank zu sein. Klein, schlapp, ängstlich. Kamillentee gegen Durchfall, Kamillentee gegen Erkältung, Kamillentee gegen Windpocken. Das pipigelbe Getränk hatte eklig gerochen und sie hatte heimlich Zucker hineingeschaufelt, löffelweise. Irgendwann wurde dann der Babysitter gerufen, Shoppen lag ihrer Mutter mehr als Krankenpflege. »Ist diese junge Dame Ihre Schwester?«, schleimten die Verkäuferinnen und gossen in einem fort Prosecco nach. Sie tätschelten Sirins Kopf, servierten ihr einen O-Saft im Sektglas und nannten sie Moppelchen. Dann brachten sie auch für sie Berge teurer Kleider, in die sie sich vor dem Spiegel reinzwängen musste. »Oh, da müssen wir mal schauen, ob es das noch eine Nummer größer gibt …«

Sirin geht aufs Klo und stellt sich dann vor den Spiegel neben ihrem Bett, mustert ihre langen, schlanken Beine, ihre kleinen, festen Brüste, die runden Schultern. Sie streckt ihrem Spiegelbild die Zunge raus, lässt sich auf ihr Bett fallen und schaut weiter »Gilmore Girls«. Doch jetzt ist sie genervt von der Mutter-Tochter-Idylle, drückt auf Pause und nimmt einen großen Schluck vom Kaffee. Zu heiß. Ihr ist zum Heulen zumute, aber genau das will sie jetzt auf keinen Fall.

ELIZA

Eliza und Mona sitzen noch immer am Frühstückstisch, der Käse beginnt an den Rändern zu schwitzen. »Schau mal, Schatz«, sagt Mona und schaut sie dabei an wie Eliza früher Mia, wenn diese sich mit ihrer besten

Freundin »für immer« zerstritten hatte. »Beim Online-Dating gibt es Regeln. Regel Nummer eins: Steigere dich nicht in einen Flirt hinein.« Sie klingt plötzlich so kompetent wie eine Expertin im Mittagsprogramm des Privatfernsehens, es ist der gleiche Tonfall, in dem sie Eliza auch über die Vorzüge basischer Ernährung oder den Segen morgendlicher Meditation aufklärt. »So läuft das, wenn du naiv bist. Du lernst jemanden kennen, ihr schreibt ein paar Mal hin und her. Vor dem ersten Treffen bist du aufgeregt wie ein Teenie und dann …«, sie fuchtelt mit den Armen, um ihre Pointe zu unterstreichen: »Puff! Die ganze Spannung löst sich in Luft auf, der Typ sitzt an der Theke, so sexy wie ein Butterkeks, und checkt bloß ab, ob er dich am ersten Abend in die Kiste kriegt. Das ist Online-Dating. Eine Wundertüte. Du kannst nicht wissen, ob der Typ was taugt, bevor du ihn nicht live gesehen hast. Nur schreiben, was soll das bringen? Was du da machst, das ist«, sie zögert, »das ist von gestern. Alte Welt.«

Eliza schweigt, fängt an, den Frühstückstisch abzuräumen, füllt die geschnittenen Tomaten und Gurkenscheiben in kleine Dosen und packt den Käse in Zellophanpapier. Mona kapiert es nicht. Es geht nicht darum, aus einem Meer von Männern den Hauptgewinn zu fischen. Es geht um den einen und den hat sie nicht gesucht, nur gefunden. Es geht um Alexander. Zu ihm hat sie etwas aufgebaut. Etwas Ungewöhnliches. Er ist attraktiv, aufmerksam, intelligent. Kein Butterkeks an der Theke, der wahrscheinlich mit 17 Frauen parallel chattet. Dafür hätte er keine Zeit, so oft wie er ihr schreibt. Es ist das Aufregendste, was sie seit Jahren erlebt hat. Aber Mona will das eigentlich gar nicht hören, ihre Meinung steht schon fest.

Sie kratzt die letzten Reste aus ihrer Müslischale.

»Regel Nummer zwei: Das Internet ist dafür da, genügend Männer einzusammeln, mehr als du je in deiner Nachbarschaft, in der Kneipe oder im Tennisclub finden könntest. Es geht um Masse. Aber sammeln heißt noch nicht verlieben, Elli. Wirklich kennenlernen kannst du sie ausschließlich im wahren Leben. Und das, mein Schatz«, schließt Mona ihren Vortrag und ist sichtlich stolz auf ihre Pointe. »Genau das willst du ja offenbar nicht.«

Es stimmt, Mona überlässt nur wenig dem Zufall. Doch sieht sie nicht, wie wenig dabei herausgekommen ist? Auf jeden Fall keine Beziehung. Ihr Ding mit Alexander, das passt in dieses Schema einfach nicht hinein. Ein dicker Brummer umschwirrt die Küchenlampe, steuert dann auf das Tageslicht zu und knallt mit seinem Körper geräuschvoll gegen die Scheibe. Eliza steht auf und öffnet das Fenster. Der Regen hat aufgehört, der Himmel wirkt hell, auch wenn die Dächer und der Asphalt noch dunkel und nass sind. Ihr Handy vibriert. Eine Nachricht. Verstohlen schaut sie auf ihr Smartphone.

ALEXANDER
Hey Süße, eben habe ich in meiner Timeline einen Spruch von Marlene Dietrich entdeckt.

›Wenn ich mein Leben noch einmal leben könnte, würde ich die gleichen Fehler machen. Aber ein bisschen früher, damit ich mehr davon habe.‹ Schlaue Frau, was? In diesem Sinne, wünsche dir einen tollen Tag voller Fehler ;-)

Eliza muss lächeln, versucht es aber vor ihrer Freundin zu verbergen. »Wenn ich irgendwann mal Single sein sollte, dann buche ich einen Dating-Kurs bei dir, Mona. Versprochen.«

Mona ist ihr Lieblingsmensch, keine Frage, aber was versteht sie schon von Gefühlen?

MARIANNE

Marianne pirscht über den Wochenmarkt und sucht nach Inspiration. Das Wetter hat sich am Vormittag etwas aufgehellt, die Straßen glänzen noch vom Regen, aber die Wolken haben sich weitgehend verzogen. Sie hatte eben noch überlegt, mit dem Auto in den Supermarkt zu fahren, doch zum Glück war sie geduldig und der Himmel hat aufgeklart. Donnerstag ist Markttag. Es ist nicht so, dass der Markt in Köln-Nippes nur donnerstags stattfindet, es gibt ihn jeden Tag, außer sonntags, aber der Donnerstag ist ihr Tag, ihr Markttag.

Sie hat von ihrem Therapeuten gelernt, wie wichtig Routinen sind, wie heilsam stabilisierend Rituale durchs Leben tragen. Er hatte wahrscheinlich nicht die Zigaretten auf dem Balkon gemeint oder den Feierabend-Wein, der sich mit den Jahren vom kleinen Highlight zur täglichen Maßnahme verwandelt hat. Was soll's? Der Mann nimmt vieles sehr ernst, und sie hat doch die Therapie angefangen, damit sich ihr Leben auch mal wie ein Luftballon und nicht immer nur wie ein Medizinball anfühlt. Immerhin, er hört ihr zu, nickt brav, doch das Spielerische geht dem Typ ab.

Der Gemüsehändler mit den riesigen, rauen Händen begrüßt sie schon von weitem.

»Junge Dame, was darf es heute sein? Die Avocados sind im Angebot, drei Stück für drei Euro.«

Ein entzückender Mann, wenn auch ein wenig grob.

»Sind die auch weich? Dann nehme ich drei davon.«

Sie schlendert weiter, sieht den Kaffeekiosk, der einen hervorragenden Cappuccino im Angebot hat, fast so gut wie in Italien. Auch hier wird sie erkannt.

»Einen Schuss Karamell, richtig?«

Herrlich. Sie gibt ein großzügiges Trinkgeld und merkt, wie sich ihre Stimmung hebt, die seit dem Telefonat im Keller war. Marianne spült das hohle Gefühl mit einem süßen Schluck Kaffee herunter.

Soll sie mal wieder Fisch machen am Wochenende? Oder eine vegetarische Tajine mit dem guten Fladenbrot vom Türken an der Ecke? Vielleicht würden sie ja zusammen kochen, an einem schön gedeckten Tisch essen und dann mit einer Flasche Wein den Abend beenden? Sie steuert den Feinkoststand an, der auch einen ganz passablen Rotwein im Angebot hat, und kauft drei Flaschen. Doch danach fehlt ihr der Plan, sie kann sich nicht mehr genau erinnern, was sie für eine Tajine braucht, und mit Fisch im Ofen stinkt vermutlich die ganze Wohnung. Beim Griechen kauft sie ein paar eingelegte Oliven und Garnelen. Irgendeine Mahlzeit wird bei diesem Markt-Tüten-Potpourri schon herauskommen. Noch Käse? Sie bestellt einen ganzen Berg italienischen Hartkäse, Schweizer Höhle und einen strengen Ziegenkäse im Aschemantel, dessen Geruch nach Tier und Stall sie abstößt. Aber ihr Mann liebt genau diese Spezialitäten, und wer weiß, vielleicht sind sie es, die ihn zu einem gemeinsamen Abendessen verführen, mit Salat, frischem Brot und drei verschiedenen Dips, die sie zur Freude der Käsehändlerin auch noch kauft. »Es ist eigentlich zu viel«, denkt sie, als sie die prall gefüllten Päckchen sieht, und ärgert sich im gleichen Moment, dass dieser vernünftige Impuls ihr kurzes Hochgefühl wieder verschwinden lässt.

Sie geht weiter zum Blumenhändler, der sie mit Namen begrüßt.

»Heute etwas Exquisites, vielleicht in Weiß?«, fragt er galant, nimmt sich besonders viel Zeit mit der Zusammenstellung und dem Binden und steckt ihr am Ende noch eine Extrablume dazu – »Für die kleine Vase im Badezimmer«, als ob er sie und ihre Wohnung durch und durch kennen würde. Er ist so ein Schatz. Der

Strauß kostet 18 Euro, sie drückt ihm einen Zwanziger in die Hand.

Ihr Handy klingelt in der Tasche, einen Moment hofft sie auf Wiedergutmachung. Doch es ist nur die Putzfrau, die wahrscheinlich wieder den Termin verschieben will oder ihre kranken Kinder vorschiebt, weil sie keine Lust hat zu arbeiten. Sie zögert und drückt sie dann kurzerhand weg.

ELIZA

Eliza radelt zur Arbeit, hastig tritt sie in die Pedale, das Frühstück mit Mona hat länger gedauert als geplant. Ihre Schicht beginnt um 14 Uhr, jetzt ist es schon zehn vor und sie mag es nun mal nicht aufzufallen. Sie tritt noch ein wenig fester. Eben fand sie es noch frisch und hat deshalb eine Daunenjacke angezogen, aber jetzt scheint schon wieder die Sonne, ihr wird warm und sie merkt, wie sich auf ihrem Rücken ein Schweißfleck bildet. Spät dran und jetzt auch noch verschwitzt. Sie hat einen Umweg genommen, hatte völlig vergessen, dass sie noch ein Buch in ihrer Buchhandlung abholen muss, zweimal hatten sie deswegen schon freundlich geschrieben. Bei Büchern ist sie altmodisch, liest am liebsten auf Papier. »Das schaff ich noch«, hat sie gedacht, sich dann aber verkalkuliert und wegen einer Straßensperrung sogar noch verfahren. »Mist!«, schimpft sie, die Ecke kennt sie nicht und es ist ihr irgendwie unangenehm, das Handy rauszukramen und Google Maps anzustellen. Sie muss sich doch nicht im Ernst zur Redaktion navigieren lassen! Ihr Orientierungssinn wird von Jahr zu Jahr schlechter, wie hat sie früher ohne GPS überhaupt überlebt?

Sie biegt links ab und fährt an einem Café mit einer großen Außenscheibe vorbei, das sie noch nicht kennt. Muss neu sein, sieht ganz gemütlich aus. Im nächsten Moment bremst sie. So abrupt, dass sie kurz das Gleichgewicht verliert und mit dem Fuß von einer Pedale rutscht. Die zweite bohrt sich in ihre Wade. Aua. Hastig steigt sie ab und schiebt ihr Rad hinter einen Altkleidercontainer, hinter dem sie sich verstecken und gleichzeitig seitlich einen Blick auf das Café wagen kann. Sie guckt noch mal genau hin, denkt einen Moment, dass sie sich geirrt hat und weiß Sekunden später, dass das nicht stimmt.

An einem der kleinen runden Tische sitzt Tim. Tim, der immer so termingestresste Tim. Mitten am Tag, extrem entspannt sieht er aus. Und ihm gegenüber sitzt eine Frau, attraktiv, das sieht sie schon aus der Ferne. Jung, jünger als sie jedenfalls, fülliger. Sie hat halblange, richtig dunkle, sehr glatte Haare und trägt einen enganliegenden roten Pullover. Ein seidiges Tuch schmiegt sich um ihren Hals, das Outfit ist perfekt, lässig, es harmoniert farblich mit ihren Haaren. Tim hat das gepunktete Hemd an, das sie ihm vor ein paar Jahren aus Berlin mitgebracht hat, es ist sein Partyhemd, das er gerne zu privaten Anlässen trägt, weil er sich darin locker vorkommt. Tim beugt sich zu ihr und erzählt irgendwas, und die Frau hört ihm aufmerksam zu, sie lacht und spielt mit einer Haarsträhne. Dann kommt die Kellnerin und Tim bestellt für beide. Eliza verfolgt gebannt die Pantomime, staunt. Ihr Herz klopft ein wenig schneller als gewöhnlich.

Doch was ist da? Wut? Verzweiflung? Eifersucht? Irgendwie nicht. Stattdessen mustert sie die Szene interessiert, wie bei einem Besuch im Aquarium. Es ist ein fremdes Leben, das sich da stumm hinter der Scheibe abspielt, es hat nichts mit ihr zu tun. Sie betrachtet Tim wie einen exotischen gepunkteten Fisch, der um einen roten Fisch herumbalzt. Es ist ein Spiel, ein Tanz. Der gepunktete Fisch ist nicht unattraktiv, vielleicht ein bisschen zu bemüht, in seinem offensichtlichen Wunsch zu gefallen.

Sie hat genug gesehen, steigt wieder auf ihr Fahrrad und fährt zur Redaktion, ganz gemächlich. Zu spät kommt sie jetzt sowieso. Den Weg findet sie jetzt, weiß gar nicht mehr, warum sie eben noch so unsicher war. Selbst das Treten geht leichter. Was sind schon harmlose Nachrichten gegen eine echte Affäre?

SIRIN

Mittlerweile ist es Nachmittag und Sirin hat zwar nicht das Schlaf-Shirt, aber die Serie gewechselt. »Gossip Girl« statt »Gilmore Girls«. Langweilig, zickig, doof und deshalb genau richtig für diesen beschissenen Tag. Vom Bett aus bestellt sie Pizza, die Nummer des Lieferdienstes hat sie unter Favoriten gespeichert. Dazu Kölsch, Cola und Zigaretten. Sowieso egal. Sie greift in ihre dunklen, glänzenden Haare und bindet sie zu einem unordentlichen Pferdeschwanz. Ihre Mutter hat ihr früher gerne zierliche Zöpfe verpasst, wahrscheinlich um zu demonstrieren, wie sehr sie sich kümmert. Das morgendliche Flechten hat manchmal so viel Zeit gefressen, dass Sirin zu spät in die Schule kam und von ihrer Lehrerin ausgeschimpft wurde. In der Pause merkte sie dann, dass sie zwar perfekt frisiert, aber ohne Butterbrot losgeschickt worden war. Sie kaute stattdessen an den Enden ihrer Zöpfe, die irgendwann ganz klebrig waren und nach getrockneter Spucke rochen.

Vielleicht waren die vergessenen Brote sogar Absicht gewesen? Eine Zwangsdiät? Zuzutrauen war's ihrer Mutter. Ein dickes Kind, was für eine Beleidigung! Die Tochter sollte schön sein, schön wie ihre Eltern. Selbst ihr Name, extravagant, nicht Julia, Lisa oder Laura. Sirin heißt »süß«, das war der Plan gewesen – ein süßes

Kind, das artig aufs Töpfchen geht und fürs Familienalbum in die Kamera strahlt. Als ob!

Der Bote klingelt und läuft mit Pizza und Getränken erst mal drei Stockwerke nach oben, bis er den Weg ins Souterrain findet. Sirin ist nach der Trennung hier eingezogen, es war die erste Wohnung, die sie finden konnte. Dunkel, muffig, unschlagbar günstig.

»Augenblick, warte mal.« Sie kramt in einer Schublade nach Bargeld und sieht ein Foto. Mutter und Tochter in Rom am Trevibrunnen, sie selbst vielleicht 15. In dem Alter war sie schon ziemlich schlank, der Babyspeck überraschend rausgewachsen, ganz von selbst. Auf dem Bild lehnt sie am Brunnen und von links starrt sie irgendein Italiener an, begeistert, lüstern. Ihre Mutter sieht ausnahmsweise nicht gut aus, das Foto ist aus einer ungünstigen Perspektive aufgenommen, man sieht tatsächlich ein Doppelkinn. Unbezahlbar ist aber vor allem der absolut biestige Blick, den sie Sirin zuwirft. Früher hatte sie dieses Bild vergrößert über dem Schreibtisch hängen, einfach nur, um ihre Mutter damit zu ärgern. Sie schiebt das Foto wieder ganz nach hinten in die Schublade, greift sich einen Zwanziger und ein paar Münzen.

Der Pizzabote ist jung, kaum volljährig, und mittlerweile kriegt er auch wieder Luft. Sie gibt ihm ein so großzügiges Trinkgeld, dass er verlegen im Türrahmen stehen bleibt und nach Worten ringt. »Alles gut, hau ab«, sagt sie und kommt sich schäbig vor.

Mit nackten Füßen steht sie auf den kellerkalten Fliesen. Endlich allein, aber auch unendlich allein. Zum ersten Mal seit Monaten sehnt sie sich nach *ihm*. Das Gefühl überfällt sie so unerwartet, dass sie kurz und scharf einatmen muss. Ihre Füße sind eisig, die Brust eng, und da ist er wieder. Der Schmerz, er klaut ihr die Luft. Sie stellt den Pizzakarton ungeöffnet auf den Küchentisch, macht sich eine neue Wärmflasche und flüchtet ins Bett. Dann legt sie sich das viel zu heiße Plastik auf den Bauch, bis sie es nicht mehr aushält.

ELIZA

Anna zieht ihre Augenbraue hoch, als Eliza hektisch ihre Verspätung entschuldigt, winkt aber ab: »Kein Problem. Ich bin ja froh, dass du auch mal Fehler machst. Dich wie ein Mensch benimmst.« Jetzt lacht sie auch noch. In ihrem verschwitzten Shirt steht Eliza da. Was soll das eigentlich? Wenn jemand unmenschlich perfekt ist, dann Anna! Und zwar so, dass man das Gefühl bekommt, sie schickt morgens ihren Avatar in die Redaktion, während ihr wahres Ich noch vor dem Spiegel steht und Gesichts-Yoga macht.

Eliza starrt in ihren Monitor und versucht sich zu konzentrieren. Es ist schwer, immer wieder kommen die Bilder. Tim mit dieser Frau. Tim, der sich anders benimmt, ja, wie eigentlich? Aufmerksam. Zugewandt. Interessiert, so, als würde er sein Gegenüber wirklich wahrnehmen. Ein Gegenüber, das nicht sie, Eliza, ist. Wie von einer verschwommenen Aufnahme her kommen ihr seine Gesten, sein Drang zu gefallen bekannt vor – so war er früher auch zu ihr. Sie sieht die Szene wie in einem Film, ihr Kennenlernen, die Häuser aus Bierdeckeln. Dann Schnitt, er in dem Café mit der Dunkelhaarigen, seine Hand in Nahaufnahme, wie er der Kellnerin mit zwei Fingern die Bestellung signalisiert. »Wir nehmen beide noch einen Milchkaffee«, sollte das wohl heißen. Selbstverständlich, dass er auch für beide bezahlt, ein angeberisches Trinkgeld gibt. Und danach noch mit ihr sitzenbleibt, ohne Eile, ganz Gentleman. Klar, er hat ja Zeit am helllichten Tag, vergräbt sich Abend für Abend im Arbeitszimmer und holt seine Aufgaben dort nach.

Und wie er sich vorgebeugt hat! Dieser linkische Charme des Mathematikers, den sie fast vergessen hat.

Eliza tippt ein wenig zu fest auf die Tasten, versucht Zeit reinzuholen und langweilige Meldungen in »Snackables« zu verwandeln. So nennt Anna Beiträge, die zwar wenig Arbeit machen, aber trotzdem auf ihren Kanälen jede Menge Reichweite bringen. Zum Glück muss sie dafür nicht besonders aufmerksam sein, ihre Gedanken titschen umher wie Flipperkugeln. Wer ist jetzt eigentlich der Betrüger in der Familie?

»Ich bin ja froh, dass du dich auch mal wie ein Mensch benimmst!« Der Satz hängt ihr ebenfalls nach und Eliza tippt schneller und schneller, fast wie im Rausch.

»Alles klar bei dir?«

Anna steht neben ihrem Schreibtisch.

Eliza guckt auf und ihr Mund beginnt zu reden, planlos, einfach so.

»Sag mal, Anna. Diese Reportage in Köln, die beste Karaokebar Deutschlands. Das Thema ist mal was ganz anderes, ich habe die letzten Monate immer nur am Desk gesessen. Ich weiß, ich hätte mich gestern melden sollen, aber …« Jetzt zögert sie doch, aber ihre plötzlich eigensinnige Stimme setzt nach: »Könnte ich die Geschichte vielleicht machen?«

Anna schweigt. Eliza will ihre Frage fast widerrufen, so unangenehm ist ihr die Stille, die zwischen ihr und der Chefredakteurin festhängt wie ein Salatblatt in den Schneidezähnen. Anna holt Luft.

»Sorry, Eliza, da hättest du gestern was sagen müssen.« Sie schüttelt bedauernd den Kopf. »Ich müsste Franziska die Chance wieder wegnehmen, das wäre einfach nicht fair.«

Eliza schluckt.

»Klar, logisch, war nur so eine Idee.«

Hat sie das eben wirklich gefragt?

Ihre Chefin geht in Richtung Meetingraum, ziemlich langsam, als würde sie über etwas nachdenken, das sie in zwei Richtungen gleichzeitig zieht. Es ist seltsam, aber bei Anna zeigen sich Gefühle oft direkt in ihrem Körper, der Haltung, ihren Gesten, während ihr Gesicht dabei perfekte Fassung bewahrt.

Offenbar hat jetzt eine Kraft gewonnen, denn sie dreht sich um und geht zu Eliza zurück.

»Gut,« sagt sie trocken. »Von mir aus, du kannst die Reportage machen.«

Eliza spürt einen kurzen Impuls, alles wieder zurückzunehmen, sagt dann aber: »Danke, Anna, wow!«

»Schon gut. Aber …«, Anna macht eine Pause und schaut streng: »Franziska kommt mit.«

Eliza starrt sie verständnislos an.

»Sie ist jung, braucht noch ein bisschen Handwerkszeug. Du kannst ihr was beibringen.« Sie beugt sich zu Eliza und flüstert: »Nur Talent und Selbstbewusstsein sind auf Dauer nicht genug.« Sie schaut Eliza kurz an und tatsächlich, sie zwinkert mit langen Wimpern und ihrem in drei Farben geschminkten Lid: »Ihr zwei, ihr seid doch ein perfektes Team.« Als sei alles geklärt, dreht sie sich schon um. »Und denk dran«, sagt sie noch im Weggehen, »es muss das billigste Hotel sein.«

Eliza tippt so fest auf ihre Tastatur, dass jeder Buchstabe einen kleinen gequälten Laut von sich gibt, ein klackerndes, hässliches Konzert. Was soll sie mit Franziska in Köln? Mit einer Franziska, deren zur Schau getragenes Selbstbewusstsein sie schon in der Redaktion ein wenig bedrohlich findet? Mit einer Franziska, die dann vielleicht ein Treffen mit Alexander vereitelt, weil sie ihr am Rockzipfel hängt? Oder einer Franziska, die sich beherzt ins Geschehen stürzt, während Eliza schüchtern am Rand steht, sich an ihr Notizbuch klammert, als Reporterin komplett versagt, weil sie plötzlich Angst bekommt. Sie hat schon so lange keine Reportage mehr recherchiert, für die sie richtig ins Getümmel musste. Jetzt also die beste Karaokebar Deutschlands? Aus den Augenwinkeln sieht Eliza ihre Chefin an Franziskas Schreibtisch stehen. Anna ganz ruhig, aber Franziska regt sich sichtlich auf, erhebt ihre quietschige Stimme so, dass Satzfetzen zu Eliza rüberschwappen. »… eine Aufpasserin?« und »… die in der Karaokebar?« und »… echt nicht ihr Thema!« Eliza setzt sich ihr Headset auf, mit dem sie sonst Interviews abhört. Jetzt sieht sie wie im Stummfilm Franziska schimpfen, dann die Arme verschränken und schließlich mit den Schultern zucken. Auf was hat sie sich da nur eingelassen? Das Klackern der Tastatur hört sich durch die Kopfhörer gedämpft an, zaghaft. Sie zieht ihr Handy aus der Tasche, holt tief Luft und wartet kurz, bis ihr Puls ein wenig runtergeht. Dann schreibt sie. Es soll sich locker anhören, fast nebenbei, als ob es nichts Besonderes sei. Sie ist halt da, es hat nichts mit ihm zu tun, eine gute Gelegenheit.

> **ELIZA**
> Hey, Alex, ich bin am Wochenende in Köln.
> Lust was zu trinken?

Ihr wird von einem Moment auf den anderen so mulmig, als ob sie mit einem Bungeeseil um den Körper an einem Abgrund steht und gegen alle Warnungen nach unten schaut. Jetzt nicht nachdenken, denkt sie, jetzt bloß nicht nachdenken. Kurz schießt ihr noch mal das

Bild von Tim durch den Kopf, wie er lässig seine Hand in Richtung der Kellnerin hebt und zwei Getränke bestellt. Mit einem Fingertipp drückt sie auf »Senden«.

ELIZA

Ihre Hand zittert beim Versuch, die Haustür ihres Reihenhauses aufzuschließen. Endlich drin. Alle sind schon da, der Abendbrottisch gedeckt. Die Kinder lümmeln mit ihren Smartphones auf den Küchenstühlen, am Herd steht Tim, die Brille beschlagen, und wirft zwei Packungen Spaghetti ins kochende Wasser. Das gepunktete Hemd hat er gegen ein graues Sweatshirt getauscht.

»Hallo, zusammen!«

»Hi, Mama!«

»Hallo, Schatz«, antwortet Tim, ganz selbstverständlich, als wäre alles normal, ein Tag wie jeder andere. Auf dem Ceranfeld köchelt seine legendäre Bolognese-Soße, die ganze Familie ist verrückt danach. Ihr war gar nicht klar, dass heute ein Bolognese-Abend ist. Pasta, der Klebstoff ihrer Familie.

Als sie die Menge an Nudeln registriert, fällt ihr ein, dass heute Tims Mutter zum Abendessen kommt, auch das noch, sie hat es völlig vergessen. Eliza steht in feuchtem Nudeldampf, die Küche voller Leben. Unter dem warmen Licht der Küchenlampe umhüllt sie das Geplapper der Kinder, riecht sie den tomatigen Geruch der Soße und hält ein paar Sekunden inne. Es ist kurz schön, schmerzhaft schön und fast zu viel. Sie atmet den Moment ein, als könne sie ihn in ihrer Lunge festhalten, und sehnt sich gleichzeitig nach der eckigen Einsamkeit des gestrigen Abends.

Wann schreibt Alexander? Sie braucht seine Antwort, jetzt, dringend. Hat er geschrieben? Was?

Sie verlässt die Küche und schließt sich kurz mit dem Handy im Bad ein.

Nichts.

Ihre Nachricht leuchtet verloren im Chat wie eine grüne Ampel nachts um halb vier. Seltsam. Antwortet Alexander sonst nicht immer schneller? Oder kommt es ihr nur so vor? Durch die Badezimmertür gedämpft, hört sie die Türklingel, das muss Dorle sein. Eliza ist noch nicht bereit. Ihr Magen fühlt sich flau an. Verliebtsein, Angst, fast die gleichen körperlichen Symptome. Ihr wird kurz schwindelig und sie lässt kaltes Wasser über ihre Handgelenke laufen, bevor sie sich wieder nach draußen traut.

Die Spaghetti Bolognese schmecken wie immer. Alle außer Eliza essen zwei große Teller, ihr Magen ist wie zugeschnürt. Gesprächsfäden ziehen sich durch die Küche wie ein Netz, doch ihre Aufmerksamkeit schlüpft immer wieder durch die Maschen.

»Dieser Schiedsrichter, total blind.« Niklas erzählt vom Fußball. »Der Stürmer von denen hat mich gefoult, jetzt habe ich einen blauen Fleck.« Er zieht sein T-Shirt hoch, zeigt eine winzige Verfärbung. Empörtes Murmeln. Dann grinst er: »Ich hab zurück geschubst und das hat der blinde Schiri auch nicht gesehen.«

Tim hat ein Buch über den Zerfall der amerikanischen Gesellschaft gelesen, ein Psychiater, der dem Volk kollektive Wahnideen unterstellt, hochinteressant findet er, doch niemand steigt so richtig auf das Thema ein.

»Mann, Papa, du musst uns nicht immer die Welt erklären«, mault Mia.

Tim guckt ein bisschen beleidigt und Dorle schießt sofort mit einem neuen Thema dazwischen, berichtet von ihrer neuen Bürgerinitiative.

»Am Drosselweg sollen drei Bäume gefällt werden.« Angeblich krank, aber sie vermutet Mauschelei.

»Das lassen wir uns nicht gefallen!«

Mia isst still ihre Spaghetti mit Walnuss-Pesto, beäugt dabei vorwurfsvoll das Hackfleisch auf den Tellern.

»Warum müssen für unsere Bolognese eigentlich Tiere sterben? Da gibt es doch Alternativen!«

»Kind, jetzt mach mal halblang.«

Die Schwiegermutter protestiert stellvertretend.

»Wir essen doch wirklich nur noch selten Fleisch. Aber ganz ohne fehlt der Geschmack.«

Dorle kämpft leidenschaftlich für das Gute, aber beim Essen hört der Spaß auf.

»Das Hackfleisch ist Bio«, setzt sie versöhnlich nach. Mia verzieht das Gesicht.

Eliza mustert Dorle, ihre wild gemusterte Tunika in Rot, Grün und Pink, weit geschnitten, mit der sie ihre fülligen Hüften verhüllt, und die langen, spitzen lila Ohrringe. Ihre fast weißen Haare waren beim letzten Besuch noch halblang und sind jetzt kurz geschnitten. Steht ihr, die neue Frisur.

»Wisst ihr noch«, sagt Dorle jetzt. »Papa hat Timis Bolognese auch geliebt.« Tim steht auf und putzt sich die Nase.

»Papa hat sie immer mit einem riesigen Berg Parmesan gegessen«, sagt Tim und räuspert sich. »Wie hat er es eigentlich geschafft, immer so schlank zu sein?«

Dorles Mann, Tims Vater, ist vor drei Jahren gestorben, die Krankheit kurz und schmerzhaft. Sie war gerade Rentnerin geworden, nach vierzig Jahren Arbeit beim Jugendamt. Seither fangen viele ihrer Sätze an mit: »Weißt du noch, was Papa …?« »Weißt du noch, wie Papa …?« Zum Glück ist Dorles Terminkalender immer so voll, dass Eliza kein schlechtes Gewissen haben muss, weil sie sich mal wieder wochenlang nicht gesehen haben.

Eliza mag Dorle, aber sie hält sie auf Abstand. Heute besonders. Das Warten auf ein Lebenszeichen von Alexander, die Bilder des flirtenden Tims, der Stress mit Franziska. All das rumort in ihr wie ein Trupp Affen, eingesperrt in einen zu kleinen Käfig. Eliza hat ihrer Familie immer noch nichts von der Reanimation erzählt, gestern war keine Gelegenheit und jetzt ist sie stumm wie ein Fisch.

»Timi, das hast du wieder toll gemacht.«

Dorle nimmt noch ein drittes Mal nach und lobt die Soße so euphorisch, dass Eliza aufmerkt. Na und, sie ist halt keine große Köchin. Tim geht regelmäßig allein zu seiner Mutter und lässt sich mit Königsberger Klopsen mästen, sein Lieblingsgericht. Dorle kocht die doppelte Menge und packt sie ihm dann zum Mitnehmen ein. Eliza hat gegen die Klopse in den letzten Jahren einen richtigen Widerwillen entwickelt. Sie verstopfen in gläsernen Frischhaltedosen ihre Tiefkühltruhe, immer bereit, Tim zu sättigen, und sind dort zum gefrorenen Mahnmal ihres Versagens geworden.

Dorle hätte auch sie bekocht und mit Freude aus ihrem emotionalen Füllhorn beschenkt, doch Eliza wollte nicht. Der große Busen, an den Dorle Familienmitglieder gerne zieht, und ihr Geruch nach frischem Brot waren anfangs verlockend, hatten aber in ihr sofort einen Angstreflex ausgelöst, als könnte sie in der weichen Woge den Halt verlieren und für immer darin versinken. Mütterliche Liebe, auch schwiegermütterliche, ist zu direkt mit Schmerz verbunden, mit altem Schmerz, den Eliza so fein säuberlich weggepackt hat wie Tim die Königsberger Klopse.

Nach dem Essen spielen sie Doppelkopf. Eliza verwechselt Re und Contra, schenkt ihren Fuchs den Gegnern und vergisst, welche Fehlfarbe schon gelaufen ist. Inmitten des trubeligen Spieleabends fühlt sie sich isoliert, wie ein Geist. Die Szenerie rührt Erinnerungen an. Auch sie hatte als Kind ein Familienleben, ganz früher. Lustige Mahlzeiten, bei denen sie so lachen musste, dass ihr die Fanta aus der Nase kam. Kniffelrunden, bei denen ihr Vater immer ein unverschämtes Glück hatte und Eliza am Ende doch auf wundersame Weise das Spiel gewann. Elizas Mutter war das krasse Gegenteil von Dorle gewesen. Zart, durchsichtig, zerbrechlich, wie die Zuckerschicht auf einer Crème brulée. »Mach der Mama keine Sorgen«, hatte ihr Vater immer gesagt. Hätte er sich nur daran gehalten!

»Mama! Du musst bedienen!«

Die Kinder sind sichtlich genervt, Dorle schaut sie besorgt an. Tim schenkt noch mal Wein nach, aber Eliza legt eine Hand auf ihr leeres Glas.

»Sorry, ich habe Kopfschmerzen. Ihr seid ja zu viert, spielt ruhig ohne mich weiter.«

Erschöpft geht sie ins Badezimmer, putzt schnell ihre Zähne, schminkt die verlaufene Mascara ab und schlüpft unter die Bettdecke, das Handy fest in der Hand.

Was würde Alexander sagen? Enttäuschungs-Prophylaxe, sie stellt sich auf Zurückhaltung ein.

Meine Schöne, das klingt so verlockend, aber ist das wirklich eine gute Idee?

Das wäre okay, Zweifel können sie miteinander diskutieren. Aber stundenlang Schweigen?

Warum antwortet er nicht?

Da stimmt was nicht.

Er will nicht.

Bevor sie sich traut, das Handy zu entsperren, geht sie noch ein paar Möglichkeiten durch. Vielleicht ist er auf Dienstreise, hat das Handy verloren. Es ist in eine Pfütze oder ins Klo gefallen, ihr selbst ist das schon mal passiert und es war nicht zu retten. Plötzlich sieht sie vor ihrem inneren Auge Blaulicht, einen Krankenwagen. Ein Unfall? Ein Herzinfarkt, er ist doch schon um die 50? Oder eine Operation, unspektakulär, aber es könnte Komplikationen gegeben haben.

Sie bekommt Angst. Der Wunsch nach einer Nachricht, einem Lebenszeichen ist wie ein dumpfer Druck, der auf ihrem Brustkorb lastet, eine Spannung, die sich immer mehr zu einem Knoten verdichtet.

Eliza traut sich endlich, öffnet die App.

Scrollt, scrollt hektischer.

Das muss ein Irrtum sein!

Sie sucht weiter, macht das Handy an und aus, öffnet und schließt die App. Sie würde am liebsten aufspringen oder etwas kaputtmachen, aber ihr Körper ist regungslos.

Wenn sie sich als Kind zu einsam fühlte oder müde war, schlich sie leise zu ihrer Mutter ins Schlafzimmer und schmiegte sich von hinten an ihren dünnen Körper. Überprüfte, ob ihr Herz noch schlug. Dann atmete sie den Geruch ihrer Haut ein und stellte sich vor, ihr Vater würde gleich nach Hause kommen, sie würden alle gemeinsam aufstehen und Abendbrot essen. Die Bilder waren so lebendig, dass sie sich manchmal stundenlang an ihre reglose Mutter presste und in ihrer Traumwelt versank, bis sie einschlief.

Ganz flach atmen. Stillhalten. Fallen in die Bewusstlosigkeit, ein gnädiges Koma. Es funktioniert, noch immer.

Die Müdigkeit reißt sie mit wie eine dunkle Welle, sie kann und will sich nicht dagegen wehren.

MARIANNE

Die Stufen im Treppenhaus knarzen, als Marianne mit ihren Markttüten in den dritten Stock steigt. Sie fand ihre Altbauwohnung immer schick, Boheme-Flair, aber mittlerweile sehnt sie sich nach einer Tiefgarage, einem Aufzug. Vielleicht sollten sie sich doch mal in einem der schicken innerstädtischen Neubauviertel umsehen? Am Gereonshof wurde das Gelände einer ehemaligen Versicherung umgebaut. Schick, super schick. Aber leider auch super teuer, unbezahlbar. Jetzt rächt es sich, dass sie mit nur einem Gehalt auskommen müssen. Die Tragegriffe der Taschen voller Käse schneiden ihr schmerzhaft in die Handinnenfläche und ein Schweißtropfen bildet sich zwischen ihren Brüsten.

Ihre Wohnung liegt zentral, eine absolut angesagte Gegend, doch sie wohnen schon so lange dort, dass sie sich die Miete noch leisten können. Keine Chance, etwas Vergleichbares zu diesem Preis zu finden, ein Umzug ist eigentlich ausgeschlossen, und warum auch, knapp 100 Quadratmeter mit Stuck an der Decke und einem kleinen Balkon an der Küche ist in Köln eine Rarität, um die sie viele beneiden. Sie haben dem Drang widerstanden, wie alle anderen mit dem Baby in einen Vorort zu ziehen, sie hat lieber den Kinderwagen durch Asphaltwüsten geschoben, als in einer Reihenhaus-Siedlung mit Plastikrutsche im Garten zu versauern. Die richtige Entscheidung, findet sie, denn jetzt werden sie mit einer Schnäppchenmiete mitten in der City dafür belohnt. Schade nur, dass sie so selten ausgehen, jetzt, wo es möglich wäre, wo sie Zeit und auch Geld haben und all die schönen Restaurants, Bars und Cafés in der Nähe. Irgendwie hat er wenig Lust auf Unternehmungen mit ihr, ist aber selbst dauernd unterwegs.

Die Tüten sind schwer und ihre Kondition ist nicht die beste, merkt sie. Was sie nicht alles tut für ein gemeinsames Abendessen! Sie erklimmt die letzten Stufen und schließt die Tür auf. »Baby?«, ruft sie, ein wenig außer Atem, und spürt schon an dem Klang ihrer Stimme, dass sie keine Resonanz bekommen wird, dass die Wohnung mal wieder kühl und leer ist.

ELIZA

Als sie aufwacht, hat sie es erst vergessen. Es dauert ein paar Sekunden, vielleicht sogar eine Minute, dann dringt die Erinnerung zu ihr durch wie Regen durch eine defekte Markise. Eliza hat jetzt wirklich Kopfschmerzen, nicht nur vorgeschobene, ein dumpfes Klopfen, das sie sofort mit zwei Tabletten bekämpft. Obwohl sie mehr als acht Stunden geschlafen hat, fühlt sie sich müde, der Kaffee riecht bitter.

Ihr Handy hat sie schon gecheckt, keine Veränderung. Keith Richards reibt sich hoffnungsvoll an ihrer Wade, will die gewohnte Massage mit ihrem großen Zeh, doch sie überspringt das Vorspiel und schaufelt direkt stinkendes Futter in seinen Napf.

Alexander hat sein Profil gelöscht.

Ihre Parallelwelt ist verschwunden. Nichts ist zurückgeblieben, nicht mal der gemeinsame Chat, den sie wieder und wieder gelesen hat. All die schönen Worte!

Es ist wie ein Mord ohne Leiche. Da ist nicht mal mehr ein Beweis, dass etwas zwischen ihnen existiert hat. Sie könnte sich das alles eingebildet haben, eine verrückte einsame Frau, die sich einen Lover ausdenkt. Kein Wort, kein Bild kann ihre Geschichte mehr belegen.

Tim tritt neben sie an die Kaffeekanne, seine Tasse schon in der Hand. »Guten Morgen«, sagt er, als wäre alles normal, als würde ihr Leben jetzt einfach so weiter gehen. Er hat offenbar schon geduscht, denn ihn umgibt ein frischer Geruch und er ist rasiert.

»Neues Aftershave?«

»Nein«, sagt er und grinst ein bisschen verlegen. »Das hast du mir zum Geburtstag geschenkt.«

Wirklich? Sie versucht sich zu erinnern, aber ihr fällt nur ein, dass sie irgendein Last-Minute-Express-Päckchen in die Redaktion bestellt hatte, weil sie erst keine Idee hatte und dann der Geburtstag plötzlich da war. Eigentlich könnte sie sich jetzt schon um ein Geschenk kümmern. Tim hat Anfang Dezember Geburtstag, das ist jedes Jahr eine stressige Zeit. Der Impuls verschwindet so schnell, wie er gekommen ist. Gerade liegt ihr nichts ferner, als sich um den Geburtstag ihres Gatten zu sorgen. Noch-Gatte, ein Ehemann auf dem Absprung. Duftend und rasiert würde er sie zurücklassen, eine traurige, mittelalte Frau im gelben Frotteebademantel, die verzweifelt versucht, einen Dating-Chat wiederherzustellen.

Tim verlässt pfeifend das Haus, während sie noch das Brot verstaut und die Anrichte mit einem schon etwas muffigen Lappen abwischt, den sie dann auf den Wäschekorb legt.

Sie hat Tim auf einer Beerdigung kennengelernt, war das bereits ein schlechtes Omen? Die Ehe ein Fehler? Aber wie hätte ihr Leben ohne ihn ausgesehen? Unvorstellbar.

Mit ihrem Studium war sie fast durch, als ihr ehemaliger Deutschlehrer starb. Sie hatte ihn sehr gemocht, er hatte ihr die Liebe zu Büchern, zur Sprache vermittelt. Die Nachricht seines Todes erschütterte sie. Noch ein Stück Kindheit, das für immer weg sein sollte? Es war für sie selbstverständlich, in die Heimatstadt zu fahren, auf seine Beerdigung zu gehen. Nach der Beisetzung trafen sich die ehemaligen Schüler noch bei Lucki.

Mit einem in der Runde verstand sie sich besonders gut. Er war nur zwei Jahre älter als sie, aber sie konnte sich auch mit Mühe nicht an ihn als Mitschüler erinnern. Sie saßen nebeneinander an dem großen, runden Kneipentisch, ihre Härchen an den Unterarmen haben sich immer wieder berührt. Dann versuchten sie aus Bierdeckeln ein Haus zu bauen. Je später der Abend wurde, desto wackeliger wurde die Konstruktion, was sie immer mehr zum Lachen brachte. Er begleitete sie wie selbstverständlich zu ihrer Pension und küsste sie so schüchtern, dass sie sich sofort in Sicherheit fühlte.

Was ist seither schiefgelaufen?

Schon ein paar Tage später waren sie und Tim ein Paar, nicht lange danach verheiratet. Mona war selbstverständlich Trauzeugin, stand auf dem Fest aber vor allem herum, trank Sprudelwasser und ging früh. Nach der Hochzeit war Funkstille. Ach, Mona! Sie nimmt ihr Handy und tippt eine WhatsApp an ihre Freundin.

ELIZA
Ich muss dich sehen. Bitte. Heute nach der Arbeit. Es ist dringend!

MONA
Kriegen wir hin. Bei Lucki?

Die Antwort klingt kühl, kühler als gewöhnlich, aber immerhin, sie kommt prompt. Zum Glück wohnt sie in der Nähe, ist für sie da.

Auch Mona ist irgendwann in ihre gemeinsame Heimatstadt zurückgekehrt, nicht ganz freiwillig. Erst wohnte sie in Berlin, dann in Paris, die Anrufe über das Festnetztelefon wurden seltener und blieben dann monatelang aus. Manchmal hatte Eliza das Gefühl, Mona missgönne ihr das Familienglück. WhatsApp gab es damals noch nicht und es war viel schwieriger, in Kontakt zu bleiben. Die Distanz wurde immer größer. Schließlich war Mona ganze drei Jahre in Indien abgetaucht und kam als Yogalehrerin zurück. Sehr dünn, sehr spirituell und fast buddhistisch heiter.

Sie tingelte durch die Welt, bis ihre Mutter Pflege brauchte, von Krebs und Bitterkeit zerfressen. »Hol dir Hilfe«, hatte Eliza Mona geraten. Sie wusste ja, wie schwierig das Mutter-Tochter-Verhältnis war. Doch Mona übernahm die Aufgabe mit der gleichen Disziplin, mit der sie seit Indien jeden Morgen ihre Sonnengrüße praktizierte. Eliza half, wo sie konnte, kochte große Töpfe fein pürierte Suppe und wartete später mit einer Thermoskanne Tee und zwei Tassen auf der Bank vor dem Krankenhaus, während Mia im Kinderwagen schlief. So wurden sie wieder Freundinnen. Wie in der Schule, nur erwachsen.

ELIZA
Egal wo. Hauptsache heute. Gerne bei
Lucki. Danke, dass du für mich da bist.

Vielleicht kann Mona ihr sagen, was sie jetzt tun soll.

ELIZA

In der Redaktion macht sich Eliza direkt an die Arbeit, redigiert einen um den anderen Artikel. Bettina, die Redaktions-Assistentin, tritt an ihren Schreibtisch und lächelt.

»Ich habe euch Zugtickets nach Köln gebucht«, sagt sie.

Eliza schaut sie verständnislos an. Oh nein. Köln! Sie hat die Reportage völlig verdrängt, brauchte doch vor allem einen Vorwand, um Alexander zu treffen. Bettina ist eine so hilfsbereite, nette Person. Wie sollte sie ihr jetzt klarmachen, dass Köln für sie nicht mehr in Frage kommt, der Köln-Traum ausgeträumt ist?

»Freitagvormittag. Für die Hinfahrt habe ich zwei Plätze reserviert, da sind die Züge immer so voll«, fährt Bettina fort. »Die Rückfahrt bucht ihr einfach selbst, vielleicht wollt ihr ja noch einen Tag dranhängen.«

»Okay«, sagt Eliza tonlos. Sie merkt jetzt selbst, dass sie keinen Rückzieher mehr machen kann, dass sie sich vor Anna restlos blamieren, dass Franziska nie mehr einen Funken Respekt vor ihr haben würde. Sie muss wirklich nach Köln, trotz allem. Wie soll sie das schaffen, in dieser Verfassung?

Sie ist keine knallharte Reporterin, ist es nie gewesen. Ihr Volontariat hat sie bei der Lokalzeitung gemacht, dort auch einige Jahre gearbeitet, geschrieben. Veranstaltungs-Kalender, Nachrichten, Reportagen, eigentlich alles. Geschichten über Menschen, die waren ihr Ding gewesen. Als die Kinder kamen, hat sie zunehmend am Nachrichten-Desk gesessen, Schichten geschoben, um den Arbeitstag berechenbarer zu machen. Doch mit der Flut an schlechten Nachrichten kam sie schlecht zurecht. Explosionen, Überschwemmungen, Gewaltverbrechen. Immer musste sie an die Menschen denken, die Opfer. Bei einem Motorradunfall auf der regionalen Landstraße war es noch schlimmer. Ohne etwas dagegen tun zu können, malte sie sich in Einzelheiten aus, wie die Sekunden vor und während des Zusammenpralls abgelaufen sein könnten, welche Verletzungen das Opfer genau davongetragen hatte. Sie stellte sich die Angehörigen vor, die gerade noch ein ganz normales Leben geführt hatten und dann ahnungslos ein Polizeiauto vor ihrer Tür bemerkten. Brüder, Mütter und am schlimmsten Kinder, die völlig verzweifelt, aber noch betäubt, in ihrer Küche saßen und vielleicht unsinnige Sachen überlegten. Ob sie jetzt trotzdem in die Schule müssen oder eine Tennisstunde absagen sollten. Aber auch politische Ereignisse, gescheiterte Klimaabkommen, Angriffe auf Flüchtlingsheime und Skandale in Schweinemastbetrieben drangen durch ihre kaum vorhandene Schutzschicht und nisteten sich ein.

Am Abend fühlte sie sich wie kontaminiert, wollte erst mal duschen, sich reinigen vom Schmutz der Welt. Doch nicht immer half das. Sie musste sich auf die Kinder so stark konzentrieren wie eine Sehbehinderte, die nur mit Mühe ihre Augen ohne Brille scharf stellen kann. Mit Tim war sie einsilbig, ließ ihn aber im Gegenzug endlose Monologe führen, in denen er detailreich aus seinen Meetings berichten durfte. Irgendwann hatte sie sich etwas mit geregelten Arbeitszeiten und harmlosen Themen gesucht – »Melli«. Ein Frauenmagazin, bei dem sie vom Schreibtisch aus recherchieren konnte, die Themen sie nicht über den Feierabend hinaus beschäftigten.

Verdammt, sie hat Angst vor Köln, der Reportage, der Herausforderung. Und ihr geht es nicht gut, ihr Bauch hohl und heiß vor Scham. Was ist, wenn sie Alexander in Köln zufällig begegnet? Was ist, wenn sie ihm nicht begegnet?

»Da ist aber noch was, mit dem Hotel«, ruft Bettina sich in Erinnerung und tritt verlegen von einem Fuß auf den anderen. »Franziska hatte schon das Backpack-Palace am Hauptbahnhof gebucht, sehr günstig, fand ich richtig entgegenkommend von ihr.«

Eliza sieht Bettina alarmiert an.

»Es gibt keine bezahlbaren Hotelzimmer in Köln«, sagt Bettina jetzt nüchtern. »Alles voll, Kunstmesse, Madonna in der Arena. Die Zimmer kosten ein

Vermögen. Anna fragt, ob du dir ein Zimmer mit Franziska teilst. Ausnahmsweise. Das Reisebudget ist schon ziemlich ausgeschöpft. Mit zwei Leuten auf Recherche! Das ist schon ganz schön dekadent.« Sie macht eine kurze Pause, wartet offenbar auf eine Reaktion. Als sie in Elizas fassungsloses Gesicht sieht, zieht sie noch einen Trumpf aus der Tasche: »Ihr seid doch sowieso die halbe Nacht unterwegs. Anna sagt, du willst diese Geschichte unbedingt machen. Sie findet das so toll, deine Begeisterung fürs Thema. Sie ist sich sicher, dass du ja sagst.«

Eliza überlegt blitzschnell, ob sie aus dieser Nummer ohne Gesichtsverlust wieder herauskommt, ob sie Verhandlungsspielraum hat. Die Vorstellung von ihr und Franziska in einem Bahnhofs-Hostel ist absurd. Ein Wochenende im Stockbett, im Nachbarzimmer Junggesellinnenabschiede, Bier trinkende Engländer und grölende Fußballfans. Ist das ihr Exit? Aber einen Rückzieher machen und auf ewig die alternde zickige Diva der Redaktion werden? Keine Alternative! Dann lieber kooperativ sein, locker, unkompliziert: »Ja, klar, kein Problem«, sagt sie, und um ihre Verwandlung zu unterstreichen, setzt sie noch nach. »Das wird sicher lustig!«

Am späten Nachmittag hat Eliza genug Texte zerpflückt, sie packt die von Bettina ausgedruckten Zugtickets in ihre Tasche.

ELIZA
18 Uhr?

MONA
Bin da!

ELIZA
Du bist die Beste!

Endlich kann sie los. Ihr Fahrrad kommt ihr schwergängig vor, sie tritt fester in die Pedale, überfährt zwei rote Ampeln, will einfach nicht warten. Sie fährt an einem Imbiss vorbei, der Duft nach Frittenfett zieht über die ganze Straße. In Eliza ploppt eine Erinnerung auf, so schmerzhaft. Nicht jetzt, bitte.

Sie steht mit Pommes in ihrer Studentenküche, hat sich gerade an der Uni eingeschrieben, ist in Hochstimmung. Endlich raus von zu Hause, Welt, ich komme. Mona und sie haben eine WG gefunden, drei winzige Zimmer und eine große Küche mit Flachdach zum Hinterhof, auf dessen Dachpappe man sich sonnen kann, wenn man durchs Fenster klettert. Die beiden sitzen dort oft, schauen sich kichernd den Sonnenuntergang an oder robben auf dem Bauch bis zum Rand und lassen ihre langen Haare in die Straßenschlucht baumeln. Außer ihnen wohnt dort nur noch ein pickliger Informatikstudent, der sich hinter seinem Bildschirm verschanzt und im Ofen Unmengen Backcamembert zubereitet, den er in sein Zimmer schleppt und dort mit Preiselbeeren und Fladenbrot verdrückt. Der dauernde Geruch nach Käse verfängt sich auch in ihren Klamotten wie der Rauch eines Lagerfeuers.

Aber bis auf diese Macke ist er ein netter Kerl, der den Putzplan befolgt und ansonsten die Mädchen-Freundschaft nicht weiter stört. Eliza freut sich auf alles, die Vorlesungen, die verstaubte Bibliothek, sogar den Automaten-Kaffee. Alles ist exotisch, aufregend.

Das müssen wir feiern!

Sie überrascht Mona mit Pommes und einer Flasche warmem Sekt aus dem Supermarkt. Stellt zwei ausgespülte Senfgläser auf den Tisch und kramt im Tiefkühlfach nach Eiswürfeln, als ihre Tante anruft. »Hallo«, sagt sie. Es klingt unheilschwanger, fast drohend. »Ich muss dir etwas Unangenehmes sagen.«

MONA

Mona hat es nicht weit zum »Lovers Lane«, es liegt nur ein paar Schritte von ihrer kleinen Dachgeschosswohnung entfernt, ihre Stammkneipe seit Ewigkeiten. Der Name ist irreführend. Das Lovers Lane ist alles andere als lauschig, auf keinen Fall eine Location für ein Date, sondern eine in den 90ern stehengebliebene, holzvertäfelte Bude mit einem defekten Billardtisch. Hier hat sie mit Eliza schon zu Schulzeiten an der Theke Krisengespräche geführt. Sie bestellen Pfefferminztee bei Lucki. Wie immer ist er schlecht gelaunt und schiebt lustlos zwei Kaffeetassen über die Theke, das Wasser nicht heiß genug und die Beutel aus dem Discounter. Obwohl sie seit Jahrzehnten hier etwas trinken, tut Lucki jedes Mal so, als sähe er sie zum ersten Mal und sei darüber auch nicht besonders erfreut.

Lucki sah schon zu Schulzeiten nicht aus wie das blühende Leben, aber jetzt ist er auch noch schlecht gealtert. Sein Gesicht aufgedunsen, die Haut bleich und gleichzeitig grau. Seine Mundwinkel erinnern an das traurige Maul einer französischen Bulldogge. Ihm fehlt an der Seite ein Zahn, was man sehen würde, würde er öfter lächeln. Mona muss sich sehr beherrschen, Lucki keine grünen Smoothies oder eine basische Diät zu empfehlen.

Doch auch Eliza könnte Vitamine gebrauchen, sie sieht blass aus, beängstigend blass.

»Wie geht es deinen zwei Männern? Wer von beiden macht Ärger?«

Eliza seufzt und schaut sie mit diesem Welpenblick an. »Beide. Du wirst es nicht glauben. Tim trifft sich heimlich mit einer Frau.«

Oha, Mona zieht die Luft ein. Der Abend wird offenbar doch ganz interessant.

Eliza starrt auf die Holzvertäfelung, sie muss sich offensichtlich konzentrieren, um nicht loszuheulen. Aber geht es wirklich um Tim?

»Mona«, platzt sie raus. »Er hat das Profil gelöscht. Einfach gelöscht! Nachdem ich ihm geschrieben habe, dass ich nach Köln komme.«

Oh nein, die Arme. Aber auch Gott sei Dank! Das hätte nicht besser laufen können. Zumindest würde sich Eliza nicht länger diesem seltsamen Nachrichten-Junkie an den Hals werfen. Mona schüttelt den Kopf.

»Ach, Elli. Was für ein Typ. Das ist ja pervers! Monatelanges Vorspiel und dann ghosten? Total daneben!«

»Alexander ist nicht pervers!«, sagt Eliza ungewöhnlich scharf.

Mona schaut sie erstaunt an.

»Sorry, war nicht so gemeint. Aber komisch ist es schon, oder?«

»Sag ich ja. Komisch, mysteriös, nenn es, wie du willst.«

Eliza reagiert ganz schön zickig. Klar, der heimliche Lover, Alexander der Große. Es ist ihr schon beim Frühstück aufgefallen, dass sie den Kerl auf ein Riesenpodest hebt.

»Ich würde nichts sagen, wenn er sich von mir verabschiedet hätte. Oder langsam aus der Sache rausgeschlichen. Wenn irgendwas anders gewesen wäre, gestern, vorgestern. Aber so … Ich weiß schon, was du jetzt denkst. Aber das hätte er einfach nicht gemacht, dafür kenne ich ihn zu gut. Da stimmt was nicht. Das hab ich im Gefühl.«

Mona ist hin- und hergerissen. Sie sieht ihre Freundin, die Aufregung, den Kummer in ihrem Gesicht. Alles in ihr sträubt sich, diesen Quatsch mitzumachen. Was soll das? Ein geheimnisvoller Fremder, endlose Chatverläufe, sein rätselhaftes Verschwinden?

Es kommt ihr so pubertär vor, sie hat zu viel gedatet, um auf so romantisches Zeugs hereinzufallen. Sie ist auch schon geghostet worden, das bleibt nicht aus, immer mehr machen das. Die Leute haben keinen Anstand mehr und feige sind sie auch noch. Sie braucht ein paar Minuten Abstand, muss nachdenken.

»Ich geh mal auf's Klo«, sagt sie, rutscht sportlich vom Hocker. Der Flur zu den Toiletten ist lang, fensterlos, ganz am Ende steht eine Plastikpalme. Links und rechts hat Lucki mit Tesafilm Bandposter angeklebt, Pink Floyd, Rolling Stones, The Doors. An der Tür zur Damentoilette hängt Led Zeppelin, Stairway to Heaven.

Spurlos verschwinden. Da ist doch dieser attraktive Radiologe gewesen. Der ihr beim ersten Date fast einen Heiratsantrag gemacht hat, dann aber nie wieder auf ihre Nachrichten reagierte und sie schließlich auf allen Kanälen blockierte, als wäre sie Glenn Close in »Fatal Attraction.« Klar, das war verletzend, aber vor allem war sie damals wütend, hatte ihm ein paar sehr unfreundliche und unwahre Sachen über sein Aussehen geschrieben und nach ein paar Tagen die Abfuhr von sich abgeschüttelt wie ein nasser Hund.

Eliza ist auf einen Spinner reingefallen, das ist doch klar. Aber wie soll sie ihr das schonend beibringen? Um Himmels willen, sie hätte nie monatelang mit einem Kerl geschrieben, der keinen Versuch startet, sie zu treffen und zu küssen. Es ist offensichtlich, dass an der Sache irgendwas nicht stimmt. Aber was? Am liebsten würde sie sich über Mr. »Love & Found« lustig machen, mit Eliza gemeinsam über ihn lachen. Aber sie wird nicht mitmachen. Mona erinnert sich noch gut an damals, als ihre Freundin Tim kennenlernte. Der Typ war blass, leblos, austauschbar, aber Eliza war stur gewesen, verknallt, richtig fanatisch. Wollte nur noch eins: Familie. Ein Haus, ein Kind, den Mann. Ein Mathematiker! Etwas Bitteres steigt in Mona hoch. Eliza hatte ihre Freundschaft blind eingetauscht gegen eine langweilige, dafür aber sichere Ehe. Naja, so sicher ist sie ja offenbar nicht, sonst würde sie Tim nicht beim Fremdflirten beobachten.

Sie geht ans Waschbecken und seift sich gründlich die Hände ein. Und jetzt dieser Alexander. Beim Thema Dating muss man einen kühlen Kopf bewahren. Einfach so verlieben, das geht nicht. In ihr wächst das ungute Gefühl, dass an diesem Alexander wirklich etwas mysteriös ist. Nur was? Es würde sie nicht wundern, wenn dieser Typ ein Geheimnis hat, ein kleines, schäbiges Geheimnis, vielleicht sogar ein schmutziges. Eines, das ihre beste Freundin unglücklich machen kann. Eliza ist zu gut für diese Welt, ist sie immer schon gewesen. Man könnte es auch naiv nennen. Sie trocknet ihre Hände unter dem Gebläse und zieht ihren Lippenstift nach. Im wahren Leben ist selten etwas romantisch, oder? Damit hat sie sich abgefunden und kommt gut klar.

Auf dem Weg zurück zur Theke sieht Mona ihre beste Freundin dort sitzen, zusammengefallen vor Kummer. Eine Welle von Mitgefühl steigt in ihr hoch.

Die Arme! Aber da ist auch etwas anderes, da glimmt auch ein Feuer, eine Leidenschaft, die sie ewig nicht bei ihr gesehen hat. Eliza sieht traurig aus, aber auch schön, tragisch, lebendig. Dieses Feuer will sie nicht ersticken. Es wird schiefgehen, aber es wird nicht ihre Schuld sein.

»Alles klar, Liebes. Verstanden. Du willst den Kerl finden, auch wenn er bei der Mafia ist. Oder verschollen in der Antarktis. Oder mit Gedächtnisverlust auf einer Intensivstation. Dann lass uns das gemeinsam angehen. Wir finden Alexander!«

Eliza schaut sie aus großen Augen an, sie richtet sich auf dem Barhocker sichtbar auf.

»Danke, Mona! Danke, danke, danke!«

Sie leihen sich von Lucki einen Kuli, den er nur widerwillig rausrückt, schnappen sich ein paar Bierdeckel. Auf einen schreibt Eliza: »Orte, die mir Alexander beschrieben hat«. Auf einen zweiten: »Personenbeschreibung«. Und auf den dritten: »Sonstige Ideen«.

»Dann schieß mal los«, sagt Mona und blickt ihre Freundin erwartungsvoll an.

Eliza sackt wieder ein wenig zusammen.

»Großes Problem, der Chat ist gelöscht. Ich kann nichts mehr nachlesen. Was mir spontan einfällt: Café Blaumeise in Köln-Ehrenfeld, da hat er mir von dem Käsekuchen vorgeschwärmt. Den Namen habe ich mir gemerkt. Außerdem war er öfter in der Ouzeria, das ist offenbar ein netter Grieche, nicht weit von seiner Wohnung. Einmal hat er ein Büdchen am Brüsseler

Platz erwähnt, in dem er einkauft, wenn er keine Milch oder kein Toastbrot mehr hat.«

»Wie sieht Alexander überhaupt aus? Zeig mal ein Foto.«

Eliza guckt unglücklich.

»Alles weg. Auch die Fotos.«

»Kein Screenshot, nichts? Okay, dann beschreib mal.«

»Gut«, sagt Eliza. »Was denkst du denn, sehr gut. Er sieht aus, als ob er gut riecht. Mittelgroß, dunkle Haare, ein bisschen länger und gelockt. Jeans, Lederjacke, Stiefel. Ein attraktiver Typ, aber locker, nicht so gestylt. Er sieht irgendwie jung aus, obwohl er schon über 50 ist, also nicht milchbubig, sondern jugendlich.«

Mona grinst: »Das klingt zumindest so, als würde sich der ganze Aufwand lohnen. Beruf?«

»Werbeagentur. Irgendwas Kreatives, entwickelt Kampagnen. Aber ich weiß leider nicht, in welcher und was er da genau macht.«

»Verheiratet? Kinder?«

Eliza wird ein bisschen rot.

»Da haben wir nicht drüber geredet.«

Mona versucht ein zuversichtliches Gesicht aufzusetzen. Das klingt ziemlich unkonkret. Aber auch ganz schön perfekt für ihren Geschmack. Verdächtig! Nach ihrer Erfahrung hat der Typ Familie und stellt sich aufregender dar, als er ist.

»Das ist doch schon eine ganze Menge. Morgen fährst du nach Köln, richtig? Dann werde ich mich hinter den Laptop klemmen und erst mal Linkedin durchforsten. Wenn ich einen Alexander in einer Kölner Werbeagentur finde, der halbwegs appetitlich aussieht, schicke ich dir ein Bild. Einverstanden? Und du klapperst in Köln die Orte ab, wo sich dein Loverboy so rumtreibt.«

Sie zahlen und wollen gehen, als Lucki vorwurfsvoll die Hand ausstreckt. Mona schaut gespielt genervt, lacht dann und kramt den geliehenen Kuli aus ihrer Lederjackentasche.

»Allerbesten Dank, Lucki, es hat uns gefreut und bis zum nächsten Mal!«

Draußen nimmt Eliza zum Abschied Mona in den Arm und drückt sie ganz fest.

»Danke. Ich danke dir so sehr.«

Dann kriegt sie schon wieder diesen Welpenblick.

»Fahr mit nach Köln! Der ICE geht morgen Vormittag, 10:36 Uhr, Gleis 2. Mona, bitte, ich schaff das nicht alleine.«

Ich schaff das nicht alleine! Mona hat mit 17 genau das zu Eliza gesagt. Und sie hat geholfen. Die Unterschrift von Monas Mutter gefälscht, sie ins Krankenhaus begleitet und ihre Hand gehalten. Es war Eliza, die ihr den Arm streichelte, als Mona nicht aufhören konnte zu weinen, und es war Eliza, die eine rotgesichtige Krankenschwester anblaffte, die immer wieder missbilligend mit der Zunge schnalzte.

Mona zögert. Sie würde gerne mitkommen, einfach ein Wochenende mit ihrer Freundin verbringen. Aber die Aktion ist albern, schwachsinnig, Zeitverschwendung. Das darf Eliza ruhig selbst merken, sie kann nicht immer ihr Händchen halten. Sie schüttelt den Kopf.

»Süße, ich setze mich bestimmt nicht mit dir und der quietschigen Volontärin in den Zug und übernachte im Stockbett. Bei aller Freundschaft. Ich muss meine Yoga-Stunden geben.«

»Ich kann nicht ohne dich fahren, unmöglich.«

Mona windet sich ein wenig. Kann sie Eliza wirklich alleine fahren lassen? Sie muss.

»Ich schwöre dir, dass ich immer für dich erreichbar bin. Tag und Nacht, selbst auf dem Klo.«

Jetzt lacht sogar Eliza, obwohl sie aussieht, als würde sie gleich anfangen zu weinen.

»Aber du musst mir auch etwas versprechen. Wir suchen Alexander ein ganzes Wochenende lang. Du in Köln, ich am Rechner. Wir geben alles. Aber wenn wir ihn nicht finden, dann ist Sonntagabend Schluss damit. Aus und vorbei. Du versöhnst dich mit Tim oder machst was auch immer. Auf keinen Fall jagst du immer weiter einem Gespenst nach. Einverstanden?«

Eliza zögert.

»Okay, Mona. Das klingt vernünftig. Einverstanden. Bis Sonntagabend und dann ist Schluss.«

»Ich verlass mich auf dich.«

Eliza drückt ihren Rücken durch.

»Ich kriege das schon hin. Glaub mir. Alexander ist ein Guter.«

Das, denkt Mona, glaube ich nicht.

SIRIN

Sirin liegt schon so lange im Bett, dass sie sich zwischen ihren Decken fühlt wie ein Hotdog, kaum mehr weiß, welcher Wochentag eigentlich ist. Sie schläft, auch am Tag, so viel, dass sie oft mitten in der Nacht wach ist. Dann schaut sie Serien oder zappt sich durchs Fernsehprogramm, je hirnloser, desto besser. Im Spiegel sieht sie einen Zombie mit strähnigen Haaren, ungeduscht und seit Tagen in derselben Jogginghose. Wenn sie sich nicht beherrschen kann, googelt sie »Brustkrebs unter 30«. Betäubt scrollt sie sich durch Erlebnisberichte, zoomt sich in Fotos von Narben, wo einmal Brüste waren, und liest Forumsbeiträge. Geschwister, Mütter, Ehemänner, wütend, verzweifelt, traurig, ein Misthaufen der Gefühle. Sie fühlt gar nichts, stellt aber Überlegungen an. Wird jemand um sie weinen? Michael bestimmt und ihre Mutter wird sicher ein Riesentheater machen. Sie begutachtet Silikonimplantate, Echthaarperücken, rechnet Überlebens-Chancen in Prozent aus. Schließlich liest sie den Blog eines Heilpraktikers, der behauptet, dass Krebs mit einer fehlenden emotionalen Bindung in der Kindheit zusammenhängt. Hätte sie vielleicht doch eine Therapie machen müssen? Jetzt endlich ist sie wütend. Bullshit. Der macht mich auch noch selbst verantwortlich für die Scheiße, die in mir wächst.

Wächst da was? Vielleicht, vielleicht, vielleicht.

Oder auch nicht.

Sie klappt den Laptop so fest zu, dass es knallt, schwört, ihn nicht mehr anzufassen, bis das Ergebnis da ist. Sie ist jetzt in Fahrt, ihre Wut sucht neue Zielscheiben. Scheiß Ärztin. Warum macht die das? Ihr Getätschel und dann nach Hause schicken mit der Ungewissheit. Das ist perfide, Folter. Denkt die, irgendjemand sitzt hier und hält ihr Händchen?

Die Fernbedienung liegt schwer in ihrer Hand, sie zappt jetzt so schnell durch das TV-Programm, dass es flackert wie eine Discokugel.

Vielleicht eine Pizza? Zwei Mal hat sie gestern den Lieferboy noch geordert, mit immer bescheuerteren Bestellungen, die sie plötzlich unbedingt haben musste, und jedes Mal war der arme Junge verunsicherter. Wahrscheinlich hatte er zunehmend Angst, dass sie in ihrer düsteren Kellerwohnung über ihn herfallen könnte.

Starke Leistung!

Sie legt das Handy wieder weg. Keine Pizza mehr. Die letzte liegt sowieso noch im Kühlschrank. Sie schaut sich stattdessen in der Mediathek »Bares für Rares« an, ihr rezeptfreies Antidepressivum, eine öffentlich-rechtliche Dauerschleife, die sie verlässlich in Trance versetzt.

Die Sendung hat sie oft mit *ihm* gesehen. Meistens hatten sie vorher gekifft und dann mit ein paar Tüten Chips auf dem Sofa Lachkrämpfe bekommen. Dieses immer gleiche Ritual. Die Szenen hatten sie mit verteilten Rollen nachgespielt, Sirin hat ihn »meine zauberhafte Dame« genannt und er hat bei jedem Teil »80 Euro« gerufen wie dieser Händler mit dem Dackel-Namen. Jetzt hatte sie nichts zu rauchen und die Sendung macht sie einfach nur traurig. Der Tausch von Altem gegen Neues, die verführerische Möglichkeit, Vergangenheit in Zukunft zu verwandeln, rührt sie in ihrem Innersten. Schnell schaltet sie um.

Sie hat *ihn* seit der Trennung nicht mehr gesehen oder gehört, seinen Namen nicht mehr ausgesprochen. Keine Ahnung, wohin er sich verpisst hat. Irgendwann hatte sie ihn angerufen, mitten in der Nacht, schwach, betrunken, unzurechnungsfähig. »Wer sind Sie?« An ihrem Ohr war ein verschlafener und dann ziemlich erboster Typ, der offenbar die frei gewordene Nummer geerbt hatte und sie unflätig anpöbelte. Sie hatte lustlos zurück geflucht und danach ihr Handy aus Enttäuschung, Trauer und Frust gegen die Wand geworfen.

Ein Jahr muss das jetzt her sein, denkt sie, und dann fällt ihr ein, dass es sogar ganz genau ein Jahr her ist. Jahrestag, krass. Seit genau einem Jahr hat sie nichts mehr von ihm gehört und seine letzten Worte waren auch keinen Eintrag ins Poesiealbum wert.

Ob er zur Beerdigung kommt?

Nicht mehr an ihn denken, was ist nur los mit ihr? Sirin greift nach ihrem Handy. Scheiße, Freitag. In ein paar Stunden muss sie hinter der Theke des Backpack-Palace stehen, um die frühe Abendschicht zu schieben. Wie soll sie das hinkriegen? Sich krank melden? Michael hätte bestimmt Verständnis, aber dann muss sie reden und das will sie nicht. Arbeiten? Das heißt duschen, umziehen. Die Jogginghose überschreitet sogar Michaels Toleranzschwelle. Sirin rechnet. In ein paar Stunden muss sie los. Vielleicht mal die Zähne putzen. Ein Anfang.

ELIZA

Der ICE nach Köln hat Verspätung, nur ein paar Minuten, aber Eliza spürt eine Unruhe in sich aufsteigen. Ganz so, als ob etwas in Köln auf sie wartet, etwas Großes. Fahr endlich los, bevor ich wieder aussteige! Sie hält sich mit einer Hand an der Lehne ihres reservierten Sitzplatzes fest. Franziska ist am Bahnsteig nicht aufgetaucht, typisch. War sie ohne die Kollegin besser dran? Oder brauchte sie bei ihrer »Mission Impossible« Beistand? Franziska hatte sich seit Annas Anweisung ihr gegenüber betont kühl verhalten, divenhaft, ein bisschen wie die schlecht gelaunte Mia. Soll sie halt zicken. Aber wo war noch mal das Hostel, in dem sie untergebracht waren? Und wo diese verdammte Karaokebar? Sie merkt, dass sie sich auf die eigentliche Aufgabe, die Reportage, quasi gar nicht vorbereitet hat.

Ein mulmiges Gefühl.

Kurz nachdem der Zug angeruckelt ist, stürzt Franziska ins Abteil, die Haare tropfnass, an ihrer Schulter baumelt ein Stoffbeutel. Eliza schaut auf ihren

Midisize-Rollkoffer, den sie bis obenhin vollgepackt hat, weil sie sich für kein Outfit entscheiden konnte. Das Packen hatte sie bis zur letzten Minute rausgezögert, ebenso die Info an die Familie. Die Kinder hatten gleichmütig auf ihre spontane Abreise reagiert. Tim hatte sich lediglich amüsiert, sie sich singend in einer Karaokebar vorzustellen.

»Tschuldigung«, quietscht Franziska schwer atmend, sie ist offenbar durch den ganzen Bahnhof gerannt und hat den ICE wirklich im allerletzten Moment erwischt. Sie wirkt kleinlaut, verschwitzt, kurzatmig. Gut so, denkt Eliza. Jetzt kannst du mal den Ball flach halten. Sie beschließt großmütig zu sein.

»Willst du ein Croissant?«, fragt sie Franziska und streckt ihr die Bäckertüte entgegen. Franziska greift zu und krümelt den Tisch der Vierersitzgruppe voll, an der Bettina ihnen zwei Plätze nebeneinander reserviert hat. Eliza nimmt ein schmales Buch aus ihrer Handtasche, »Köln auf der Couch«. Es ist ihr beim Packen zufällig ins Auge gefallen, sie hat lange nicht mehr reingeschaut, hat den Autor dazu mal interviewt, ein Psychologe aus Köln, sehr unterhaltsam. Er hat mit ihr über die Sehnsucht der Kölner nach einem beschaulichen Kaffeebuden-Leben gesprochen, dem Ideal eines harmonischen, aber auch selbstgenügsamen Daseins, das allerdings von regelmäßigen Anfällen des Größenwahns heimgesucht wird. Sie erinnert sich noch gut an seine klugen Wortspiele. Harmonie und Streben, ein ewiges Schunkeln zwischen Sowohl und Als auch. »Die Unzerstörbarkeit der Sehnsucht« lautet der Untertitel und sie muss lächeln, so gut passt das gerade. Nach dem Gespräch hat sie sich gewünscht, in Köln zu leben, wollte spontan Teil dieser schaukelnden Schicksalsgemeinschaft sein.

Ein Mann kommt in ihr Großraumabteil. Ist ja klar, der Wagen ist nur locker gefüllt, aber die Reservierung des Zugestiegenen ist genau gegenüber von Eliza. Er dürfte Mitte 30 bis 40 sein, sie kann das Alter schlecht schätzen, trägt ein hellblaues T-Shirt und eine Lederjacke, lässig, nicht berufsjugendlich. Eher klein, schlank mit halblangen Haaren und beginnenden Lachfältchen um die Augen. Der Mann nickt, lächelt und verstaut seinen kleinen Koffer im Gepäckfach. Eliza nickt zurück und starrt dann so angestrengt in ihr Buch, dass die Sätze verschwimmen. Auch er zieht einen E-Book-Reader aus seiner Tasche, liest. Eliza versucht ihre Füße so zu platzieren, dass sie nicht zufällig mit seinen zusammenstoßen, und beobachtet ihn verstohlen. Irgendetwas stupst ihre Erinnerung an. Die zerzausten Haare, die Augen? Sie muss an ihren Vater denken. Wie seine Haare unter dem Helm verstrubbelten, er sich am Ohrläppchen zupfte, wenn er nervös war. Seine Vorliebe für Nutella-Brote, die dunkelbraunen Cowboystiefel, die er eigentlich nur im Bett ausgezogen hat. Papa. War schon damals kein richtiger Erwachsener gewesen, sondern ein großer Junge, in Lederjacke und bedruckten T-Shirts. Einer, der jede freie Minute auf seinem frisierten Motorrad durch die Gegend brauste. Sie hatte schon mit fünf Jahren einen Kinderhelm von ihm bekommen. Wenn sie von ihren Ausflügen nach Hause kamen, gingen sie zum Süßwarenstand am Großen Markt, an dem eine kräftige Verkäuferin in Kittelschürze weiße Zuckerwatte verkaufte. Sie kannte die beiden schon und fragte jedes Mal mit einem Zwinkern:

»Diesmal nur die kleine Portion, oder?«

»Nein! Die große! Die extra große Portion! Die Riesenwolke!« Sie teilte die klebrige Watte mit ihrem Vater, beide zupften sie Stück für Stück ab und stopften sich die weich-süße Masse in den Mund. Manchmal klebten ihr weiße Reste an der Nase, in den Haaren und einmal sogar in den Ohren. Eliza hatte nie wirklich verstanden, womit er eigentlich Geld verdiente. Aber es war immer genug da, es steckte in dicken Bündeln in seiner Hosentasche, und wenn sie an einem Spielzeugladen vorbeikamen, gingen sie einfach hinein und sie durfte sich irgendetwas aussuchen.

In ihre Gedanken vertieft, hat sie wohl nicht mehr ganz so unauffällig zu ihrem Gegenüber geguckt, denn der Mann blickt plötzlich von seinem E-Book auf und schenkt ihr einen langen, ungenierten Blick aus seinen Lachfältchen. Franziska bemerkt es und kichert. Eliza fegt mit ihren Händen Croissant-Krümel vom Tisch. Die junge Kollegin ist wirklich eine Nervensäge. Sie steht auf, um zur Toilette zu gehen, und wünscht im gleichen Moment, sie hätte es nicht getan, denn nun muss sie im fahrenden Zug quer durch das Abteil schwanken und hat das bohrende Gefühl, bei ihrem uneleganten Abgang beobachtet zu werden.

Nach dem Händewaschen macht sie einen Abstecher ins Bordbistro, bestellt einen Kaffee to go, mit dem sie noch ein paar Minuten verloren an einem Stehtisch herumsteht. Alexander, wo bist du nur? Sie hätte ihm jetzt gerne geschrieben, vielleicht sogar von ihrem Vater erzählt. Die Ausflüge auf dem Motorrad, daran hatte sie lange nicht mehr gedacht. Wow, sie waren so schnell gewesen, und sie hatte immer noch »schneller, schneller« gerufen. Ihre Kinder und Tim würden ihr das sowieso nicht glauben. In ihrer Familie ist sie der Angsthase, die Sorgen-Mutti, die schwitzig am Ausgang des Freizeitparks steht und fast weint vor Erleichterung, wenn ihre Kinder und ihr Mann dem Loopingwahnsinn lebend entkommen sind.

Inzwischen hat der ICE wieder gehalten, und als sie zurück zu ihren Plätzen geht, bemerkt sie erleichtert, dass der Lachfältchen-Mann das Abteil inzwischen verlassen hat.

ELIZA

Eliza spürt beim Aussteigen die Herbstluft, fast frühlingshaft. Gegenüber vom Bahnhof erblickt sie den Dom, groß, dunkel, geheimnisvoll. Sie hat sich diesen Moment so oft vorgestellt. In Köln ankommen. Ich bin da, Stadt der Sehnsucht. Endlich. Gerne würde sie jetzt in die Kathedrale hineingehen, die kühle Schönheit bewundern, sich wie eine Touristin fühlen, einfach ein bisschen Zeit schinden, bevor sie auf die Suche geht.

Lieber nicht. Erst mal einchecken, den viel zu voluminösen Rollkoffer abladen und dann mit den wirklich wichtigen Dingen beginnen. Was auch immer die sind, denn einen richtigen Plan hat Eliza immer noch nicht. »Alexander, wo bist du nur?« Sie stellt sich vor, dass er auch nach ihr sucht. Weil das alles ein völlig verrücktes Missverständnis ist, das sich in Luft auflöst, wenn sie sich nur endlich begegnen. Plötzlich muss sie an Keith Richards denken, den sie am Wochenende nicht füttern kann, der bestimmt ihren nackten Zeh sucht. Sie will jetzt, in diesem Moment, sein ramponiertes Ohr kraulen, so unbedingt, dass ihr fast die Tränen kommen.

Franziska schaut ein wenig ratlos zu ihr herüber, und Eliza merkt, dass sie den ganzen Verkehr aufhält und auch andere Leute komisch gucken. Franziska geht einfach weiter, komm nach oder bleib stehen, heißt das wohl, und ja, ihre Bewegung löst auch Eliza aus der Erstarrung. Sie läuft Franziska hinterher, die offenbar den Weg kennt, und zieht ihren Rollkoffer, der auf dem holperigen Asphalt Geräusche macht wie ein altes Fuhrwerk.

Das Hostel ist wirklich nur ein paar Gehminuten entfernt, eigentlich praktisch. Überall stehen junge Leute mit Rucksäcken und lässigen Taschen, alle sind in ihren Zwanzigern, nicht 40 wie sie. Franziska hat mit dem Übertreten der Schwelle des Backpack-Palace völlig die

Kontrolle übernommen. Am Check-in erledigt sie alle Formalitäten, auch für Eliza, und flirtet sichtlich entspannt mit dem Mann am Tresen, der in einem engen T-Shirt die Früchte seines Fitnesstrainings zu Schau stellt. Eliza steht mit ihrem dunkelblauen Koffer am Rand wie eine schusselige Mutti, die alle Vollmachten an ihre resolute Tochter abgegeben hat. Das für sie reservierte Zimmer ist in der zweiten Etage und hat nicht wie versprochen zwei Einzelbetten, sondern ein Doppelbett. Eliza überlegt kurz, ob sie eine Magen-Darm-Grippe vortäuschen und einfach wieder nach Hause fahren soll.

»Ach du Scheiße! Klau mir heute Nacht bloß nicht meine Decke.« Franziska lacht sich über den Reservierungs-Fauxpas einfach nur kaputt, ist bester Laune. Das ganze Ambiente des Hostels ist ihr Ding, das ist offensichtlich. Eliza stellt ihren Koffer im Zimmer ab. Erst mal raus hier, sie will jetzt sofort etwas tun. Auch Franziska scheint eigene Pläne zu haben, gut so.

Die einzige Idee, die ihr selbst kommt, ist ein Besuch im Café Blaumeise. Vom Bahnhof nach Ehrenfeld sind es nur ein paar Stationen mit der Bahn. Bis zum Friesenplatz geht sie zu Fuß, will ein wenig Köln-Luft schnuppern. Sie nimmt den Umweg durch die Fußgängerzone, der Dom liegt hinter ihr. Links und rechts reihen sich Klamottenläden, es sind die gleichen Filialen wie in ihrer Stadt, austauschbar, trostlos, wie aus einem 3-D-Drucker. Als die Straße einen Knick macht, werden die Geschäfte etwas ansprechender, die

Straße großzügiger. Linker Hand sieht sie ein bauchiges Kaufhaus, in direkter Nachbarschaft zu einer Kirche. Beeindruckend! Sie googelt den Architekten – Renzo Piano, das Weltstadthaus. Wie war das noch mal mit dem Größenwahn der Kölner? Das Gebäude aus Stahlbeton hat eine zweite Hülle, eine gläserne Haut. Sie ist aufgehängt an einem Stahlbock und wird von 66 seilverspannten Holzleimbindern getragen, die ein fächerartiges Rippensystem bilden, liest sie im Architekturführer für Köln auf ihrem Handy. Die Außenhaut ist vom Gebäude abgerückt.

Es erinnert sie an ein Schiff, aber im Netz erfährt sie, dass die Kölner von dem »Walfisch« sprechen. Wie bei mir, denkt sie. Eine Haut, die nichts durchlässt, die schützt. Eine Haut aus Glas.

Sie läuft und läuft, rechts am Neumarkt vorbei, der Weg zieht sich. Ein Junkie bettelt sie an, sein Geruch geht ihm Meter voraus, die Kleidung hängt nur noch in Fetzen an seinem schmutzigen Körper. Auch er war mal ein Baby, ein Kleinkind, ein Schuljunge. Was kam dann? Falsche Freunde, brutale Eltern, zu viele Partys? Wie ist er hierhin geraten und was hält ihn jeden Tag am Leben? Sie drückt ihm zwei Euro in die Hand. Versucht dabei, seine Haut nicht zu berühren, und schämt sich gleichzeitig dafür. In der Ehrenstraße gefällt es ihr schon besser, aber jetzt ist keine Zeit mehr zum Schlendern. Mit schnellen Schritten lässt sie die Schaufenster links liegen, ein Blick auf die Google-Maps-App navigiert sie über die Ringe Richtung Friesenplatz. Irgendwo hier liegt auch die Karaokebar, zu der sie heute noch müssen. Sie will Anna auf keinen Fall enttäuschen.

Die Linie 4 bringt sie nach Ehrenfeld, am Gürtel steigt sie aus. Sie spürt sofort, dass sie jetzt im hippen Viertel gelandet ist, auf der Venloer Straße ist Gewusel, es wird englisch gesprochen und aus den Dönerläden raucht es, es riecht nach Fleisch. Die Menschen sind jung, alles ist mit Stickern zugeklebt und mit Graffiti besprüht. Das Café Blaumeise ist klein und voll, voll mit Leuten in Secondhand-Klamotten, Leuten, die sie zuletzt in Berlin-Mitte gesehen hat, nur dort waren sie unfreundlich, hier wird gelächelt. Auf der Speisekarte stehen Karottenlachs-Brötchen, Sandwiches mit Seidentofu und Walnuss-Humus. Alles vegan, Mia wäre begeistert. Kurz überlegt sie, ihr ein Foto zu schicken, lässt es dann aber doch. Sie bestellt einen doppelten Espresso und ein Stück von dem Käsekuchen, von dem Alexander so geschwärmt hat. Als der Kuchen vor ihr steht und sie mit der Gabel ein Stück abtrennt, ist es fast wie ein heiliger Moment. Hier in diesem Café, vielleicht auf genau diesem Stuhl, hat Alexander gesessen und genau diesen Kuchen gegessen. In ihrem Mund fühlt sich die Käsekuchenmasse weich an, cremig-süß, und sie spürt fast körperlich, dass er nicht weit von ihr weg ist.

Der Kuchen ist vegan, das hatte er gar nicht erwähnt. Ganz kurz beschleicht sie das Gefühl, er sei ein anderer Mensch, als sie eigentlich dachte.

Die Bedienung ist ein Mädchen mit Nasenstecker, ungeschminkt, mit einem schön geschwungenen Mund, langen blonden Haaren und einer Vintage-Adidasjacke, die man nur in ihrem Alter tragen kann, ohne seltsam auszusehen.

Sie kommt an ihren Tisch: »Schmeckt der Kuchen? Soll ich dir noch irgendwas bringen?«

Eliza zögert. Dieses Mädchen könnte ihre Tochter sein, aber sie muss nachforschen, es geht nicht anders.

»Sorry, darf ich dich was fragen?«

»Klar!«

»Ich bin auf der Suche nach einem alten Freund, er heißt Alexander, kommt manchmal hier hin und isst Käsekuchen. So um die 50, halblange, leicht gelockte Haare. Kennst du so jemanden?«

Die Kellnerin überlegt kurz.

»Sorry, aber ich kenne kaum Gäste mit Namen. Ich frag aber mal meinen Chef, wenn er heute Nachmittag kommt, okay?«

Eliza ist erleichtert, sie ist so nett, scheint sich nicht über ihre Frage zu amüsieren.

»Das ist richtig lieb von dir«.

Sie bittet um einen Kuli und schreibt ihre Handynummer auf eine Serviette.

Die Frau an der Theke ruft in ihre Richtung: »Lilli, kannst du mir die beiden Tische am Fenster abräumen?«

Eliza reicht ihr schnell die Serviette, die Kellnerin nickt ihr noch einmal zu, bevor sie sich umdreht.

Eliza isst den Rest ihres Kuchens, der letzte Bissen ist zu trocken und krümelt in ihrem Mund. Wenn sie die nächsten vier Wochen jeden Tag ein paar Stunden hier sitzen würde, dann würde sie Alexander sicherlich finden, denkt sie. In einer romantischen Komödie würde er jetzt einfach zur Tür hereinspazieren. Am Arm vielleicht eine vermeintliche Geliebte, die sich nach einigem Hin und Her am Ende als erwachsene Tochter entpuppen würde. Einfach für die Spannung vor dem Happy End. Wie sie wohl reagieren würde? Mit hochrotem Kopf rauslaufen, auf dem Weg mit ihrem Ärmel ein Glas hausgemachte Ingwer-Limo runterfegen und aus Versehen die Zeche prellen? Das wäre zumindest eine schöne Action-Szene. Doch in Wirklichkeit passiert: gar nichts. Sie zahlt, gibt Lilli ein großzügiges Trinkgeld und verlässt das Café. Erst mal zurück ins Hostel, denkt sie, ein beunruhigender Ort, aber zumindest schon vertraut. Sie überlegt, in welche Richtung sie jetzt eigentlich gehen muss, und sieht dabei wohl irgendwie bedürftig aus, denn jetzt öffnet sich noch mal die Cafétür. Lilli kommt heraus und zündet sich eine Zigarette an. »Ich ruf dich an«, verspricht sie und Eliza hält sich kurz an dieser Freundlichkeit fest wie an einem Treppengeländer.

SIRIN

Sirin atmet erst mal tief ein, als sie auf die Straße tritt, geduscht und mit sauberen Klamotten. Die Luft ist klar, die Sonne kommt raus, und sie muss blinzeln, so hell kommt ihr das Licht vor. Sie hat es nicht weit zum Backpack-Palace, ein paar Minuten zu Fuß, sie geht langsam, wie nach einer Krankheit. Am Eigelstein hat sie Lust auf etwas Frisches, geht in den türkischen Supermarkt, hunderte Äpfel liegen da, aufgereiht wie Soldaten, sie greift sich einen roten aus der Mitte, bezahlt und beißt noch an der Kasse rein. Es knackt, als sich ihre Zähne in das Fruchtfleisch bohren, er schmeckt süß und sauer zugleich. Ihre Zunge beginnt zu kribbeln. Auf der Straße ist viel los, Wochenende, die Trinker sitzen an den Fensterplätzen der Kneipen wie in Startlöchern und sorgen sich um Nachschub. Vor dem Backpack-Palace bleibt Sirin stehen und zündet sich noch eine Zigarette an. An der Rezeption ist eine Schlange, sieht sie von draußen. Im Herbst ist viel los hier, ihr ist es recht, mehr Gäste, mehr Trinkgeld. Die Zimmer sind randvoll mit feierwütigen Kids, jungen Messegästen, die sich die Kölner Hotelpreise nicht mehr leisten können, digitalen Nomaden, die mit ihren MacBooks herumsitzen, sich fünf Stunden an einem Latte macchiato festhalten und über die angeblich schlechte WLAN-Verbindung schimpfen.

Auf dem Bürgersteig steuert eine Frau auf die Eingangstür des Backpack-Palace zu, dicke, dunkelblonde Haare, große Bambi-Augen, sie guckt ziemlich verloren, nimmt sie gar nicht wahr. Die ist hier falsch, denkt Sirin, aber dann geht sie doch rein, ihre Mutti-Handtasche unter den Arm geklemmt. Sie nimmt einen tiefen Zug, auch die Zigarette schmeckt wieder. Heute Morgen hat sie noch gedacht, sie wäre zu schwach zum Aufstehen, zum Arbeiten, aber jetzt freut sie sich auf die Abwechslung. Weiter geht's. Hoffentlich sind nicht zu viele Idioten da.

ELIZA

Der Hinterhof des Backpack-Palace ist mit Kunstrasen ausgelegt, in Blumenkübeln vertrocknen Pflanzen. Am Nachmittag ist die Sonne noch mal richtig rausgekommen, und Eliza setzt sich mit ihrem Laptop auf ein Balkonmöbel aus verwitterten Paletten. In der Ferne hört sie die Züge in den Hauptbahnhof rein- und wieder rausquietschen. Rechts ein leerer Pool, kaum größer als eine Badewanne, dunkelblau wie früher, bevor sie alle karibik-türkis wurden. Er ist gefüllt mit Schwimmtieren aus Gummi, ein Schwein, ein Flamingo und ein Alpaka mit riesigen, aufgestellten Ohren, eines davon hängt schlapp runter. Sie stellt sich Partys an lauen

Sommerabenden vor, betrunkene Touristen, die sich mit ihren Klamotten in den Pool legen, rauchen und knutschen. Am Rand auf dem Kieselsteinmosaik thront eine goldene Gipsfigur, ein dicker, angeschlagener Amor mit Armbrust.

Sie trinkt eine Rharbarber-Limo, liest erst mal alles, was Franziska an Material über die Karaokebar gesammelt hat, und schaut sich Fotos im Netz an. Der Laden am Ring gehört einem jungen Start-up-Unternehmer. Auf dem Foto der Eröffnungsparty posiert er breit grinsend im weißen Anzug in der Mitte seiner Angestellten, die Arme um zwei Frauen gelegt und in jeder Hand eine Flasche Schampus. Ein Jahr gibt es die Bar jetzt und offensichtlich hat sie sich durch Mottopartys, eine überbordende Cocktailkarte und ihre schiere Größe schnell einen Namen gemacht. Die Leute kommen auch aus dem Umland, feiern, trinken und holen sich ihren kurzen Ruhm auf der Bühne.

Aus dem Innenraum hört sie Franziskas Lachen, ziemlich laut. Sie hat eine Gruppe junger Männer kennengelernt, mit denen sie radebrechend auf Spanisch und fließend auf Englisch parliert. Immer abwechselnd. Und sie trinkt Kölsch, jetzt schon, obwohl es noch Nachmittag ist. An der Bar ist Schichtwechsel, eine junge Frau, sehr blass und mit glatten, glänzend-schwarzen Haaren wischt mit einem gelben Lappen über die Theke. Um ihre schmalen Hüften hat sie eine rote Schürze mit der Aufschrift »Backpack-Palace« gebunden. Ihre Haare werden im Nacken von einem Gummi zusammengehalten, sie trägt Jeans, ein schlichtes Top mit Spaghetti-Trägern, das die sanften Kuhlen ihrer Schlüsselbeine betont. An ihrem Hals hat sie einen mexikanischen Totenkopf tätowiert, was ziemlich verwegen aussieht. Wow. Damit könnte sie sich nicht in einer Bank bewerben. Aber warum sollte sie das auch tun? Sie sieht so cool aus, aber auch traurig, findet Eliza. Eine Schönheit, aber sie spürt es nicht.

Eliza fröstelt, draußen wird es zu kalt, sie nimmt ihren Laptop und setzt sich an die Theke. Das Handy vibriert.

»Hey Mona.«

»Hallo, Süße. Ich war fleißig und habe die Werbeagenturen durchforstet. Immerhin, vier Alexander und einen Alex habe ich gefunden, drei auf Linkedin, zwei auf Agentur-Webseiten. Die Bilder schicke ich dir auf WhatsApp. Wie bist du denn weitergekommen?«

Eliza seufzt.

»Ich sitze hier in einer Hostel-Bar an der Theke und hebe den Altersschnitt. Außerdem schaue ich zu, wie sich meine Volontärin mit sexy Spaniern betrinkt. Von Alexander natürlich keine Spur. Mein Ausflug nach Ehrenfeld hat gar nichts gebracht, ein Reinfall.«

»Hey, deine Recherche hat doch gerade erst angefangen. Schau dir mal die Bilder an. Und lass den Kopf nicht hängen.«

»Okay, Kopf nicht hängen lassen und die Bilder angucken! Mach ich sofort. Danke, Mona.«

Eliza legt auf und öffnet WhatsApp. Das erste Bild ist ein blondes, freundlich-rundes Gesicht, keine Spur

»ihres« Alexanders. Der Nächste trägt einen Vollbart und schaut grimmig drein und sie fragt sich, wie Mona dazu kam, ihn in die Sammlung aufzunehmen. Der Dritte hat zumindest den Hauch einer Ähnlichkeit, ist aber deutlich zu jung. Dito Nummer vier, hübsch, definitiv Monas Beuteschema, aber nicht Alexander. Bei Nummer fünf stutzt sie kurz, da ist eine Ähnlichkeit, sie erkennt irgendeinen Zug wieder, aber er ist es nicht.

Sie legt das Handy auf die Theke.

»Willst du ein Kölsch?«, fragt die schöne Barkeeperin. Aber Eliza will keinen Alkohol um diese Uhrzeit, bestellt eine Johannisbeer-Schorle. In diesem Moment kommt eine junge Frau mit kurzen Haaren an die Bar, sie flucht, aufgeregt, den Tränen nah.

»Verdammte Scheiße, die haben mir meinen Koffer geklaut. Ich habe den nur kurz am Bahnsteig stehen lassen, wollte schnell eine rauchen und habe mir Feuer geben lassen. Und dann war der Koffer weg.«

Sie haut mit der flachen Hand auf die Theke.

»Aua. Sorry, das musste jetzt raus.«

Die Barfrau kommt vor die Theke und legt ihr beruhigend eine Hand auf den Arm. »Hey, ganz ruhig. Wie heißt du? Ich bin Sirin. Hast du das der Bahnhofspolizei gemeldet? Hast du deine Papiere, dein Geld bei dir?«

»Hanna, hi. Ja, hab ich, zum Glück, das hatte ich alles in der Handtasche. Mit der Polizei habe ich auch gesprochen. Aber die haben mir nicht viel Hoffnung gemacht, das passiert wohl dauernd. Scheiße. Ich muss am Wochenende hier arbeiten, bin ziemlich pleite und hab jetzt noch nicht mal eine frische Unterhose.«

Eliza tut Hanna leid, aufgelöst und überfordert in einer fremden Stadt. Unauffällig scannt sie die Figur der Frau. Ungefähr gleiche Größe und Gewicht, das könnte passen.

»Tut mir leid, was dir passiert ist«, mischt sie sich jetzt ein. »Hör zu, ich habe heute Morgen völlig planlos gepackt und viel zu viel Klamotten dabei. Du kannst die Sachen ausleihen, von mir aus das ganze Wochenende behalten.«

Auf Hannas Gesicht breitet sich ein Lächeln aus, das erste, seit sie in die Bar gestürmt ist.

»Das ist ja nett, voll nett. Das wäre super.«

Auch sie scannt jetzt kurz Eliza, wohl um zu checken, ob die Kleider passen können.

»Lebensretterin! Ich habe in einer Stunde meine erste Abendschicht an der Messe, Sekt und Häppchen servieren. Und so«, sie schaut an ihrem bedruckten Shirt und den nicht mehr ganz sauberen Jeans herunter, »so könnte ich da auf keinen Fall auflaufen.«

Hanna folgt Eliza in das Doppelzimmer auf der zweiten Etage. Eliza greift in ihren zu großen Koffer, ohne wirklich hinzuschauen drückt sie Hanna zwei T-Shirts, einen Pulli, eine Bluse, eine Hose, ein Paar Socken und sogar Unterwäsche in die Hand. »Alles frisch gewaschen«, scherzt sie und die beiden lachen. Im Koffer befinden sich gerade noch genug Outfits für zwei Tage, stellt Eliza fest und fühlt sich plötzlich sehr erleichtert. Als sie zurück an die Theke geht, sieht sie, dass Sirin ihren Laptop hinter den Tresen neben die Kasse gelegt hat.

»Du bist ja echt vertrauensselig«, stichelt sie. »Wird bei euch in der Kleinstadt nicht geklaut? Wie heißt du?«

»Eliza, mit Zett.«

»Eliza mit Zett, trink ein Kölsch mit mir, geht aufs Haus.«

Eliza zögert kurz, aber Sirin schaut sie so herausfordernd an, dass sie nicht nein sagen mag.

Sie stoßen an.

»Wieso eigentlich Eliza mit Zett?«

»Mein Vater hat mir das Zett geschenkt, er hieß Zacharias. Er wollte eine wilde Zora, aber meine Mutter hat auf Elisa bestanden, der Name ihrer Oma. Meine Mama war klein und zart, konnte aber ganz schön stur sein. So wurde ich eine Eliza mit Zett. Das Zett war unser Ding, wir haben uns ständig Wörter überlegt. Zett wie Zauberei. Zett wie Zänker. Zett wie Zucker.«

Zett wie Zucker. Wie lang hatte sie daran nicht gedacht. Seltsam, dass sie es dieser völlig fremden jungen Frau erzählt.

»Zett wie Zucker«, wiederholt Sirin und zeigt auf ihr Tattoo am Hals. »Die Schädel gibt es in Mexiko auch als Süßigkeit, am Tag der Toten. Finde ich cooler als Schokohasen und Gummibären.«

Die beiden lächeln sich an.

In der Hostelbar ist noch nicht viel los, nur die spanische Gruppe lacht laut und bestellt reichlich

Alkohol. Sirin deutet mit dem Kopf auf Franziska, die gerade irgendeinen Trinkspruch auf Spanisch ausbringt und dabei etwas Bier auf den Boden schüttet. »Was seid ihr eigentlich für ein Duo? Deine Tochter?«

Eliza verschluckt sich an ihrem Kölsch und schüttelt sich kurz bei der Vorstellung.

»Kolleginnen«, sagt sie, »Journalistinnen. Wir machen eine Reportage über die beste Karaokebar Deutschlands. Mal schauen, wie ich meine betrunkene Star-Reporterin heute noch zum Arbeiten kriege.«

»Beste Karaokebar Deutschlands? Die auf den Ringen?« Sirin lacht, aber es klingt nicht fröhlich. »Darauf muss man erst mal kommen. Bei welchem investigativen Nachrichtenmagazin arbeitet ihr noch mal?«

Hoppla. Schön, aber auch ganz schön krawallig, denkt Eliza.

»Den Titel hat der Besitzer bestimmt gekauft. Ein Scheißtyp.«

Das klingt interessant.

»Wieso?«

Sirin zögert einen Moment.

»Mein Exfreund hat mal für den gearbeitet, Jan-Eric Nest, ein Elon Musk für Arme. Kommt aus München, ein Angeber. Der zieht ein Start-up nach dem anderen auf, bequatscht die Investoren so lange, bis sie ihm die Taschen voll Geld machen. Hat Erfolg, nur sauber geht's bei dem nicht zu.«

Sie stemmt ihre Hand in die schmale Hüfte.

»Noch ein Kölsch?«

Eliza schüttelt mit dem Kopf. Grade nicht. Die Barkeeperin trinkt ganz schön viel bei der Arbeit, Franziska auch, scheint bei den jungen Leuten Standard zu sein. Jetzt steckt sich Sirin eine Zigarette in den Mund, zündet sie aber nicht an.

»Was weiß ich, Leute haben bescheuerte Hobbys. Vielleicht hat er als Kind heimlich Muttis Abendkleider angezogen und vor dem Badezimmerspiegel gesungen. Und jetzt verwirklicht er sich mit seiner vielen Kohle einen Traum. Oder die Karaokebar ist eine Geldwaschanlage. Keine Ahnung. Gerüchte. Ist mir auch wurscht. Ist ja schön, dass ihr eine flockige Karaoke-Story schreiben wollt, aber ihr unterstützt damit einen fiesen Typ. Auch als Chef: eine Katastrophe. Mein Ex hat sich damals einen neuen Job gesucht, der ist richtig geflüchtet vor Nest.«

Eliza hört zu. Was will die? Sie lässt sich von der jetzt doch kein schlechtes Gewissen einreden! Aber vielleicht bekommt die Reportage doch noch einen interessanten Dreh. Jan-Eric Nest, den Namen merkt sie sich. Sie wird nachher mal versuchen, ihn über Twitter zu kontaktieren, und ein Interview anfragen. Offenbar ist er ja an Publicity für seine Bar interessiert.

»Was ist mit dir und dem Ex?« rutscht es Eliza raus. Hups. Normalerweise ist sie zurückhaltender. Aber wie sie von ihrem Verflossenen gesprochen hat, das war intensiv. Klingt nach einer Liebesgeschichte, einer großen. Dafür ist sie gerade empfänglich.

Sirin winkt erst ab, lacht dann aber trocken.

»Na, du bist ja direkt. Was mit dem Ex ist? Ex und hopp ist. Schluss. Fini. Größtmöglicher Unfall. Amouröser Super-GAU. Und du? Brav verheiratet und glücklich bis ans Lebensende? Hübsche Hausfrau mit Teilzeitjob, erfolgreichem Ehemann und Orgasmusproblemen?«

Spinnt die! Eliza ist so verdutzt, dass sie kichern muss.

»Mach mir noch ein Kölsch und dann erzähle ich dir was über meine tolle Ehe.«

Sirin grinst sie an.

»Das lasse ich mir nicht zweimal sagen.«

MARIANNE

Marianne steht auf dem winzigen Balkon ihrer Altbauwohnung und raucht eine Zigarette. In der linken Hand hält sie ein Glas mit Rotwein, ein Primitivo, perfekt für einen Freitagabend, an dem sie mal wieder allein zu Hause ist und darauf wartet, dass sich der Schlüssel in der Wohnungstür dreht. Warum ist sie überhaupt verheiratet, wenn sie doch immer nur einsam ist und sich langweilt? Früher hat er sich um sie bemüht, und sie hat es geschehen lassen. Huldvoll. Und nun schleppt sie sich ab mit Einkaufstüten, um ihm ein schönes Abendbrot anzubieten, und er kommt gar nicht nach Hause. Ohne Vorwarnung, ohne Nachricht. Sein Handy ist auch schon seit Stunden auf Flugmodus. Er kommt rum, sie hockt zu Hause. Vielleicht ist es ein Fehler gewesen, damals in der Schwangerschaft ihren Job aufzugeben. Es war nur eine Assistentinnen-Stelle, aber wer weiß, da hätte was draus werden können. Aber arbeiten und ein Kind versorgen, das war alles so mühsam, und sie hat Zeit für sich vermisst. Als Hausfrau und Mutter konnte sie Sirin beim Babysitter parken und einen Wellnesstag in der Therme verbringen, mit einem Job wäre dieser kleine Alltags-Luxus unmöglich gewesen. Wo aber blieb die Anerkennung? Sie hatte sie großgezogen, ihre Karriere aufgegeben. Naja, Karriere ist vielleicht ein bisschen hoch gegriffen, zugegeben. Trotzdem ist sie neidisch auf seine Geschäftsessen und Dienstreisen, auf die interessanten Kontakte und Erfolge, die ihrem Leben völlig abgehen. Sie ist schon froh, wenn sie mal ein Gericht kocht, das ihm schmeckt, oder im Sale ein günstiges Designerteil abstaubt, in dem sie für ihr Alter hinreißend aussieht.

Von ihrem Balkon aus kann sie Gruppen von jungen Leuten sehen, die ausschwärmen, um das beginnende Wochenende mit ein paar Drinks zu begießen. Der Blick auf den Trubel der Innenstadt führt ihr ständig ein Leben vor, von dem sie zunehmend ausgeschlossen ist. Am Nachmittag hat sie noch ein paar WhatsApp-Nachrichten an alte Bekannte geschickt. »Lust auf einen Cocktail?« Früher war es so leicht gewesen, sich spontan zu verabreden, aber jetzt hocken alle in ihren schicken Penthouse-Wohnungen mit ihren zweiten oder dritten Ehemännern und sehen sich in ihren Jogginghosen von Armani Netflix-Serien an. Das ist doch kein Leben! Nicht mal eine Absage schicken ihre ehemaligen Freundinnen ihr noch, wenn sie wie heute ein plötzliches Bedürfnis spürt, den abendlichen Alkohol nicht allein zu trinken. Sie nimmt einen großen Schluck Rotwein und schenkt sich aus der halbvollen Flasche noch einmal nach. Missmutig starrt sie auf ihre Hand mit dem Glas, diese Hand, die so lange so glatt gewesen war und ihr wahres Alter nicht verraten hat. Jetzt sieht die Haut fleckig aus, weit entfernt von jugendlich, wie sie selbstkritisch feststellt.

Es ist schon spät und sie wird zunehmend nervöser. In den vergangenen Monaten hat sie öfter ein komisches Gefühl gehabt – es gab so viele Treffen mit Geschäftspartnern wie nie und der ständige Rückzug am Laptop ist auch merkwürdig. Sie raucht noch eine Zigarette und drückt sie dann nach der Hälfte energisch aus. Warum soll sie spekulieren, sie wird sich einfach vergewissern, dass alles in Ordnung ist. Sein privater Laptop steht in seinem Arbeitszimmer, und es kann nicht schaden, mal einen Blick hineinzuwerfen.

Marianne huscht ins Arbeitszimmer und klappt den Computer auf. Passwortschutz. Sie überlegt einen Moment und denkt dann, dass ihr Gatte noch nie besonders originell gewesen ist, weder im Bett noch bei der Auswahl ihrer Geburtstagsgeschenke. Also probiert sie den erstbesten Code, der ihr einfällt, weil sie ihn für den gemeinsamen Netflix-Account benutzen. Alexander007. Treffer: Sie ist auf seinem Desktop.

SIRIN

Sirin zapft einen Kranz für die Spanier und stellt ihn ungefragt auf ihren Tisch, was diese mit einem begeisterten Johlen kommentieren. Einer der jungen Männer steht auf und flüstert ihr irgendwas ins Ohr, sie kann kein Spanisch, aber das versteht sie auch ohne Sprachkenntnisse. Sie ignoriert ihn, wortlos, von oben herab, dreht sich mit einem Hüftschwung um die eigene Achse und geht zur Theke, während der junge Mann ihr ziemlich sicher sehnsüchtig hinterherglotzt. Immer das gleiche Spiel, langweilig. Dann zapft sie zwei Kölsch und drückt eins Eliza direkt in die Hand.

»Für die glückliche Ehefrau.«

Sirin mustert sie, wie sie ungelenk auf ihrem Hocker sitzt, spießiges Outfit, aber ein Lächeln, das sie anrührt. Eine Frau, die einfach so ihre Klamotten verleiht, die irgendwie jung aussieht, aber zu alt für diesen Laden. Sie passt in kein Schema richtig rein. Und irgendwas ist mit ihr, sie wittert Drama und hey, das Drama einer anderen ist auf jeden Fall besser als das eigene.

»Erzähl mir was über deine Bis-das-der-Tod-euch-scheidet-Liebe«, sagt sie deshalb. »Ich finde nämlich, dass du nicht gerade glücklich aussiehst.«

»Wer von uns ist jetzt zu direkt?«

Eliza rutscht auf ihrem Hocker ein wenig hin und her.

»Reicht dir die Kurzfassung? Ich bin seit ewigen Zeiten verheiratet, er ist Mathematiker. Wir haben zwei wunderbare Kinder, Mädchen, Junge, und einen ramponierten Kater mit eineinhalb Ohren. Bislang hatten wir ein halbwegs normales Familienleben, eigentlich war es ganz gut. Aber vor ein paar Monaten habe ich mich verliebt. Klingt blöd, aber es ist passiert, einfach so. Ich schwöre, es war nicht geplant.«

Sirin stützt sich mit beiden Armen auf dem Tresen ab und kommt mit ihrem Gesicht näher an Eliza.

»Wie hast du denn deinen Loverboy kennengelernt? Tennis-Club? Ü-40-Party?«

Eliza schüttelt den Kopf, guckt entsetzt aus ihren großen Augen. Irgendwie niedlich.

»Nein, natürlich nicht. Alexander und ich sind uns, äh, in einer Dating-App über den Weg gelaufen.«

Sirin lacht spontan auf. Über den Weg gelaufen! Die Unschuld vom Lande ist wohl doch nicht so unschuldig, das Gespräch spannender als erwartet. Jetzt windet sie sich, wird richtig rot.

»Nein, nicht wirklich in einer Dating-App. Oder doch. Aber ich wollte da niemanden kennenlernen, das war mehr ein Spaß, eine Mutprobe …« Aha! Klar doch. Sirin starrt und starrt, lustig, wie peinlich das der Frau ist. Jetzt schüttet sie ihr Kölsch in sich rein, obwohl sie aussieht, als ob sie nichts verträgt.

»Glaub mir, das ist anders, als es sich anhört. Mein Mann trifft sich mit einer fremden Frau im Café, keine Ahnung, was da läuft. Eben war alles noch normal, plötzlich ist überall Chaos. Krieg ich noch ein Kölsch?«

Eliza sackt auf ihrem Hocker jetzt richtig zusammen und Sirin schaut sie ungerührt an.

»Krass«, sagt sie und zapft noch mal Nachschub. Mit Krebs sollte man auch keinen Alkohol trinken. Hat sie auf Google gelesen, aber was soll's, sie kann immer noch nächste Woche damit aufhören, wenn das Labor anruft und was auch immer rausgefunden hat. Obwohl, dann wär's doch auch egal.

Sie findet Eliza irgendwie amüsant. Außen spießig und innen brodelt es. Aber ihre Augen leuchten, wenn sie über diesen Alexander spricht. Muss ein toller Typ sein. Wahrscheinlich hat sie sich vom Mathematiker zum Architekten hochentwickelt. Wie selig sie grinst. Naiv, aber auch irgendwie süß. Nicht so abgestumpft wie sie.

Drei Jahre war sie mit *ihm* zusammen, Rekord. Er war anders als alle Männer vorher, besonders. Sie waren aufeinander zugerast wie zwei Schnellzüge, volle Kraft voraus, zwischen Anziehung und Amok. Am Ende war er es gewesen, der abbog, und sie rauschte ungebremst weiter. Er hatte sich vor ihr in Sicherheit gebracht. Scheiße, sie weiß nicht mal wo.

»Kommst du mit, eine rauchen?«

Die beiden gehen in den Biergarten und Sirin hält ihr eine Zigarette hin. Eliza zögert und nimmt dann an.

»Hätte ich dir gar nicht zugetraut«, setzt Sirin das Gespräch fort. Vielleicht kriegt sie ja noch ein paar interessante Details. »Die spießige kleine Ehefrau …!«

Eliza zieht an der Zigarette, sie raucht offenbar nicht oft, denn sie beginnt zu husten.

»Und was ist das für ein Typ, Alexander? Wie sieht er aus? Sexy? Gut im Bett? Arbeitet er in der Karaokebar oder warum willst du da unbedingt hin?«

Eliza wird schon wieder rot.

»Wir haben nur geschrieben«, sagt sie leise und zieht an der Zigarette.

»Heißt?«

»Das, was ich gesagt habe. Wir haben nur geschrieben. Jeden Tag. Es war super intensiv, wirklich. Wir sind uns so nah gekommen. Seelenverwandt, so nennt man das doch.«

Eliza zieht noch mal und diesmal hustet sie nicht.

»Ja, das findest du wahrscheinlich lustig, aber so war's. Wir haben uns bisher nicht getroffen. Wir haben sechs Monate geschrieben, jeden Tag. Und als ich ihn treffen wollte, ihm geschrieben habe, dass ich nach Köln komme, da …« Sie inhaliert noch mal tief und bläst den Rauch aus, der wie eine Wolke ihr Gesicht verdunkelt.

»Da war er plötzlich verschwunden. Abgetaucht. Aus. Schluss. Fini. Er hat sein Profil gelöscht. Und jetzt bin ich hier, um ihn zu suchen.«

Das gibt's doch nicht. Die haben sich nie getroffen! Sirin starrt Eliza an, als ob sie ihr eben gestanden hätte, dass sie Undercover-Agentin ist. Regungslos, eine, zwei, fünf Sekunden. Dann bricht es aus ihr heraus, ein Lachen, ganz tief aus ihrem Innern. Tagelang ist sie im

Bett gelegen, erstarrt vor Angst, zwischendurch hat sie geflucht und manchmal sogar geweint. Ihre Gedanken sind um Krankheit und Tod, um wuchernde Zellen gekreist. Ihr geht es beschissen. In diesem Moment aber explodiert ihre ganze Trauer und sie muss lachen. Laut lachen. Sie lacht und lacht und im ersten Moment muss Eliza mitlachen, ein bisschen verlegen. Doch Sirin kann nicht mehr, muss immer weiter lachen, sie prustet, kann sich nicht beherrschen, sie heult vor Lachen und ihr Gesicht wird ganz heiß. Eliza schaut sie an, ihr Lächeln verschwindet, sie merkt offenbar, dass Sirin sie auslacht, ihre Geschichte komplett lächerlich findet.

»Ihr habt sechs Monate geschrieben und du hast ihn nicht gesehen? Nicht geküsst? Nicht gefickt?«, japst Sirin. »Eine Brieffreundschaft?«, fragt sie zwischen zwei Lachern und sie spürt, wie gemein sie ist und es ist ihr egal, denn warum soll es nur ihr schlecht gehen? Das Lachen fällt aus ihr heraus wie Müll aus einer zu vollen Tonne.

»Was ist das? Romeo und Julia in Köln?«

Eliza schaut sie an, große Augen, wie ein angefahrenes Reh. Sirins Lachen kullert aus, es fühlt sich jetzt gar nicht mehr lustig an. Okay, das war jetzt vielleicht ein bisschen zu viel. Ihre Augen sind noch feucht von dem Lachanfall, aber jetzt muss sie wirklich heulen. Wieso stößt sie alle netten Menschen vor den Kopf? Es tut ihr plötzlich leid, unnormal leid, und sie nimmt Eliza in den Arm, keine Ahnung, warum sie das jetzt machen muss, sie greift nach ihr wie ferngesteuert und Bambi wehrt sich nur ein bisschen.

»Nicht böse sein.« Sie streichelt ihr den Hinterkopf, was unangemessen ist, aber in diesem Moment genau richtig. Und dann will sie es sagen, will ihren Schmerz teilen, und zwar genau mit dieser Person.

»Ich habe wahrscheinlich Krebs und muss sterben.«

ELIZA

Was ist hier los? Eben noch hatte Sirin Eliza im Arm, aber jetzt ist es andersrum, schon mindestens eine Minute, viel zu lange für jemanden, den sie erst seit eben kennt. Aber die Berührung fühlt sich richtig an, als ob es jetzt so sein muss, alternativlos. Sirin hat ihren Kopf auf Elizas Schulter gelegt, Elizas T-Shirt hat einen feuchten Fleck. In der Bar ist es plötzlich sehr ruhig. Eliza dreht sich um, befreit sich aus der Umarmung. Sowohl die Spanier als auch Franziska sind weg. Wie bitte? Die geht einfach.

Sirin zieht ihre Nase hoch, einmal, zweimal, sie tritt einen Schritt zur Seite.

»Geht schon.«

»Scheiße«, sagt Eliza. »Geht nicht!«

Sie gehen rein und Eliza rückt ihren Hocker wieder zurecht, setzt sich.

»Erzähl.«

Sirin nimmt sich den Hocker neben Eliza und wischt sich die Nase mit dem Unterarm ab.

»Meine Frauenärztin hat was ertastet, einen Knoten entdeckt. Vielleicht ist er harmlos. Vielleicht aber auch nicht. Im Strahleninstitut haben sie mich gelöchert, eine Biopsie gemacht. Das Labor sagt mir irgendwann in den nächsten Tagen Bescheid. Und wenn es Krebs ist: aus und vorbei. Schluss. Fini. Ob ich will oder nicht.«

Sie ringt nach Luft, als ob in der Bar plötzlich der Sauerstoff knapp wäre.

»Und ich will ganz sicher nicht!«

Sirin sieht aus wie ein kleines, unglückliches und sehr erschöpftes Mädchen. Eliza legt eine Hand auf Sirins Unterarm, streichelt ihn beiläufig, so wie Mona das bei ihr macht, wenn sie traurig ist. Das Lachen war gemein, aber Eliza versteht die junge Frau, es ist in Ordnung. Ein älterer Mann tritt an die Theke, schnauzbärtig mit einem freundlichen Mondgesicht, und bestellt drei Tequila. Sirin steht auf und innerhalb von Sekunden ist sie wieder wie vorhin, straff, mit einem leicht spöttischen Lächeln auf dem Gesicht.

»Findest du nicht, dass drei Tequila für nur einen Kerl ein bisschen übertrieben sind?«

Der Mann lächelt sie verschmitzt an. »Die will ich natürlich mit euch beiden Schönen trinken«, sagt er in breitem Kölsch. »Ganz ehrlich, ihr seht aus, als könntet ihr einen Schnaps vertragen.«

Sirin schaut kurz zu Eliza, »Einverstanden?« signalisiert der Blick, und sie verstehen sich schon ohne Worte. Eliza nickt. Die Zitrone, der Alkohol und das Salz brennen in ihrem Mund und diese Mischung ist jetzt genau das Richtige für Eliza, ein kleines Ritual, eine Dämonenaustreibung. Sie fühlt, wie der Tequila sich in ihrer Bauchhöhle ausbreitet, eine scharfe spitze Hitze.

Sirin hat sich wieder voll im Griff, das traurige Mädchen ist verschwunden. »Beste Medizin!« ruft sie und dann ist Eliza am Zug.

»Jungs und Mädels«, sagt sie, »die nächste Runde geht auf mich.«

Der Schnauzbart heißt Karl-Heinz, Sirin kennt ihn, er hat einen Bauch wie ein Fußball, ist seit einem Jahr verwitwet und wohnt am Eigelstein, ein paar Fußminuten vom Hauptbahnhof entfernt. Wenn er seine Annemie so sehr vermisst, dass er Lust verspürt, zum Gleis zu gehen und zu springen, dann kommt er lieber ins Backpack-Palace.

»Hier gibt's noch mehr einsame Seelen wie mich«, lacht er, wischt sich ein bisschen Kölsch-Schaum von seiner Oberlippe und zwinkert Sirin zu. Sirin zwinkert zurück und schickt Karl-Heinz an die Jukebox.

Mittlerweile ist der Palace voller geworden, auf einem der Hocker sitzt seit ein paar Minuten ein blonder Typ mit tätowierten Unterarmen, der offensichtlich Sirin ziemlich toll findet, denn er schaut sie an wie ein Welpe einen Tennisball.

»Sirin«, ruft er mit einem englischen Akzent, es klingt niedlich. Sirin spendiert ihm ein Kölsch.

»Sorry«, sagt sie, als sie das Glas über den Tresen schiebt und der Typ scheint zu wissen, worum es geht.

»It's okay.«

Karl-Heinz wirft ein paar Münzen in die Jukebox, »Griechischer Wein«. Er beginnt zu tanzen, es ist mehr ein Schunkeln, sein schwerer Körper schwankt von links nach rechts und wieder zurück, und er lacht Sirin dabei an.

»Karl-Heinz, mein Retter!«

Dann beugt sie sich zu Eliza und flüstert ihr ins Ohr: »Das Leben ist schön! Das kapiert man leider nur, wenn es so scheißeschnell vorbei sein kann!«

Sirin kommt hinter der Bar hervor und zieht Eliza vom Hocker.

»Wir tanzen!«

Das ist kein Wunsch, sondern ein Befehl.

Eliza wehrt sich ein wenig, sie ist keine große Tänzerin, nie gewesen, aber jetzt hier, auf einen alten Schlager, mitten am Tag und völlig aus der Übung? Beobachtet werden ist ihr ein Graus, sie mag sich lieber unsichtbar. Im Backpack-Palace kann sie noch nicht mal in der Menge untergehen, sie steht linkisch auf der improvisierten Tanzfläche wie auf einem Präsentierteller. Im Hintergrund sitzen ein paar junge Leute, die das Geschehen interessiert betrachten, endlich ist was los, und genau deshalb sind sie doch nach Köln gekommen. Köln, die Hauptstadt des Feierns, des Karnevals.

In ihrer Tasche spürt sie ihr Handy vibrieren. Sofort gibt es ihr einen kleinen Adrenalinstoß, monatelang hatte sie genau auf diesen Impuls sehnlich gewartet. Aber es ist nur ein Anruf – schon wieder Mona. Eliza nutzt die Chance, die Tanzfläche zu verlassen, und geht nach draußen.

»Hey, Mona!«

»Hi, Elli, wie ist die Lage? Was macht die Recherche? Was ist mit den Bildern, die ich dir geschickt habe?«

Eliza druckst ein wenig herum. Sie denkt zwar ständig an Alexander, lässt sich aber bislang treiben. Käsekuchen und Tequila, eine systematische Suche sieht anders aus.

»Bei den Bildern ist er nicht dabei. Und die Recherche? Bisher nicht viel, aber ich habe ganz nette Leute kennengelernt.«

»Na prima, du erlebt ja richtig was.«

Mona klingt säuerlich.

»Ich war den halben Tag im Internet, Elli. Bei der Suche nach einem Agentur-Alexander bin ich ja nicht richtig weitergekommen. Ich habe sogar Google durchforstet, einfach nach Alexander Köln. Ich habe mir eingebildet, dass ich dein Beuteschema intuitiv erkenne, aber du kannst dir vorstellen, dass das aussichtslos war. Dann bin ich mal zu den Wurzeln zurückgekehrt. Wo habt ihr zwei Schnuckis euch kennengelernt? In »Love & Found«. Unter uns, ich fand die App richtig schlecht, wenig Auswahl und komische Typen. Also, ich habe geguckt, wo das Unternehmen sitzt und tada – in Köln, und zwar gar nicht weit von deiner Karaokebar. Der Besitzer heißt Jan-Eric Nest.«

Eliza unterbricht Mona.

»Der »Love & Found«-Gründer ist Jan-Eric Nest? Ihm gehört die Karaokebar, aber ich wusste nicht, dass es noch eine Verbindung gibt.«

»Wart mal kurz, ich google mal parallel. Bingo! Das ist doch was«, sagt Mona stolz. »Yippie Yeah, ein Ansatzpunkt. Ich habe bei »Love & Found« angerufen, aber da bin ich in der Hotline versandet, keine Chance. Du hast doch einen Auftrag, in der Karaokebar zu recherchieren. Schreib ihn doch mal an.«

Da sieht Eliza Franziska um die Ecke kommen, eng umschlungen mit einem der Spanier, der Rest der Gruppe scheint verloren gegangen zu sein. Eliza wird plötzlich nervös, sie müssen in die Karaokebar, für Anna und »Melli«, aber auch, weil es jetzt eine Verbindung zu Alexander gibt. Keine richtige Verbindung, aber einen Strohhalm, immerhin.

»Tschüss, Mona, wir telefonieren morgen wieder.«

Sie steckt das Handy ein und geht auf Franziska zu.

»Wir haben jetzt lang genug hier rumgedödelt. Komm, lass uns arbeiten.«

Doch ihre junge Kollegin kann kaum mehr aus den Augen gucken, so betrunken ist sie.

»Eliza«, lallt sie. »Darf ich dir meine große Liebe vorstellen: Pablo.«

Der Spanier grinst und zieht sie fest an sich.

»Pablo stimmt doch, oder, Pablo?«

Eliza schüttelt den Kopf. Mensch, Franziska. Mit ihr wird sie heute nichts mehr zuwege bringen. Sie verlässt das mittlerweile knutschende Paar und geht wieder in die Bar. Niemand tanzt mehr. Eliza trinkt ein Wasser und versucht wieder nüchtern zu werden.

Sie nimmt ihr Handy und geht auf Twitter. »Danke, Anna«, denkt sie. Die Chefredakteurin hatte ihnen vor nicht allzu langer Zeit Twitter zwangsverordnet. Privat ist der Dienst gar nichts für sie, sie bevorzugt das freundlichere Instagram, in dem gut miteinander umgegangen wird und sie weitgehend unsichtbar bleiben kann. Twitter ist anders, alle sind so angriffslustig, so hart in ihrer Meinung, so sicher, dass sie besser sind als der Rest der Welt. Alles muss immer sofort raus, die Twitter-Community ist in ihren Augen wie eine Horde Teenager, die ständig ihren Impulsen nachjagen und sich vor ihrer Clique brüsten. Wenn sie selbst versucht zu twittern, dann gelangt sie in endlose Pingpong-Bewegungen, versetzt sich in die Perspektive des einen, dann in die der anderen und bildet sich irgendwo dazwischen eine Meinung, die sie auf ungefähr einer DIN-A4-Seite gerne zu Papier gebracht hätte. Mit 280 Zeichen hat sie noch nicht mal das Problem beschrieben, geschweige denn die Lösung. Außerdem rührt Twitter an ihrer Urangst, sich irgendwo hinzustellen und laut ihrer Meinung zu artikulieren. Dass dies ein Kern journalistischer Arbeit ist, hat sie in ihrer Ausbildung viel zu spät begriffen. Allein der Gedanke an einen Shitstorm erfüllt sie mit Grauen. Ein Shitstorm, in dem sie selbst und ihre Kompetenz bloßgestellt würden, in dem alle wie Hyänen wegen eines Fehlers über sie herfallen, sie wegen einer versehentlichen, politisch unkorrekten Bemerkung zerfetzen. Deshalb twittert sie nur, wenn sie unbedingt muss, hat keinen privaten Account, sondern nutzt das Redaktionsprofil. Sie findet Jan-Eric Nest sofort und scrollt sich kurz durch seine Posts. Ein bisschen überheblich, der Gute. Nest erklärt den Unwissenden die Welt und ist dabei ziemlich meinungsstark. Ernsthafte Debatte scheint jedenfalls nicht seine Stärke zu sein.

> **ELIZA**
> Hallo Jan-Eric, ich bin die Journalistin, die sich für die Reportage über deine Karaokebar angemeldet hat. Super spannendes Konzept. Können wir uns nicht morgen zum Interview treffen?

Schnell drückt sie auf Senden, bevor sie es sich anders überlegt. Nest ist ein Mann, der sie schon aus der Ferne beunruhigt. Sie hofft, dass sie so einem Typ gewachsen ist.

Nervös wippt sie auf ihren Ballen, sie muss was tun, sich beweisen, dass sie Mut hat, ein Profi ist. Warum auf Franziska warten, sie geht jetzt allein in die Karaokebar. Nur mal gucken.

ELIZA

Eliza steht in der U-Bahn-Station Breslauer Platz und wartet auf eine Bahn. Die Anzeige zeigt schon seit geraumer Zeit 5 Minuten an, aber nichts passiert. Sie fröstelt ein wenig, der Alkohol scheint verflogen, aber sie spürt die Müdigkeit wie eine zu schwere Decke. Nur mal vorfühlen. Auf Redaktionskosten amüsieren, völlig ohne Output, das fühlt sich nicht gut an. Andererseits ist es schon ganz schön spät geworden und die Leute um sie herum werden immer jünger, haben Bierdosen bei sich, sind laut und fröhlich. Sie fühlt sich deplatziert, zu alt, zu spießig, zu allein. Kurz überlegt sie, doch wieder zum Backpack-Palace zurückzugehen, einfach ausruhen, schlafen und dann am nächsten Tag frisch ihre Aufgaben angehen. Doch da springt die Anzeige im U-Bahnhof auf 0 Minuten um, und sie hört das herannahende Grollen aus dem Tunnel. Eliza seufzt und von Pflichtbewusstsein getrieben steigt sie ein. In dem kalten Licht der schaukelnden Bahn ist sie plötzlich so müde, dass sie den Kopf an die kühle Scheibe legt und kurz die Augen schließt. Ihr Ziel ist nur ein paar Minuten entfernt, der Schlaf wie ein Sog, aber sie schafft es zu widerstehen. Auf der Rolltreppe zum Rudolfplatz checkt sie kurz ihr Handy.

MIA
Bin bei Becky

NIKLAS
Alles klar @home. Kater gefüttert.
Ich gucke Horrorfilme.

Er schickt verschwommene Screenshots vom Fernseher, sie kann nicht wirklich etwas erkennen, aber es sieht blutig aus. Sie muss lächeln. Nik hatte schon als Kind einen genauso eigenwilligen wie mitreißenden Humor. Dann stolpert sie fast über das Ende der Rolltreppe, so abgelenkt ist sie von den fernen Signalen ihrer Familie. Keine Nachricht von Tim, aber sie hat ihm auch nicht geschrieben.

In diesem Moment sieht sie ihn.

Zuerst ist es nur ein Gefühl, ein Blitzen in den Augenwinkeln, ein elektrischer Impuls. Ihr Kopf schnellt herum, er ist auf der anderen Rolltreppe, gleitet abwärts und ist schon im letzten Drittel. Sie weiß nicht, warum, aber sie ist sich ganz sicher, sie hat die Haare erkannt, die Nase, die ganze Gestalt.

Alexander!

Sie ist fast geschockt, ihn zu sehen. Monatelang hat sie sich genau das vorgestellt. Ratlos steht sie oben an der Rolltreppe und sieht ihn noch die letzten Meter fahren, attraktiv, sogar von hinten. Was soll sie jetzt machen? »Beweg dich!«, denkt Eliza verzweifelt, als wäre sie gleichzeitig Dornröschen und der Prinz und könnte sich selbst aus ihrer Erstarrung wecken. Doch ihre Beine sind wie festgewachsen, während Alexander immer tiefer in die Unterwelt Kölns entschwindet. Kurz bevor er unten angekommen ist, kann sie sich wieder rühren, als hätte sich eine klemmende Handbremse endlich gelöst. Und jetzt folgt sie ihrer inneren Stimme.

»Beweg dich. Schneller.«

Sie nimmt die Treppe, hastig, aber nicht überstürzt, sie will ihm nicht japsend hinterherlaufen, schon gar nicht die Treppe herunterkugeln und mit einer Platzwunde vor seinen Füßen landen. Zum Glück hatte sie eben die Sneakers angezogen, sie kann sich richtig beeilen. Die Treppe ist unendlich lang und sie hört schon das Donnern einer Bahn. Sie beschleunigt noch mal, überspringt die letzte Stufe und sieht Alexander gerade noch einsteigen.

Sie will hinterher, aber wo ist er jetzt, der Mut?

Atemlos, zerzaust und völlig aus der Fassung ist sie, sie könnte noch sprinten, steht jetzt aber wieder erstarrt am Bahnsteig. Alexander lehnt seitlich an der Tür, er hat sich keinen Sitzplatz gesucht, sein Blick ist leer. Auch er sieht müde aus, denkt sie zärtlich, und kann es nicht fassen, dass sie ihn plötzlich vor sich sieht, in Fleisch und Blut, die Lederjacke lässig geöffnet. Sie könnte versuchen, sich zwischen die Tür zu klemmen, ein wenig brachial, zu kämpfen, um doch noch einzusteigen. Aber es liegt auch ein Reiz darin, es nicht zu tun.

Jetzt dreht Alexander seinen Kopf und blickt sie durch die schmierige Scheibe direkt an. Eliza hält den

Atem an, sie schaut zurück. Das ist ihr Moment, ihr gemeinsamer Moment. Alexander schaut, interessiert, jetzt ein wenig wacher. Er blickt ihr tief in die Augen, und da weiß sie, dass er sein Profil nicht selbst gelöscht hat. Eine, zwei Sekunden vergehen, ihre Blicke verhaken sich. Eliza versinkt in seinen Augen. Die Bahn ruckelt an, setzt sich in Bewegung und verschwindet mit einem Quietschen im Tunnel.

Er ist verschwunden.

Mit klopfenden Herzen wechselt Eliza den Bahnsteig und fährt zurück in Richtung Backpack-Palace. Kurz hat sie überlegt, hinter Alexander herzufahren. Aber ein Blick auf die digitale Anzeige zeigte 25 Minuten Wartezeit bis zur nächsten Bahn. Sie hat keine Ahnung, wo Alexander aussteigen wird, und je länger sie am Bahnsteig steht und nachdenkt, desto aussichtsloser kommt ihr eine Verfolgung vor.

Hat Alexander sie wirklich erkannt? Manchmal begegnet man zufällig einer Bekannten auf der Straße und braucht dann erst ein wenig, bis sich aus der Masse eine vertraute Gestalt herausschält. Das war ihr sogar schon mit dem eigenen Spiegelbild passiert und danach war sie immer ein wenig erschrocken, wie fremd sie sich selbst war. Er hatte ja nur Fotos von ihr gesehen, nie ein Video, nie die echte Eliza. Nur Fotos, die guten Fotos, nachträglich bearbeitet. Wie mit einem alten Videorecorder spult sie die Sekunden am Bahnsteig wieder und wieder in ihrem Kopf ab. Hat er vielleicht erst im Wegfahren gemerkt, wer da steht,

und ist vom U-Bahn-Schacht einfach verschluckt
worden? Während sie diese einmalige Chance einfach
vorbeiziehen ließ? Frustriert steigt sie aus der Bahn aus
und macht sich auf in Richtung Hostel.

Auf halber Strecke kommt sie an einem Kiosk vorbei
und merkt, dass ihr Magen knurrt. Sie hat seit dem
Käsekuchen im Café Blaumeise nichts mehr gegessen.
»Open« zeigt ein Leuchtband am Schaufenster. Im
Innern sieht es aus wie in einem Tante-Emma-Laden
aus ihrer Kindheit. Es gibt zahlreiche Kühlschränke
mit Getränken, aber auch H-Milch, Klopapier,
Schokolade, süße Schnuller, gebackene Bohnen in der
Dose, Deo, Kondome. An der Theke stehen kleine
Regale mit Feuerzeugen, Kräuter-Zigaretten und
Räucherstäbchen. Sie geht hinein, greift wahllos eine
Tüte Chips, geröstete Cashews, eine Tafel Schokolade
und eine Flasche Sprudel. Im Kiosk ist niemand.
Hinter der Kasse ist ein Durchgang, ohne Tür, nur ver-
deckt von einer Art Strandtuch mit indischem Muster
in allen Regenbogenfarben. Erst nach einer gefühlten
Ewigkeit schiebt eine Frau das Tuch zur Seite. Sie ist
vielleicht Mitte 60, trägt am Handgelenk mindestens
ein Dutzend Silberreifen und einen bodenlangen ge-
batikten Rock zu weißen Sneakers.

»Bitte noch eine West Light«, bestellt Eliza und es
wurmt sie, dass sie so eine unbändige Lust auf eine
Zigarette verspürt.

»Groß oder klein«, fragt die Kiosk-Verkäuferin,
und Eliza denkt an Sirin, mit der sie die Zigaretten

vielleicht teilen kann und das Wochenende, das noch vor ihr liegt. Sie seufzt.

»Groß, bitte.«

Mit dem bereiften Arm schiebt ihr die Kioskfrau eine Schachtel über die Theke und mustert sie. Es ist ein intensiver Blick, sie hat viele Falten, aber ihre Augen sind jung, dunkelgrün und klar wie Wasser.

»Soll ich dir die Karten legen?«

Eliza schaut sie erstaunt an.

»Du siehst aus, als könntest du ein paar Antworten gebrauchen.«

Eliza öffnet ihren Mund, um abzulehnen, aber heraus kommt ein: »Ja, warum nicht.«

Die Frau greift zielsicher unter die Theke und zieht einen Stapel Tarotkarten hervor, an den Rändern schon abgestoßen und auf den Rückseiten blau bedruckt mit weißen Sternen. Ohne Eliza etwas zu fragen, mischt sie, legt die Karten mit einem Schwung in einem Fächer über die Theke und zieht eine heraus.

»Acht Schwerter«, murmelt sie. »Was sonst?«

Eliza starrt auf die Karte, die eine Frau in einem roten Kleid mit verbundenen Augen zeigt. Sie ist am ganzen Körper gefesselt, steht in schlammigen Pfützen und um sie herum staken Schwerter in der Erde.

»Schau sie dir genau an«, sagt sie. »Wen siehst du?«

Eliza schüttelt betäubt den Kopf.

Das Bild rührt etwas in ihr, sie fühlt geradezu, wie es sie hineinzieht.

»Es sind nicht die anderen, die dich vom Leben abhalten. Du bist eine Gefangene deiner selbst«, sagt die Verkäuferin und klingt wie eine kölsche Kassandra.

»Du bist stark, das seh ich. Sieh zu, dass du dich aus diesem Schlamassel herausziehst. Schau hin!«

Eliza ist sprachlos.

»Chips, Zigaretten, Wasser und Nüsse machen 16,50 Euro. Die Legung ist geschenkt.«

Eliza bezahlt, greift ihre Sachen und wendet sich Richtung Tür.

»Danke«, sagt sie. »Das war … interessant.«

Als sie draußen in der kühlen Nachtluft steht, merkt sie, dass das noch nicht reicht. Sie dreht sich wieder um.

»Bitte, zieh mir noch eine Karte. Ich will wissen: Wer ist Alexander?«

Die Frau lächelt ein wenig süffisant.

»Na klar, ein Kerl. Ist es nicht meistens so?«

Die Tarotkarten liegen noch aufgefächert auf der Theke, bereit, als hätte sie gewusst, dass Eliza zurückkommt. Sie tastet mit ihrer linken Hand ungefähr einen halben Zentimeter über den Karten, als könne sie an der Luft irgendetwas spüren.

»Seltsam.«

Zögernd bewegt sie die Hand hin und her und bleibt dann doch an einer Karte hängen.

»Sieben Schwerter.«

Eliza sieht einen Mann mit Schwertern auf dem Arm, der das Weite sucht. Er wirkt, als sei er in Eile, aber auch verstohlen.«

Die Kiosk-Frau schaut ein wenig gequält.

»Mädchen«, sagt sie trocken. »Vielleicht schaust du dich nach einem anderen Mann um?« Ihr Blick fällt auf Elizas Ehering.

»Oder bist du mit dem Kerl verheiratet?«

»Nein!«

Eliza ist aufgewühlt, was soll der Quatsch eigentlich, was macht sie hier? Diese undurchsichtige Frau zieht die ganze Zeit beunruhigende Karten für sie.

»Lass mich selbst eine ziehen, okay?«

Die Frau tritt einen Schritt zurück und deutet mit beiden Händen auf den Kartenfächer.

»Bitte sehr! Bedien dich.«

Eliza fährt mit den Händen über die Karten. Sie sehnt sich nach einer Antwort, nach einem Zeichen. Einem positiven Zeichen. Sie legt alle ihre Energie, all ihre Gefühle für Alexander in ihre Hände, bewegt sie hin und her, kann sich nicht entscheiden. Die Verkäuferin schaut unbewegt auf ihren Tanz über den Karten, als hätte sie alle Zeit der Welt. Endlich stoppt Eliza und tippt auf eine Karte am linken Rand.

»Die ist es.«

Die Frau verschränkt die Arme.

»Dann los, dreh um.«

Eliza nimmt die Karte und deckt sie auf. Zu sehen ist ein Herz, ein großes rotes Herz. Doch es ist durchbohrt von drei Schwertern.

»Feierabend«, ruft die Frau jetzt und schiebt die Karten wieder zu einem Stapel zusammen. Sie drückt einen Knopf und das Leuchtband an der Scheibe erlischt.

»Schon zwei Uhr durch, ich mach zu. Schlaf dich mal richtig aus und morgen sieht die Welt schon anders aus.«

Sie hält kurz inne.

»Die zweite Legung kostet 15 Euro. Sonderpreis.«

Eliza drückt ihr zwei Scheine in die Hand. Das Geld hätte sie sich sparen können, denkt sie. Was für eine blöde Idee. Wieder sieht sie Alexander vor ihrem inneren Auge, seinen Blick hinter der Scheibe. Sie versucht das Bild festzuhalten und bemerkt doch, dass es sich beginnt aufzulösen wie die Gestalt in einer Wolke. Noch auf dem Weg nach draußen reißt sie die Zigarettenschachtel auf, zündet eine an, inhaliert tief und bläst den Rauch in die Luft. Sofort ist ihr schlecht.

»Mist«, denkt sie. »Es reicht jetzt. Ich muss ins Bett.«

MONA

Monas Augen brennen. Seit Stunden schon starrt sie auf ihren Bildschirm und liest sich durch Hunderte Kommentare und Forumsbeiträge zu »Love & Found«. Sie hat vor allem begeisterte Geschichten gefunden. Manche von Männern, aber besonders von Frauen, die mit »Love & Found« den Mann ihrer Träume gefunden haben. »Ich habe beim ersten Date ein Glas

Rotwein umgekippt, und dann dachte ich, das war's. Doch dann …!« Im Detail erzählen sie ihre Kennenlern-Geschichte, wie es auf der App funkte, wie sie sich zum ersten Mal getroffen haben, was er sagte, was sie sagte. Welche witzigen Missverständnisse es gab und wie sich schließlich alles auflöste. Die Storys sind sympathisch, lebensecht. Sie hat quer gegoogelt, überprüft, ob vielleicht immer die gleichen Geschichten erzählt werden. Fehlanzeige. Die Geschichten sind unique, viele erinnerten sie an ihre eigenen Dating-Erlebnisse, mit dem einen Unterschied. Bei »Love & Found« scheint mit der Präzision eines Uhrwerks alles auf ein Happy End zuzulaufen. Ganz klassisch wird geheiratet, es werden auch Fotos von den Hochzeiten gepostet, auch da gibt es kein Muster. Manche Hochzeiten sind konservativ, mit weißen, steifen Tischdecken, Blumenschmuck und Kellnern im Anzug. Bei anderen werden Fotos von wilden Partys gezeigt, es sind arabische, griechische und italienische Feste darunter. Es gibt schwule und lesbische Paare, dicke und dünne Bräute, große und kleine Bräutigame und auch einen im Rollstuhl. Und es gibt nicht nur Hochzeiten, sondern auch Schwangerschaften, gemeinsame Urlaube, Tanzkurse, ein Paar im Schrebergarten und eines auf einer Segeljolle. Keines der Paare wirkt wie aus einer Werbung, sie sind nicht unnatürlich attraktiv, die Aktivitäten nicht zu exotisch, die Bilder zum Teil ungünstig aufgenommen, schlecht belichtet, alles echt. Es scheint so, als ob »Love & Found« das ganze bunte

Leben abbildet, ein Füllhorn an Beziehungs-Möglichkeiten, ein echtes Kaleidoskop der Liebe. Das Ganze ist so harmlos wie ein Marmorkuchen, so unverdächtig, dass es Mona misstrauisch macht. Denn sie weiß aus eigener Erfahrung, wie unglaublich schwer es ist, nicht nur DEN Richtigen zu finden, sondern überhaupt jemanden, mit dem es funktioniert. Sich auf eine Beziehung einzulassen, Grenzen abzustecken, sich zu streiten und wieder zu vertragen. Die »Love & Found«-Bilderflut wirkt beeindruckend authentisch, zu authentisch, und verursacht ihr Unbehagen.

Eliza weiß davon noch nichts, scheint sich in Köln gut zu amüsieren, auch ohne sie. Gestern war sie richtig schwer zu erreichen gewesen. Es ist schön, wenn ihre Freundin mal Spaß hat. Sie erinnert sich an die gemeinsame Schulzeit, Eliza war ernst gewesen, zu ernst. Putzte, staubsaugte, ging für ihre Mutter in die Apotheke, in den Supermarkt, und ernährte sich manchmal doch tagelang von Erdnüssen und Knäckebrot mit Marmelade. Vor allem machte sie akribisch ihre Hausaufgaben, ganz im Gegensatz zu Mona, die meistens bei ihr abschrieb. Elizas Schulleistungen wurden immer besser, ihre Lehrerinnen waren begeistert. In Wirklichkeit war das Auswendiglernen Teil eines geheimen Masterplans, die endlosen Tage mit Inhalt und Sinn zu füllen. Mona seufzt. Kein Wunder, dass sie selbst keine Kinder haben wollte.

Gerne würde sie jetzt Eliza anrufen. Mehrmals schon hatte sie die Hand am Handy und hat es dann doch wieder weggelegt. Eigentlich wollte sie sich durch noch mehr Foren wühlen. Aber sie fühlt sich nach den ganzen Happy Storys auch, als hätte sie zu viel Süßigkeiten gegessen. Und Süßigkeiten sind bei ihr genauso verpönt wie Alkohol.

Entschlossen klappt sie den Laptop zu. Morgen ist auch noch ein Tag.

ELIZA

Eliza wacht auf, öffnet erst das eine, dann das zweite Auge und muss sich orientieren. Im Zimmer herrscht dämmriges Licht, nur durch einen Spalt der Vorhänge quetscht sich ein Sonnenstrahl, der eine helle Linie auf ihre Bettdecke wirft. Helles Holz, Vinylboden, ein Tisch, zwei Stühle und ansonsten kein Gegenstand zu viel, der Charme einer Jugendherberge. Neben sich hört sie ein Schnorcheln. Franziska schläft auf dem Bett, sie trägt Jeans und das T-Shirt von gestern, immerhin, die Schuhe hat sie ausgezogen. Die Decke liegt halb über ihr und halb auf dem Boden, ihr Mund steht leicht offen und ihre Haare sind zerzaust. Sie schnarcht leise und unregelmäßig, ab und zu kommen auch laute Töne aus ihr heraus, dann klingt sie wie eine kaputte Küchenmaschine. »Was seid ihr für ein Gespann, Mutter und Tochter?«, hatte Sirin gestern gefragt. Wie Franziska da so liegt, jung, verletzlich und verkatert im Schlaf, bekommt sie wirklich fast mütterliche Gefühle. Zum Glück hat sich Franziska gestern betrunken, denn sonst wäre sie nicht alleine losgezogen und hätte Alexander nicht gesehen.

Der Gedanke an ihn ist schön, schmerzhaft. Warum habe ich dich entwischen lassen? Es ging um Sekunden. Und was hatte sie in ihrer romantischen Vorstellung erwartet? Dass er die Notbremse zieht, auf den Bahnsteig stürzt und mit einem Strauß roter Rosen vor ihr niederkniet, während die anderen Fahrgäste applaudieren? Sie denkt daran, wie sich ihre Blicke getroffen haben, das war schon intensiv. Magisch.

Was Alexander wohl gedacht hat? Wie hat er sich gefühlt, als er danach durch den Tunnel fuhr? Was denkt er jetzt? Wo ist er gerade? Sie streckt ihre Arme aus, spürt, wie ihre Energie wiederkommt. Gestern vor dem Kiosk hatte sie sich so mutlos gefühlt, die Enttäuschung, ihn knapp verpasst zu haben, die Kartenlegerin, die brennende Müdigkeit. Jetzt ist sie ausgeschlafen und tatendurstig. Alexander ist in Köln, er ist nicht verschollen und liegt auch nicht im Koma. Es gibt ihn wirklich, sie kann ihn finden. Wie gut er aussieht!

Ihr Handy liegt auf dem Nachttisch und sie öffnet fast reflexhaft »Love & Found«. Ist Alexanders Profil vielleicht wieder da? Es wäre so schön: Technischer Fehler, entschuldigen Sie vielmals, hier ist der Chat wieder. »Hallo Schöne! Irgendwie war mein Profil weg, ich habe zwei Tage mit der Hotline gestritten. Jetzt bin ich wieder bei dir.« Er könnte sich ein neues Profil angelegt haben und sie kontaktieren. Könnte, hätte, wäre. Wunschdenken. Nein, sein Status ist noch der gleiche: verschwunden. In ihrem Postfach aber gibt es Nachrichten. »Love & Found« fragt, ob sie Premium-Userin werden will, für nur 69,90 Euro im Monat bekommt sie Extra-Chancen auf den Traumprinzen. »Der Algorithmus arbeitet für dich«, raunt es verheißungsvoll. Sie will erst auf Löschen drücken, lässt die Nachricht dann aber stehen. Seit Tagen schon bombardiert sie die App mit Werbung für irgendwelche Upgrades, als hätte die Datenbank genau registriert, dass ihre Aktivität sich verändert hat. Sie zögert kurz, drückt dann aber auf den Button »Upgrade«. Die 70 Euro investiert sie jetzt einfach aus eigener Tasche, sie glaubt kaum, dass Anna das als Recherchekosten akzeptieren wird. Um irgendwie Kontakt zu Alexander zu bekommen, würde sie alles tun. Mal schauen, was passiert.

Sie legt das Handy zur Seite, steht auf, greift wahllos ein paar Klamotten aus dem nur noch luftig gefüllten Koffer und schleicht zum Badezimmer. Das warme Wasser vertreibt die Reste von Schlaf und Verzagtheit, sie wäscht ihre Haare und rasiert sich die Beine, während die Spülung auf ihrem Kopf einwirkt. Eingecremt, mit frischen Klamotten und einem Handtuchturban auf dem Kopf kommt sie zurück ins Zimmer. Franziska liegt immer noch regungslos auf dem Bett, schnarcht aber nicht mehr und blinzelt sie aus halbgeöffneten Augen an.

»Sorry!«, sagt sie. »Sorry. Sorry. Sorry.«

Sie legt eine Hand auf ihre Stirn. »Ich weiß nicht, was mit mir los war«, jammert Franziska. »Mit den Spaniern war es lustig. Und dann ist es mit mir durchgegangen.«

Eliza muss über diese jämmerliche Verteidigungsrede lachen, und Franziska schaut sie erleichtert an.

»Bitte sag es nicht Anna!«

Sie richtet sich jetzt im Bett auf, nicht ohne ein leises Stöhnen.

»Weißt du, ich war so sauer, dass du dich in meinen Auftrag reingedrängt hast. Nichts gegen dich, aber ich hab mich gefühlt, als hätte ich eine Aufpasserin an der Seite. Eine Mutti. Irgendwie habe ich dann die Lust verloren, überhaupt diese Reportage zu machen. Aber ich bin aus der Nummer auch nicht mehr rausgekommen, Anna hat mich richtig gezwungen.«

Eliza setzt sich an den Bettrand. Sie ist gerührt, dass Franziska so ehrlich zu ihr ist. Kurz überlegt sie, inwieweit sie selbst ihrer Kollegin vertrauen kann.

»Hey, ist schon in Ordnung.«

Franziska schaut sie dankbar an.

»Lass uns heute echtes Teamwork machen. Wir bringen Anna eine Top-Karaoke-Reportage, okay?«

Franziska nickt.

»Da ist aber noch was«, sagt Eliza vorsichtig. »Ich bin zufällig auf eine Geschichte gestoßen, die mit dem Besitzer der Karaokebar zusammenhängt. Jan-Eric Nest, Start-up-Gründer und irgendwie ein windiger Typ.«

Franziska ist jetzt ganz aufmerksam, als würde eine gute Story einen Kater wirksamer vertreiben als Aspirin.

»Der Typ hat eine Dating-App erfunden, angeblich besser als Tinder. Das sagen sie ja alle.«

Eliza zögert kurz, überlegt, was sie Franziska erzählen kann. »Love & Found« ja, Alexander nein, beschließt sie.

»Und ja, ich war da angemeldet.«

Franziska schaut sie erstaunt an, in ihren Augen sieht sie Überraschung.

»Ich hatte ein Profil, das war mehr Neugier, ich habe da nicht viel gemacht, aber mein Gefühl sagt mir, dass da was nicht stimmt. Die Karaoke-Reportage ist ein super Vorwand, um an Nest heranzukommen. Wir könnten uns ein wenig aufteilen – du Karaoke, ich »Love & Found«. Und am Ende veröffentlichen wir zwei tolle Storys gemeinsam. Was meinst du?«

Franziska ist sofort begeistert, das ist ihr deutlich anzusehen. »Klar, super, genauso machen wir das«, quietscht sie in üblicher Lautstärke. »Lass uns loslegen!«

Eliza deutet auf ihre Klamotten, in denen sie die Nacht verbracht hat.

»Wie wäre es erst mit Duschen und Umziehen?«

Franziska grinst sie an.

»Yes, Mutti!«

Eliza und Franziska gehen runter in die Bar und bestellen sich ein Katerfrühstück. Rührei, Käse, Tomaten, zwei Brötchen für jede, und Franziska ordert noch eine Schale Oliven. Sie hat ihren Laptop aufgeklappt wie eine eifrige Schülerin. »Wir machen jetzt einen Plan«, schlägt sie vor. »Ich werde mir erst mal die Gegend angucken und frage mal in den Läden drumrum nach, was die so von der Karaokebar halten. Manchmal haben die Wirte untereinander ja ein bisschen Beef, weil sie sich die Kunden abjagen oder irgendeine unfaire Werbung machen. Vielleicht kann ich ja auch ein paar Leute anquatschen und hoffen, dass die schon mal einen Abend in der Bar verbracht haben. Irgendwas finde ich schon raus.«

Eliza ist erleichtert, in der Nachbarschaft rumschnüffeln ist nicht eben ihre Lieblingsbeschäftigung. In diesem Moment vibriert ihr Handy, die Twitter-App zeigt eine Nachricht an.

> **JAN-ERIC**
> Ein Interview, sehr gerne.
> 15 Uhr im Hallmackenreuther.

Das ist keine Frage, sondern eine Feststellung. Selbstbewusst, der Gute. »Ich kann erst um 15:30 Uhr«, tippt sie, löscht den Satz aber wieder. Jetzt kein Risiko eingehen.

> **ELIZA**
> Okay, sehr gerne.

> **JAN-ERIC**
> Du kannst dir eine Blume ins Haar
> stecken, damit ich dich erkenne. ;-)

155

Er verfällt sofort ins Duzen, wie sie bemerkt, und überhaupt, eine Blume, blöder Spruch. Trotzdem schickt sie einen Smiley und eine Blume zurück.

ELIZA
Bis dann! ☺

»Alles klar«, sagt sie zu Franziska. »Dann haben wir jetzt beide genug zu tun. Ich muss mich auf jeden Fall noch mit Fakten munitionieren, bevor ich mich in die Höhle dieses Löwen begebe.«

Eliza zieht sich in die hinterste Ecke der Backpack-Bar zurück, während Franziska mit ihrem Stoffbeutel in Richtung Karaokebar verschwindet. Über »Love & Found« gibt es einiges zu lesen im Netz. Jan-Eric Nest hatte das Dating-Portal 2014 mit einem kleinen Team gegründet, auch eine Frau war an Bord, eine Marketing-Expertin. Von Anfang an wurde »Love & Found« wohl gut angenommen, schon ein Jahr nach dem Start waren 450.000 registrierte Mitglieder in der App, ein halbes Jahr später schon mehr als eine Million. In vielen Blogs und Fachzeitschriften wurde »Love & Found« als die Gründung des Jahres gefeiert, ein Durchstarter. Das Start-up expandierte nach Österreich, in die Schweiz, nach Spanien und Tschechien. Jetzt flirten nach Angaben der Gründer bereits mehr als acht Millionen mit »Love & Found«. Insgesamt spricht die App wohl etwas ältere User an, ab Mitte 30 aufwärts, und es soll vor allem um

Beziehungen gehen, nicht um Seitensprünge oder One-Night-Stands. Schönheitsfehler in der Erfolgsgeschichte: Wie viele von den angemeldeten Usern überhaupt aktiv sind, hat das Unternehmen immer unter Verschluss gehalten, darüber wird hier und da im Netz geraunt. Eliza kopiert alle interessanten Infos in ein Worddokument und markiert sich diesen Punkt in neongelb. »Wichtig!«, schreibt sie in die Kommentare. Sie kopiert sich die wenigen bekannten Geschäftszahlen und liest ein paar Artikel, die zu »Love & Found« geschrieben wurden. Wie die meisten Start-ups hat auch »Love & Found« einiges in sein Storytelling investiert, und der Gründer selbst erzählt wortgleich mehreren Medien, wie er auf die Idee kam, »Love & Found« zu gründen. Die Geschichte lautet, dass Jan-Eric Nest eine längere Zeit Single war und verschiedene Online-Portale und Dating-Apps benutzte, aber vom Service enttäuscht war. Die Frauen, die mit ihm zusammengewürfelt wurden, passten einfach nicht. In manchen Interviews erzählt er auch mehr von seinen missglückten Dates, er spricht es nicht aus, aber man merkt sofort, dass er die Frauen nicht hübsch genug fand. »Das muss doch besser gehen«, habe er sich gedacht und mit seinem Kumpel Max, einem »genialen Programmierer« und studierten Psychologen, einen neuartigen Algorithmus erfunden. So jedenfalls die selbstgestrickte Legende. »Love,&,Found« war geboren und funktionierte so gut, dass fortan jede Menge frisch verliebter Paare in ihr gemeinsames Leben starten konnten. »Und sie lebten glücklich und zufrieden …«

Nach der Lektüre brodelt es in Eliza. Was für ein Macho! Noch ein Grund, tiefer in die Recherche einzusteigen. Sie muss an den Morgen denken, an dem ihr Alexander zum allerersten Mal geschrieben hat, eine berührende Nachricht. Nur ein Glückstreffer? Sie hatte keine Ahnung vom Online-Dating, muss sie sich eingestehen, vom Umgangston in den Chats. Auch Mona war von der Qualität der App nicht so überzeugt gewesen, und sie kannte sich im Gegensatz zu ihr wirklich aus. Das ist alles nicht stichhaltig, kein echter Anfangsverdacht und es erklärt schon gar nicht, warum Alexander sein Profil gelöscht hat. Sie seufzt entmutigt. Wahrscheinlich macht sie hier ein Riesentrara, nur um der Wahrheit nicht ins Gesicht blicken zu müssen. Sie ist abserviert worden. Die Tarotkarte von gestern kommt ihr in den Sinn, die Frau mit den verbundenen Augen. Vielleicht war das die Botschaft: »Mädel, mach die Augen auf. Du hast dich verknallt und er hat dich verlassen. Werde damit fertig und mach weiter mit deinem Leben.«

In diesem Moment legen sich zwei kalte Hände auf ihre Augen. »Wer bin ich? Der Weihnachtsmann? Dein geheimnisvoller Loverboy? Oder die beste Kölschzapferin Kölns?«, sagt eine Stimme hinter ihr.

»Sirin!«, ruft Eliza. »Du hast mich erschreckt und deine Pfoten sind eiskalt.«

Sirin reißt die Hände hoch.

»Wie hast du mich erkannt?«

Eliza platzt sofort heraus: »Ich habe Alexander gesehen! Gestern, in der U-Bahn, ich bin sogar gerannt. Aber nicht hinterhergekommen.«

»Krass«, sagt Sirin und schaut sie ein wenig ungläubig an. »Dann gibt es ihn ja wirklich.« »Na klar gibt es ihn, genauso schön wie auf dem Foto. Aber es wird immer seltsamer. Ich habe ihn zwar gesehen, aber jetzt habe ich erst recht das Gefühl, dass er ein Phantom ist. Wo ist sein Profil? Wie kann ich ihn erreichen?«

Es tut gut, über ihr Erlebnis zu sprechen.

»Wie geht es dir?«, fragt sie, denn es fällt ihr ein, dass Sirin im Gegensatz zu ihr ein riesiges Problem hat, ein echtes und handfestes Problem.

»Geht schon«, sagt Sirin. Sie hüpft ganz leicht auf und ab, als hätte sie zu viel Energie.

»Keinen Bock mehr, drüber nachzudenken. Oder ganz ehrlich: Ich habe ständig die schlimmsten Bilder im Kopf und eine fürchterliche Angst. Hör zu. Gestern habe ich blöde gelacht über deinen Alexander, sorry dafür. Ich mach's wieder gut und helf dir beim Suchen. Das ist auch gut für mich, denn ich weiß einfach nicht, wie ich die Zeit rumkriegen soll, bis dieses verfickte Laborergebnis da ist.«

Sie grinst, aber Eliza sieht Furcht in ihren Augen. Ich bin nicht allein, denkt sie.

»Danke, Sirin. Das hilft mir so sehr.«

ELIZA

Eliza hat vor dem Interview noch etwas Zeit, ist aber zu nervös, um noch länger im Hostel zu sitzen. Sirin steht wieder hinter der Theke und streut Kakao auf einen Cappuccino. Nach ihrer Schicht wollen sie sich in der Karaokebar treffen. Welche Aufgabe kann Sirin eigentlich übernehmen? Egal. Hauptsache, sie steht ihr bei, denn Franziska ist ein Unsicherheitsfaktor. Ungefähr so verlässlich wie die Minutenangabe der Kölner Verkehrsbetriebe, nur unterhaltsamer. Mit der würde Anna noch viel Spaß haben. Vielleicht einen Journalistenpreis gewinnen, vielleicht eine Klage an den Hals kriegen. Der Gedanke an Anna erinnert sie daran, dass sie mit einem klaren Auftrag nach Köln gekommen ist: eine Reportage über die Karaokebar. Keine Enthüllungsgeschichte über »Love & Found«. Und schon gar keine Suche nach ihrem verschwundenen Geliebten. Fokus. Es ist ein Glück, dass Jan-Eric Nest das Verbindungsglied zwischen »Love & Found« und der Karaokebar ist. Zumindest ihr Interview heute Nachmittag kann sie gut rechtfertigen.

Ein Blick auf Google Maps zeigt ihr, dass die Location, die Nest für das Interview ausgesucht hat, günstig liegt. Relativ nah bei der Karaokebar und zufällig auch in dem Viertel, in dem Alexander vermutlich wohnt. Das Hallmackenreuther, seltsamer Name, findet sie, ist sogar direkt am Brüsseler Platz. Da war doch auch das Büdchen, das Alexander ihr mehrfach beschrieben hatte. Mit dem redseligen persischen Kioskbesitzer, der immer alles vorrätig hat, was man zu unmöglichen Zeiten so brauchte. Sie beschließt, die zwei Kilometer aus dem Bahnhofsviertel bis zum Belgischen Viertel zu laufen, den Kopf frei zu kriegen und vor dem Interview noch in den Laden reinzuschauen. Ihr Telefon klingelt, eine unbekannte Nummer.

»Ja?«, meldet sie sich ein wenig atemlos.

»Hi, hier ist Lilli.«

Für einen Moment kann Eliza die helle Stimme nicht einordnen, doch dann klickt es. Die Kellnerin aus der Blaumeise.

»Hallo Lilli. Das ist ja nett, dass du an mich denkst.«

»Klar«, sagt Lilli, »war ja versprochen, habe aber leider keine Info für dich. Ich habe meinen Chef gefragt und noch zwei Kolleginnen. Einen Alexander kennen alle nicht, aber das muss nichts heißen. Tut mir leid.«

Eliza bedankt sich noch mal und findet Lilli wirklich außergewöhnlich. Hätte Mia zurückgerufen, auch wenn sie nichts zu berichten hätte? Sie ist sich nicht sicher. Wieder eine Hoffnung, die ich von der Liste streichen kann.

»Viel Glück noch«, sagt Lilli. »Morgen gibt es übrigens vegane Himbeer-Sahne, immer sonntags. Mein Geheimtipp, besser als der Käsekuchen.«

Eliza beschleunigt ein wenig ihren Schritt, um mit einem Zeitpuffer am Brüsseler Platz anzukommen. Auf keinen Fall will sie nach Nest ins Hallmackenreuther gehen. Ihm die Möglichkeit lassen, sie zu mustern, wenn sie reinkommt, sie mit seinen Blicken zu verunsichern. Das Belgische Viertel ist richtig schön, nette Altbauten, kleine Läden, und als sie zum Brüsseler Platz kommt, sind da sogar ein paar Bäume und eine Kirche. Hier kann man leben, auch wenn sie gelesen hat, dass die Mieten mittlerweile unbezahlbar sind. Alexander scheint Geld zu haben, sie stellt es nüchtern fest, auch wenn ihr nichts gleichgültiger sein könnte. Sie betritt den Kiosk, der ganz anders aussieht als der Tante-Emma-Laden von gestern. Hier ist alles aufgeräumt unter grellem Neonlicht, es sieht aus wie in einer Tankstelle. Ein junger Kerl steht am Tresen.

»Hallo, gehört dir der Laden?«

Der junge Mann schaut sie teilnahmslos an.

»Aushilfe.«

»Kennst du vielleicht einen Alexander, um die 50, halblange Haare? Er wohnt hier und kauft auch ab und zu ein.«

Er muss nicht mal überlegen, bevor er den Kopf schüttelt.

»Nie gehört. Willst du was?«

»Nein, danke«, sagt Eliza entmutigt. Da bemerkt sie eine ältere Frau im hinteren Teil des Kiosks, schicke Klamotten, die sie mustert. Zu intensiv, findet Eliza, der Blick ist ihr unangenehm. Sie kommt sich zunehmend blöd vor, nach Alexander zu fragen wie nach einem entlaufenen Kater, vielleicht glotzt die Frau deshalb so. Er ist erwachsen und sitzt nicht verängstigt in einem Keller. Und wie sie seit gestern weiß, ist auch sonst nichts Schreckliches mit ihm geschehen, jedenfalls nicht körperlich.

Warum kontaktiert er sie nicht?

Eliza verlässt schnell den Kiosk, sie hat auf ihr Handy geschaut und es ist schon fünf vor drei. Zum Hallmackenreuther sind es nur ein paar Schritte und sie versucht, nicht zu schnell zu gehen. Ganz entspannt eintreten, befiehlt sie sich.

Jan-Eric Nest erwartet sie schon, sie erkennt ihn sofort. Er sitzt ein wenig breitbeinig an einem runden Zweiertisch und rührt in einem Cappuccino, den Blick zur Eingangstür. Kugellampen tauchen den Laden in buntes Licht, auch Nests perfekt gegelte Haare schimmern rötlich. Nest steht auf, lächelt breit und zeigt eine Reihe sehr weißer Zähne. Poloshirt, blitzsaubere Sneakers und eine Uhr am Arm, die verdächtig nach einer Rolex Daytona aussieht. Aber er wirkt sympathischer, als sie dachte, locker, als hätte er nur zufällig in den Kleiderschrank gegriffen, hätte es überhaupt nicht nötig, sich zu stylen.

»Willkommen in Köln. Ich bin Jan-Eric.«

»Eliza. Danke für das spontane Treffen.«

Sie setzen sich, Nest winkt lässig nach dem Kellner, die beiden kennen sich offenbar.

»Was möchtest du trinken? Cappuccino?«

Eliza nickt.

»Ole, bringst du dieser netten Journalistin auch so einen?«

Nest lächelt immer weiter, rührt jetzt wieder in seinem Getränk, obwohl der Zucker längst aufgelöst sein muss. Eliza lächelt ebenfalls, betont herzlich, versucht freundlich zu wirken, arglos.

»Schön, dass du Zeit hast! Und was für ein schönes Lokal. 60er-Jahre, wie originell!«

»Warte, bis du die Karaokebar gesehen hast«, scherzt er.

»Wie bist du überhaupt darauf gekommen, eine Karaokebar aufzumachen. Sonst ist dein Business mehr digital, oder?«

»Gute Frage. Als Start-up-Unternehmer arbeite ich manchmal 16 Stunden. Dann ist es einfach geil, im Anschluss noch in die eigene Bar zu gehen und nicht nur in die Kneipe nebenan.«

»Ach, dann ist der Sitz von »Love & Found« direkt in der Nachbarschaft?«

Nest nickt und rührt schon wieder, wirkt fast ein wenig nervös, obwohl sein Lächeln wie festgeklebt ist.

»Neben den klassischen Cocktails haben wir mehr als 30 Specials, alles Eigenkreationen. Jede hat den Namen eines populären Songs, der gerne in der Bar gesungen wird. Das ist sogar ganz lukrativ, weil sich die Leute natürlich erst mal locker machen wollen. Erst trinkst du einen ›I will survive‹ und dann gehst du auf die Bühne und überlebst es.«

Eliza versucht, ebenfalls euphorisch zu wirken, ganz die Kolumnistin eines Frauenmagazins, die Cocktails und ihre Namen extrem spannend findet.

»Warum sind die Leute eigentlich so verrückt auf Karaoke?«

»Ich habe mit meinem ersten Start-up viel in China produziert – LED-Lampen«, erzählt Nest freimütig und reibt sich immer wieder die Nase, als würde sie jucken. »Da werden Geschäftskontakte in der Karaokebar besiegelt. Das schweißt zusammen, wenn man mal richtig aus sich rausgeht und zusammen singt.«

»Und deine Gäste? Warum stellen die sich auf die Bühne?«

Seine Antwort kommt ohne Nachdenken.

»Stress abbauen, Liebeskummer rausbrüllen, Spaß haben. Aber es ist natürlich auch eine Mutprobe. Manche brauchen zwei oder sogar drei Cocktails.« Er mustert sie, interessiert, aufmerksam. Flirtet er etwa mit ihr?

»Schließlich stürmen auch die Schüchternen die Bühne und kriegen ihren Applaus.«

Ganz beiläufig berührt er sie am Arm.

»Happy End für alle.«

Eliza ist hin- und hergerissen. Nest ist charmant, umgarnt sie, fast attraktiv. Aber vieles, was er erzählt, hat sie schon im Internet gelesen. Kann sie ihm trauen oder ist er wie ein Chatbot, der immer wieder die gleichen Phrasen abspult?

»Happy End, gutes Stichwort. Erzähl doch mal was von ›Love & Found‹«, sagt sie betont sanft. »Ist ja eigentlich eine geniale Kombination, eine Dating-App und eine Bar, da können sich die Leute ja direkt auf einen lustigen Abend treffen.«

»Naja, wir arbeiten mit »Love & Found« international, das können nicht viele User ausprobieren. Und jetzt mal ehrlich, ein Date in einer Karaokebar? Die Leute wollen sich doch erst mal annähern.«

Irgendwie kommt sie nicht weiter. Verdammt. Nest kommt ihr nicht mehr vor wie ein skrupelloser Geschäftsmann, höchstens ein bisschen großspurig. Sirin hat wahrscheinlich maßlos übertrieben.

Sie wird kurz schwach, kriegt dieses unterzuckerte Gefühl. Soll sie Jan-Eric nach Alexander fragen? Es wäre so einfach. Nest hat den Schlüssel, er hat unbegrenzten Zugriff auf die »Love & Found«-Nutzerprofile, auch die gelöschten. Niemand würde es bemerken. Es wären nur ein paar Klicks für ihn, vielleicht nicht ganz sauber, ein Freundschaftsdienst. Für sie könnte es das Ende einer quälenden Ungewissheit sein. Es wäre eine kleine Gegenleistung für eine schöne Karaoke-Geschichte.

Sie räuspert sich und bestellt noch einen Ingwer-Tee. Kurz muss sie an Mona denken. Mist, sie hat schon wieder vergessen, sie anzurufen. Mach ich später. Jetzt erst mal volle Konzentration auf Nest. Sie nimmt nervös einen Schluck vom Tee und merkt zu spät, dass er noch viel zu heiß ist, verzieht das Gesicht, versucht sich nichts anmerken zu lassen. Wie kann sie die Kontrolle über dieses Gespräch wiederkriegen? Forscher sein?

»Was ist denn das Geheimnis von »Love & Found«?«, fragt sie unvermittelt. Es ist einen Versuch wert. Zieht eine Überrumpelungstaktik bei Nest?

Tatsächlich scheint er irritiert, sein Lächeln verschwindet kurz und er kontert ein wenig bissig.

»Was für ein Geheimnis?«

Oha, so schnell fällt die Maske. Jetzt lehnt sich Eliza zurück und macht eine Kunstpause. Interview-Partner kitzeln hat sie diese Technik früher genannt, das hatte ihr eine ältere Kollegin im Volontariat beigebracht. Einfach mal nichts sagen, so ein unangenehmes Schweigen kann Menschen zum Reden bringen. Doch Nest lächelt schon wieder.

»Naaaaa«, sagt sie endlich langgezogen und lächelt ebenfalls. »›Love & Found‹ ist so erfolgreich. Die Leute sind begeistert. Wie schafft ihr das? Was macht euch besser als die Konkurrenz?«

»Tja, was meinst du denn dazu?«

»Wie meinst du das jetzt?«

Er schaut zurück, guckt ihr tief in die Augen.

Weiß der was?

Doch dann lacht er, ist wieder ganz smart.

»Du hast dich doch super auf das Interview vorbereitet. Mich interessiert deine Meinung als Journalistin, als Expertin!« Er reibt sich schon wieder an der Nase, bevor er weiterspricht.

»Als Reporterin eines Frauenmagazins kennst du dich doch wahrscheinlich mit Dating aus.«

Eliza lacht verlegen. Soll er sie doch für naiv halten.

»›Love & Found‹ – der Name ist offenbar Programm«, sagt sie etwas orakelhaft.

Nest hebt die Hand und ruft den Kellner, als hätte

er in diesem Moment beschlossen, dass das Interview vorbei ist. »Zahlen, bitte« und zu ihr gewandt: »Geht auf mich!«

Eliza beobachtet ihn, wie er auf seinen Sneakers aus dem Hallmackenreuter federt, sie selbst bleibt noch sitzen, erschöpft, ein wenig enttäuscht.

Sie hätte ihn fragen können.

Wieder eine verpasste Chance.

Wo ist Franziska? Vielleicht kann sie vorbeikommen, damit sie gemeinsam überlegen, wie es nun mit der Reportage weitergeht.

> ELIZA
> Lagebesprechung am Brüsseler Platz?

> FRANZISKA
> Oki. 10 Minuten.

Eine Frau geht an ihrem Tisch vorbei und streift sie mit ihrem Mantel. Sie entschuldigt sich nicht mal, irgendwie untypisch für die freundlichen Kölner. Vielleicht betrunken? Eliza ignoriert die Geste und schaut wieder auf ihr Smartphone. Das Display verschwimmt vor ihren Augen. Das Interview mit Nest hat sie fix und fertig gemacht. Äußerlich locker-flockig, aber innerlich angespannt wie ein Expander. Und ihre Intuition sagt ihr, dass es Nest auf seine Weise nicht anders gegangen ist.

Hat er etwas zu verbergen und tarnt es hinter einer Charme-Offensive?

Sie rekapituliert noch mal ihre Erkenntnisse, die sie aus dem Gespräch gewonnen hat. Dünn, befindet sie. Wo soll sie weitermachen?

In ihre niedergedrückte Stimmung platzt Franziska, die Wangen von der frischen Luft gerötet. Der Stoffbeutel baumelt an ihrer Schulter und sie hat sich offenbar beeilt, denn sie ist außer Atem.

»Eliza«, quietscht sie und schaut sich begeistert um. »Köln ist geil. Coole Leute und schau dir diesen Laden an. So was haben wir nicht. 60er-Jahre-Style finde ich so schön.«

Eliza lächelt die junge Kollegin an.

»Na, wie war die Straßenrecherche?«

Franziska kramt ihren Block aus dem Stoffbeutel, ganz die eifrige Schülerin.

»Ziemlich gut«, sagt sie. »Die Bar ist nicht so beliebt im Viertel, zu groß, zu unpersönlich, die beschweren sich über die hohen Preise und die Autos aus dem Umland, die alles zuparken. Ich habe ein paar Anwohner gesprochen, die sind ziemlich genervt. Von drinnen gibt es keine Lärmbelästigung, aber viele Gäste stehen vor der Bar, rauchen oder trinken Bier vom Kiosk. Das ist dann oft richtig laut und nicht alle benehmen sich gut. Ist aber auch nicht außergewöhnlich. In Sachen Karaoke müssen wir uns keine Sorgen machen, da schreibt sich die Reportage ganz von allein.«

Franziska macht eine kleine Pause.

»Dann habe ich aus Spaß die Leute mal nach »Love & Found« gefragt. Die meisten kannten das gar nicht, aber ein paar schon. Die haben wohl eine Zeitlang jede Menge Kohle in Onlinemarketing investiert. Die Leute wurden regelrecht bombardiert mit Werbung für die App und für Lockangebote, richtig nervig. Ein paar Frauen, mit denen ich gesprochen habe, haben es dann ausprobiert und waren nicht so begeistert. Ganz komische Typen seien da unterwegs gewesen. Eine hat mir erzählt, dass sie die App sofort wieder gelöscht hat.«

Eliza denkt kurz nach. Eigentlich ist das ja auch ihre Erfahrung gewesen. Bis auf Alexander.

»Das passt irgendwie nicht zu der Erfolgswelle, auf der ›Love & Found‹ schwimmt. Oder die haben ihr Angebot in letzter Zeit massiv verbessert.«

Sie erzählt Franziska von ihrer Begegnung mit Jan-Eric Nest.

»Der war in Sachen ›Love & Found‹ verschlossen wie eine Auster. Nur für die Karaokebar ist er Feuer und Flamme.«

Eliza verschweigt den kurzen Moment, in dem sie sich von Nest durchschaut gefühlt hatte und natürlich auch die Versuchung, ihre Seele für einen Blick in die »Love & Found«-Datenbank zu verkaufen. Sie fühlt sich wie auf einer Kirmes, an einem dieser Automaten mit Greifarmen, mit denen man versucht, ein Plüschherz herauszuziehen, und es gelingt nicht, egal wie viel Geld man nachschießt. Eigentlich könnte sie nach Hause fahren. Franziska würde das gut hinkriegen mit der Reportage. Sie selbst ist nur Statistin, ihr graut es schon vor dem Abend in der Bar. Umringt von erlebnishungrigen, lockeren jungen Leuten, die eine Menge Spaß haben, während sie einem Phantom hinterherläuft. Alexander, aber wahrscheinlich auch einem hirngespinstigen »Love & Found«-Skandal – sie wittert etwas, das nicht da ist. Und selbst wenn ihr Instinkt sie nicht trügt, hat sie überhaupt das Werkzeug, um ihn aufzudecken? Soll sie vielleicht in die Büroräume einbrechen, den Zugang zur Datenbank knacken? Und dann mit einer Festplatte voller geraubter Daten eine Enthüllungsgeschichte schreiben? Das Ganze ist bescheuert, absurd. Wie hatte Sirin sie genannt? Hübsche Hausfrau mit Teilzeitjob. Sie vermisst plötzlich alles. Mia, Nik, das halbe Ohr von Keith Richards, ihren gelben Bademantel, Anna, die Mittagspausen-Bank, Monas Bienenton-Yoga, Luckis schlechte Laune, die Bolognese-Soße und sogar Tim. Alles ist besser als diese Odyssee durch Köln, die nichts bringt, gar nichts.

Eliza fühlt Heimweh aufsteigen, ein Gefühl, dass sie schon lange nicht mehr gespürt hat. Es ist ein hohler Schmerz, der pocht wie eine chronische Entzündung. Ein Gefühl aus ihrer Kindheit, die ewig ungestillte Sehnsucht danach, ihre Nase in die Lederjacke ihres Vaters zu stecken und noch einmal den Geruch von Benzin und Zigaretten einzuatmen. Sie könnte es jetzt lindern, nach Hause fahren, schlafen, am Morgen aufstehen und Kaffeepulver in die Kanne schütten. Jeden Tag ein Neuanfang, ein ewiger süßer, betäubender Kreislauf. Aber sie weiß auch, dass dieses Heimweh nicht durch Heimfahren zu heilen ist. Sie spürt, dass es tiefer geht und älter ist als das, was sie jetzt durchmacht.

Franziska bemerkt wohl, wie sich Elizas Stimmung verdüstert, denn sie fasst sie am Arm an, beruhigend, aufmunternd. »Lass uns jetzt nicht mehr so viel planen«, sagt sie. »Wir haben einen spannenden Abend vor uns, wir gehen gleich rüber in die Bar. Am Ende werden wir jede Menge Material für eine tolle Geschichte haben.« Sie tätschelt Eliza sanft, wie eine Mutter. »Am besten sind doch immer die Überraschungen!«

MARIANNE

Marianne zieht sich mit Hilfe eines runden Taschenspiegels die Lippen nach und steckt ihn dann frustriert wieder weg. Dieses Wochenende läuft in keiner Weise so, wie sie es sich vorgestellt hat. Eigentlich läuft nichts. Im Gegenteil. Marianne verliert sich in ihren dunklen Gedanken und bestellt noch einen Aperol. Das Licht im Hallmackenreuther ist gedämpft, sie hat sich an einen Tisch in der vorderen Ecke zurückgezogen, mit einem guten Blick auf den Eingangsbereich. Hier hat sie eine hervorragende Sicht auf einen Tisch, an dem ein ungleiches Paar sitzt. Ein junger Mann, sehr fesch, findet sie. Gut frisiert, teure Jeans und auf jeden Fall eine kostbare Uhr. Sie seufzt. Das wäre ein Kerl für ihre

Tochter. Ihm gegenüber sitzt die Frau aus dem Kiosk, die nach Alexander gefragt hat. Ihr Gesicht hat sie kürzlich schon mal gesehen, es hat sich ihr eingeprägt wie ein Fahndungsfoto. Lange dunkelblonde Haare, Jeans, T-Shirt, Strickjacke. Gutaussehend, ja, aber der Look ist schlicht, zu langweilig für ihren Geschmack. Das Foto war mit Photoshop bearbeitet gewesen, auf jeden Fall, aber sie hat sie wiedererkannt, kein Zweifel. Wahrscheinlich ist sie fast 40, aber sie sieht jünger aus, irgendwie unverbraucht, mädchenhaft. Die hat zu wenig erlebt, findet Marianne, und dennoch kann sie den Blick nicht losreißen von ihrer glatten Haut, der unauffällig guten Figur und dem fast unschuldigen Äußeren. Wenn die nicht aufpasst, wird sie mit 50 aus dem Leim gehen. Was ist das da für ein Treffen? Ein Date? Der junge Mann wirft sich ganz schön an sie ran, findet Marianne. Dabei ist er definitiv zu jung und zu attraktiv für sie. Sie kann das Gespräch nicht belauschen, sondern versucht in den Gesten und der Mimik der beiden zu lesen. Das Ganze ist wie ein Tanz, findet sie. Er scharwenzelt um sie herum, macht sich dann aber wieder rar und dann versucht sie vorsichtig in die Offensive zu gehen. Immer wieder rasten die Blicke ein und dann liegt fast etwas Aggressives in der Kommunikation. Marianne fragt sich, ob das sexuelle Spannung sein kann oder ob die beiden streiten. Irgendwas ist extrem seltsam an dem Treffen. Zwischendurch macht sich die Frau sogar Notizen, aber es kommt Marianne vor, als würde sie das nur als Atempause nutzen. Viel schreibt sie jedenfalls nicht auf.

Kurz überlegt sie, ob der smarte junge Mann vielleicht der Sohn der Frau ist. Das würde bedeuten, dass sie älter wäre, viel älter, als sie aussieht, und das wäre doch eine schöne Wendung. Aber Marianne merkt selbst, dass sie sich in diesem Punkt nicht belügen kann. Als Mutter dieses attraktiven Mannes käme vielleicht sie in Frage, aber nicht die Frau ihm gegenüber. Sie spürt einen Stich. Früher hätte sie ihn mit Leichtigkeit um den Finger gewickelt und sich nicht so plump angestellt wie das Landei ihm gegenüber. Heute jedoch sind solche Erfolge für sie in unerreichbare Ferne gerückt, muss sie sich eingestehen. In den Medien wird zwar immer so getan, als sei die Kombi junger Mann plus ältere Frau richtig en vogue, aber sie hält das für einen verlogenen Hype. Keine ihrer Bekannten hat einen jüngeren Lover, eine ganze Menge jedoch steinalte Partner. In dieser Hinsicht ist sie gut dran, ihr Gatte ist nur ein Jahr älter als sie.

In diesem Moment hebt der junge Mann die Hand und bittet um die Rechnung. Natürlich zahlt er für beide, ein echter Gentleman. Marianne seufzt. Er verlässt die Bar ohne die Frau, und das ist ein kleiner Triumph für die heimliche Beobachterin.

Zufrieden nippt sie an ihrem zweiten Aperol, studiert genau die jetzt fast entgleisten Gesichtszüge der Frau. Erschöpft, traurig, resigniert. Das geschieht der recht. Sie trinkt mit einem Zug aus, legt 15 Euro auf den Tisch – beim Trinkgeld ist sie immer großzügig – und verlässt das Lokal. Im Hinausgehen schreitet sie so nah an dem Tisch der Frau vorbei, dass ihr Mantel ihre

Strickjacke streift. Sie verlässt das Hallmackenreuther wortlos, den Kopf hoch erhoben. Draußen zündet sie sich erst mal eine Zigarette an und zögert kurz. Der Abgang war perfekt für ihren Geschmack, aber nun ist sie völlig ratlos, wie es weitergehen soll.

SIRIN

Sirin steht an der Theke und zapft einen Kranz Kölsch, als ihr Handy eine Nachricht anzeigt.

> ELIZA
> Das Interview war so anstrengend!
> Entmutigend!

Richtig deprimiert hört sich das an. Diese Erschöpfung kennt sie von ihm, wenn er von der Arbeit bei Nest nach Hause kam. Der Typ ist einfach toxisch.

> SIRIN
> Dieser Jan-Eric kann einen fertig machen.
> Hau raus, Baby. Beschimpf ihn!

> ELIZA
> Das ist ja das Schlimme. Er war die ganze
> Zeit unheimlich nett, hat mich um den

> Finger gewickelt. Aber ich vermute,
> er ist ein Arsch.

> SIRIN
> Ja, das hört sich nach Nest an.

Sirin nickt beifällig. Ihr wären jetzt andere Worte als Arsch eingefallen, aber hey, die Lady ist lernfähig. Vielleicht könnte sie ihr noch beibringen, wie man sich amüsiert, das wäre doch ein nettes Projekt für dieses beschissene Wochenende.

> SIRIN
> Wir sehen uns gleich, in zwei Stunden
> bin ich hier durch.

Nicht nur Eliza, auch sie braucht jetzt ein bisschen Spaß, Ablenkung. Letzte Nacht hat sie es mit dem tätowierten Engländer probiert, sie waren nicht bis in Schlafzimmer gekommen, hatten im Stehen gevögelt, direkt im Flur, und die Ecke ihres offenen Schuhregals hatte sich in ihren Rücken gebohrt und einen kleinen blauen Fleck hinterlassen. Der Preis war nicht zu hoch, Ian hatte sich geschickt angestellt. Vom Regal ist es nicht weit zur Tür, das war praktisch, als sie ihn wieder rauskomplimentierte, auch wenn er überrascht und traurig wie ein Hund geguckt hatte.

Doch die Ablenkung hatte nur kurz gewirkt. Schon nach fünf Minuten hat sie sich selbst leer gefühlt wie die

Pfandflaschen, die sich in ihrem Schuhregal stapelten, und nach zehn Minuten kreisten ihre Gedanken wieder um das Laborergebnis, während sie ihre Schlafzimmerdecke anstarrte und versuchte in der abblätternden Farbe Muster zu erkennen. Mit dem Sex, das würde sie jetzt auch besser lassen und sich stattdessen Eliza widmen. Eliza und ihrer bescheuerten Suche, aber vor allem dem Ziel, dass diese Ehefrau im Koma mal ein bisschen aus sich rausging. Das ist jetzt ihr Rettungsring fürs Wochenende, einer aus rot-weiß gestreiftem Hartplastik, wie er über dem leeren Pool im Biergarten hängt, einer, an den sie sich klammern kann, um nicht in ihrem Elend abzusaufen.

Die Fahndung nach dieser Alexander-Knalltüte, das hat was von Kindergeburtstag und Schatzsuche, ein harmloses Spiel, eine gute Abwechslung. Ihrer Meinung nach ist dieser Typ ein Schleimer, der sich an liebesbedürftige Frauen ranschmeißt und aus dem Staub macht, wenn sie mehr wollen. Wahrscheinlich hat er Erektionsstörungen, ein Transpirationsproblem oder eine eifersüchtige Ehefrau, unter deren Fuchtel er sein armseliges Leben voller Minderwertigkeitskomplexe fristet. Es ist ihr extrem wurscht, was für ein Opfer sich hinter Alexander verbirgt. Ihr geht es um die Ablenkung, darum, ihre eigene Angst für ein paar Stunden zu vergessen. Vermutlich ist es besser für alle, wenn dieser Alexander und der Start-up-Widerling mit seiner miserablen Dating-App sich aus Elizas Leben raushalten. Die Story ist schräg, lächerlich. An jeder

Ecke gibt es Typen, warum dem einen hinterherjagen, der dich nicht will?

Eliza. Wie sie sich heute morgen an ihren Kaffee geklammert hat. Diese Frau sieht nicht aus wie eine knallharte investigative Journalistin oder eine, die fremdgeht. Sie sieht aus, als bräuchte sie ganz dringend eine heiße süße Milch, eine Umarmung und eine toughe Begleiterin wie sie, damit sie in der Großstadt nicht verloren geht. So eine Mutter hätte sie haben sollen. In ihrer Brust spürt sie ein warmes, ein richtig gutes Gefühl. Win-win. Sirin beschließt, sich nach ihrer Schicht extra zu beeilen und Eliza in der Karaokebar zur Seite zu stehen.

ELIZA

Eliza und Franziska haben sich einen Tisch direkt vor der Bühne reserviert, aber Franziska kann nicht eine Minute stillsitzen. Wie aufgezogen flitzt sie durch die noch spärlich gefüllte Bar, quatscht Leute an, notiert sich Zitate, läuft hinter die Bar und lässt sich alles zeigen. Respekt. Das ist wirklich eine Reporterin.

Die Karaokebar ist groß, mehr eine Karaoke-Disco. Überall leuchten LED-Bänder, und wie an einer langgezogenen, geschwungenen Schnur reiht sich ein schwarzer Barhocker an den anderen. Ein Hingucker ist die Theke, ganz in Weiß, wie ein Eisberg, nur von innen beleuchtet. Auch die blonde Barkeeperin trägt weiß, eine Leinwand für die bonbonbunten Cocktails.

Alle Leuchtbänder laufen auf die große Bühne zu, an deren Rückwand Displays für die Songtexte befestigt sind. Von der Decke sind Scheinwerfer auf das Zentrum gerichtet, reflektiert von zwei riesigen Discokugeln, und auch der Bühnenboden ist beleuchtet, sodass die Sänger und Sängerinnen wirklich im Mittelpunkt der Aufmerksamkeit stehen. In Zukunft wird jeder 15 Minuten berühmt sein, das hat doch Andy Warhol mal gesagt. Wie wahr und noch schlimmer. Das Internet, soziale Medien, Casting-Shows und ja, Karaokebars. Aufmerksamkeit, ein Riesengeschäft. Ist sie eigentlich die Einzige, die lieber unsichtbar ist?

Franziskas Hyperaktivität schüchtert sie sein, sie sieht keinen Sinn darin, noch mehr Leute anzuquatschen. Andererseits will sie nicht unnütz sein. Ein wenig schwerfällig steht sie auf und geht zum DJ rüber. Der Mann hinter den Turntables ist vielleicht Ende 20, enges T-Shirt, Basecap.

»Hi, ich bin Eliza, ich schreibe für das Magazin ›Melli‹ einen Artikel über diese Karaokebar«, stellt sie sich vor. »Wie ist es denn so, als DJ hier in der Bar zu arbeiten?«

Schweigen.

Eliza fragt sich schon, ob der Mann taub ist, als er sein Kölschglas nimmt und einen tiefen Schluck trinkt.

»Tommi, ebenfalls Hi. Was meinst du? Wie das ist, in einer Karaokebar? Du spielst den ganzen Abend dieselben uralten Hits, immer wieder. Die ganze Zeit stehen irgendwelche Leute an deinem Pult: Wann bin ich dran? Wann bin ich dran? Wann bin ich dran? Nee, ist echt ein toller Job!«

Er trinkt sein Glas aus und beugt sich ein wenig zu ihr runter.

»Ist klar, das darfst du nicht schreiben. Jan-Eric feuert mich sofort.«

Jetzt lächelt er spitzbübisch.

»Schreib einfach: Es ist total berührend zu sehen, wie die Menschen aus sich herausgehen. Da sind auch echte Talente dabei. Zitatende.«

Er steckt sich eine Zigarette in den Mund, ohne sie anzuzünden.

»Willst du dir was wünschen? Ich kann dich vorlassen.«

Eliza winkt erschrocken ab. Das würde noch fehlen.

»Ich bin nicht so die Sängerin«, sagt sie und zuckt mit den Schultern. »Und auch nicht der Typ für die Bühne.«

Tommi schaut sie so ratlos an wie ein Safari-Guide, dem sie mitten in der Savanne gesteht, dass sie Tiere nicht leiden kann.

»Singen können nur wenige, darum geht es doch nicht. Es geht darum, dass du dich was traust. Dich hinstellst und sagst: Hier bin ich. Du kannst richtig rocken, eine Ballade singen oder den Punk in dir rauslassen. Du kannst ein Mädchen sein, ein Kerl oder eine zickige Diva. In einer Karaokebar kannst du sein, was du willst. Und Spaß dabei haben.«

Er grinst sie verschwörerisch an.

»Außer du bist der DJ …«

Eliza geht zu ihrem Tisch zurück.

»Hier kann ich sein, was ich will.«

Nichts fühlt sich für sie gerade so falsch an wie dieser Satz. Die Gesichter um sie herum sind voll aufgeregter Vorfreude, während sie wahrscheinlich so schaut, als würde ihr eine Wurzelbehandlung bevorstehen. Langsam füllt sich die Bar und die ersten Mutigen wagen sich zum Warm-up auf die Bühne. Plötzlich kommt Franziska angestürmt, aufgeregt und quietschig.

»Eliza, ich habe uns was gewünscht. Barbie Girl! Ein Klassiker, total lustig.«

Sie drückt Eliza ein Mikro in die Hand und zieht sie Richtung Bühne.

»Selbstversuch! Keine Zeit, um nervös zu sein, wir sind schon dran.«

Sie zwinkert Tommi zu, der zurückzwinkert und sein Glas in ihre Richtung hebt.

Eliza ist äußerlich wie erstarrt, nur ihr Verstand arbeitet. Wie soll sie aus der Nummer rauskommen? Sich wehren? Rauslaufen? Wie um Himmelswillen soll sie die Demütigung aushalten, da vorne zu stehen, alle Augen auf sie gerichtet? Eliza fängt an zu schwitzen, während ihr Mund ganz trocken ist. Sie würde Franziska gerne sagen, dass sie auf keinen Fall auf die Bühne kann, dass sie einfach nicht will, aber ihre Kehle ist wie zugeschnürt. Kein Laut kommt heraus. Stattdessen checkt sie die Fluchtwege. Schon

in der Uni hatte sie regelrechte Todesängste aus-
gestanden, wenn sie ein Referat halten musste. Oder
noch schlimmer: mündliche Prüfung. Die ganze Aufmerksamkeit auf sich zu spüren, die Panik vor einem
Blackout, die Angst, in ihrem ganzen Ungenügen
ans Licht gezerrt zu werden. Doch dann geht alles zu
schnell. Tommi hat schon in sein Mikro gepustet und
ein »wunderbares Duett mit Franziska und Eliza« angekündigt. Franziska zieht sie an der Hand die Stufen
hinauf und ignoriert in ihrer Euphorie den Widerstand. Das Scheinwerferlicht ist hell und blendet sie
so, dass sie fast nicht mehr weiß, wo Franziska ist. Die
Musik setzt ein und der Text läuft über die Displays.
Für Eliza ist es nur Buchstabensalat, der Boden unter
ihr flackert und sie schwankt leicht.

»Hiya, Barbie!«
»Hi, Ken!«
»Wanna go for a ride?«
»Sure, Ken!«
»Jump in!«

Franziska ist in ihrem Element. Selbst das Intro zwischen
Ken und Barbie spricht sie selbst in verteilten Rollen
und bekommt dafür schon ersten Szenenapplaus von
den wenigen Gästen, die sich um die Bühne versammelt
haben. Ihre quietschige Stimme passt perfekt zu dem
Barbie-Song und irgendwie merkt das Publikum, dass
da eine coole Performance abgeht, denn jetzt kommen

noch mehr. Eliza steht mit ihrem Mikro wie ein Stock neben Franziska, sie hat ihre Stimme wiedergefunden, aber in einer viel zu tiefen Tonlage. Sie versucht leise zu singen, um im Duett mit Franziska zu verschwinden, die jetzt immer mehr in Fahrt kommt.

I'm a Barbie girl in a Barbie world
Life in plastic, it's fantastic
You can brush my hair, undress me everywhere
Imagination, life is your creation
Come on Barbie, let's go party

Franziska unterstreicht den Inhalt des Songs mit übertriebenen Gesten, fummelt sich in den Haaren, reißt sich pantomimisch die Klamotten vom Leib, eine feministische Barbie, die feiert, was das Zeug hält, während Eliza immer mehr versteinert. Das Publikum johlt und klatscht, so muss Karaoke sein! Unauffällig bewegt sich Eliza Zentimeter um Zentimeter zum Bühnenrand. Mittlerweile singt sie gar nicht mehr, sondern klatscht selbst für Franziska, als wäre sie auch nur eine Zuschauerin und nicht ebenso als »wunderbar« angekündigt worden. Franziska steuert gerade mit dem Kopf im Nacken und einem hoch erhobenen Mikro auf ein Finale zu und Eliza nutzt den Tumult im Publikum dazu, die Bühne endgültig zu verlassen. Am Bühnenrand angekommen, stolpert sie, fällt fast die zwei Stufen hinunter. Doch da hält sie jemand am Arm fest, nicht ohne ihr dabei wie zufällig mit einem Finger über die nackte Haut zu streicheln. Erschrocken schaut sie auf, es ist Jan-Eric Nest.

»Hups! Na, schon fertig? Willst du dir nicht noch deinen Applaus abholen.«

Er lächelt sie an wie ein Raubtier.

Eliza will nur noch raus und befreit sich aus seinen leicht feuchten Fingern.

»Danke fürs Festhalten«, sagt sie trocken und versucht mit einem Rest Würde Richtung Ausgang zu stolzieren. In ihrem Rücken verklingt »Barbie Girl« und das Publikum feiert Franziska. Tommi ist so nett, ihren Abgang nicht zu moderieren, sondern tut einfach so, als wäre Franziska alleine auf der Bühne gewesen.

»Das perfekte Barbiegirl«, verabschiedet er sie und begrüßt gleich schon den nächsten Act. »Jetzt kommen Luis, Marc und Ben auf die Bühne und sind unsere süßen Backstreet Boys. ›I Want It That Way‹ – Applaus für unsere Boyband!«

ELIZA

Eliza steht draußen und zittert. Gierig zieht sie an ihrer Zigarette, die sie sich direkt vor der Bar angezündet hat. In ihrer Hand hält sie immer noch das Mikro, bemerkt sie, und lässt es unauffällig in ihrer Jackentasche verschwinden. Was für eine Schmach! Sie hat plötzlich das unbändige Verlangen, Mona anzurufen und ihr den Wahnsinn der letzten fünf Minuten zu erzählen. Mona würde mit ihr schimpfen und dann lachen, das weiß sie, und sie würde mitlachen können. Mona konnte so etwas wieder gut machen, ihr einen Rat geben, am Telefon den Bienenton summen.

»Hey, Eliza!«

Wie versprochen taucht Sirin auf. Gut so, allein hätte sie sich wohl nicht mehr reingetraut.

»Du brauchst jetzt einen Cocktail«, findet Sirin, als sie die Geschichte hört.

»Ich geh da nicht mehr rein, nie wieder!«

Eliza verschränkt ihre Arme, sie will einfach davonlaufen.

»Natürlich gehen wir da rein. Einmal Feigling, immer Feigling! Und außerdem kriegst du Freigetränke.«

Sirin stupst sie Richtung Eingang, stolziert am Türsteher vorbei, und Eliza folgt ihr mit hängenden Schultern.

Drinnen hat sich nicht viel verändert, Franziska schwirrt immer noch durch die Bar, gerade spricht sie mit den Backstreet Boys von eben, und Eliza führt Sirin zu ihrem reservierten Tisch. Sie bestellen zwei »With or without you« und Eliza sucht das Publikum nach dem Gesicht von Alexander ab, stellt sich vor, dass er irgendwo sitzt, ihren peinlichen Auftritt beobachtet hat. Sirins Blick flippert hin und her, sie wippt mit dem Fuß und trinkt ihren Cocktail in viel zu großen Schlucken. Im Schwarzlicht sieht sie ungesund aus, zu bleich. Auf der Bühne performt gerade eine Gruppe junger Frauen in pinken T-Shirts. Sie singen »Marry you« von Bruno Mars und geben sich richtig Mühe. Eine davon trägt auf dem Kopf einen Tüll-Schleier, ein Junggesellinnen-abschied. Die ganze Truppe hat offenbar schon ziemlich getankt und ist wild entschlossen, sich zu amüsieren.

Sirin guckt genervt.

»Komm, wir gehen.«

»Wohin?«, fragt Eliza. Raus, das klingt verlockend.

Sirin zappelt auf ihrem Stuhl hin und her. Ihr linker Fuß trommelt gegen das Tischbein.

»Zu viel pinker Frohsinn. »Love & Found« ist doch hier um die Ecke. Bestimmt lässt der Sklavenhalter Jan-Eric sein Personal auch am Wochenende schuften. Vielleicht sitzt da irgendein hilfloser Praktikant und schiebt eine Nachtschicht, verkuppelt einsame Herzen, und wir können rumschnüffeln. Oder wir brechen ein-fach ein.«

Eliza zögert. Was Sirin sagt, klingt ein bisschen irre. Außerdem hat sie ein schlechtes Gewissen, weil sie rein gar nichts zur Karaoke-Reportage beiträgt. Sie könnte von ihrem Tisch ein paar Notizen zur Atmosphäre machen, aus sicherer Entfernung beobachten, und Franziska so unterstützen. In die Redaktion würde sie nicht als Loserin zurückkehren, sondern als gute Teamplayerin, als kollegiale Co-Autorin. Franziska würde nicht verraten, dass sie wenig Anteil an der Recherche hatte, und sie würde über Pablo und den Alkoholexzess schweigen. Perfekter Deal. Aus den Augenwinkeln sieht sie Jan-Eric Nest, der an der Bar steht und sie beobachtet. Sein Blick ist intensiv, fast übergriffig, und Eliza findet ihn nicht mehr charmant, kein bisschen.

Sirin aber geht es offenbar gar nicht um »Love & Found«, sie will einfach nur raus.

»Ich habe eine bessere Idee. Wir gehen ins Odonien. Oder in den Sonic Ballroom. Das ist eine Bar in Ehrenfeld, die beste. Wenn mich nicht alles täuscht, gibt es da heute Live-Punk.« Sie stupst Eliza jetzt an, fast ein bisschen schmerzhaft. »Trinken, tanzen. Sag nicht, dafür bist du zu müde.«

Eliza stöhnt kurz auf. Auf keinen Fall in eine andere Bar, um Sirin beim Abstürzen zuzuschauen. Warum nicht zu »Love & Found«, versuchen können sie es. Der einzige Ort, wo Alexander sicher zu finden ist: das Backup der »Love & Found«-Datenbank.

»Okay, wir gehen zu »Love & Found««, sagt sie, und Sirin schaut sie erstaunt an.

MONA

Mona hat ein schlechtes Gewissen. Ihr frühes Samstagabend-Date ist ziemlich gut gelaufen. Sie haben zusammen gegessen, gequatscht, Musik gehört, sogar der Kuss war passabel, ach was passabel, richtig gut. Mona versucht gerade, ihre Erwartungen etwas runterzudimmen, nicht zu aufgeregt zu sein, um die Enttäuschung, die ja kommen muss, nicht allzu stark zu spüren. Doch es gelingt ihr fast nicht, in ihrem Bauch breitet sich eine warme Aufregung aus, ein angenehmer Klumpen. Und wegen dieses Klumpens hat sie ein schlechtes Gewissen. Denn ihre Recherchen zu »Love & Found«, die hat sie nicht nur vernachlässigt, sie hat sie schlichtweg vergessen. Vielleicht hatte sie auch einfach keine Lust gehabt, sich in die Abgründe des Online-Datings zu begeben, jetzt, wo es einmal richtig gut lief. Sie verspürt Widerwillen, als sie den Rechner hochfährt, Widerwillen, als sie sich einloggt, aber auch ein drängendes Pflichtgefühl. Eliza muss geholfen werden, sie kann nicht anders, sie fühlt sich für sie verantwortlich. Im Nachhinein bereut sie es, dass sie nicht mit nach Köln gefahren ist. Wegen schlechter Hostel-Betten und eines Dates? Was sind das für lausige Gründe? Sie drückt auf die Kurzwahl und ruft Elizas an. Das Handy klingelt lange, doch sie geht nicht dran. Noch mal Kurzwahl. Nicht erreichbar. Seufzend öffnet sie Google und begibt sich wieder auf die Suche nach Hinweisen: » ›Love & Found‹-Profil gelöscht«, » ›Love & Found‹ Alexander«, » ›Love & Found‹ Schlechte Erfahrungen«. Sie überlegt und tippt. » ›Love & Found‹ Betrug«, gibt sie ein und fängt an, einen nach dem anderen der vorgeschlagenen Links abzuarbeiten.

ELIZA

Draußen ist es jetzt feucht, ein feiner Nieselregen, der sich wie ein Film auf Haut und Haare legt. Eliza atmet tief ein, es ist kühl, aber nicht unangenehm. Sirin hakt sich bei ihr ein und die beiden spazieren durch den Abend wie zwei gute Freundinnen, die eben mal mit dem Hund um den Block gehen. Es tut gut, aus dem Lärm der Bar in die dunkle Stille einzutauchen.

»Weißt du was? Vor zwei Tagen, da habe ich einem Mann das Leben gerettet. Herzmassage. Der war einfach umgekippt und ich habe ihn reanimiert.«

Sirin bleibt stehen und schaut Eliza an.

»Respekt! Rettest du mir auch das Leben, wenn ich Krebs habe?«

Die beiden kichern, obwohl es nichts zu kichern gibt.

»Was meinst du, was war das für ein Typ, den ich gerettet habe? Ein Vater von vier Kindern? Der Chef einer kleinen Hilfsorganisation? Ein begnadeter Schriftsteller, der gerade dabei ist, einen Romanzyklus zu beenden?«

Sirin lacht.

»Das hättest du wohl gerne. Ein Leben retten reicht dir wohl nicht. Du willst auch noch eine Superheldin sein!«

Sie hüpft ein Stück auf einem Bein und dreht sich einmal um ihre eigene Achse.

»Vielleicht ist er ja richtig reich und schenkt dir aus Dankbarkeit ein Mietshaus. Oder er ist ein Krimineller – ein Autoknacker, ein Versicherungsbetrüger, ein Mörder. Oder ein Perverser. Oder noch schlimmer: ein Nazi! Wetten, du hast einen Nazi gerettet und nächste Woche rennt er wieder los und wirft Steine auf Flüchtlingsunterkünfte.«

»Was hast du denn für eine Fantasie?«

»Oh, das willst du nicht wissen«, raunt Sirin. »Meine Fantasie, die ist viel zu düster und schmutzig für dich.« Sie kickt nach einer Coladose, die klappernd unter ein Auto fliegt.

»Vorsicht!« Eliza knufft Sirin in die Seite.

Der Firmensitz von »Love & Found« ist nur zwei Straßen entfernt und die beiden stehen vor dem dunkelgrau verklinkerten, sechsstöckigen 50er-Jahre-Bau. Das Gebäude sieht dunkel aus, ein bisschen unheimlich. Unheimlich wie der Blick von Jan-Eric Nest in der Bar. Irgendwas an »Love & Found« ist faul. Dieser Nest ist kein guter Mensch, das sagt ihr all ihre Lebenserfahrung. Was das aber konkret bedeutete, kann sie nach zwei verplemperten Tagen in Köln immer noch nicht sagen.

»So, und jetzt?«, fragt Sirin, als hätte Eliza einen Schlachtplan in der Tasche, zweimal ausgedruckt und an einer Ecke zusammen getackert.

»Keine Ahnung«, sagt Eliza. »Ich klingele jetzt einfach.« Sie drückt.

Natürlich passiert nichts, wie auch. Sirin legt jetzt auch den Finger auf den Knopf und klingelt Sturm.

Dann summt es in der Tür. Eliza wirft sich sofort dagegen und öffnet sie. Überrascht blickt sie Sirin an.

»Na, wer sagt's denn!«

Der Flur sieht aus wie ein schwarzes Loch, das sie mit einem Happs verschlingen will. Sie macht einen großen Schritt hinein, es riecht nach frischer Farbe, und sucht nach Licht. Der Schalter ist nicht beleuchtet, doch nach kurzem Tasten findet sie ihn, eine Neonlampe geht an und wirft kaltes Licht auf die rau verputzten Wände. Der Flur ist lang und schmal, und sie folgen ihm ein paar Meter auf der Suche nach dem Aufzug.

»Wollen wir nicht lieber die Treppen gehen?«, flüstert Sirin, doch jetzt übernimmt Eliza die Führung.

»Auf keinen Fall«, flüstert sie zurück und drückt auf den Knopf. Mit einem dumpfen Geräusch kommt der Aufzug angefahren.

»Willkommen bei »Love & Found«. Sie haben die Liebe ihres Lebens verloren? In unserem Fundbüro wurde sie vielleicht abgegeben«, moderiert Sirin. Die beiden gehen in die enge Kabine, an den Etagenknöpfen sind kleine Aufkleber angebracht. Eine Werbeagentur, ein Orthopäde und mehrere Start-ups mit fancy Namen. »Love & Found« sitzt ganz oben, auf der sechsten Etage. Diesmal drückt Eliza, und der Aufzug schließt rumpelnd seine Tür und setzt sich quälend langsam in Bewegung. Die beiden stehen im fahlen Licht und schweigen. Eliza hat keinen Plan, gar keinen Plan, was sie jetzt sagen oder machen soll. Sirin lehnt an der Aufzugwand und wippt schon wieder mit ihrem

Fuß. Nervig. Sie steigen aus, und die braune Tür, an der »Love & Found« steht, ist geschlossen. Eliza drückt dagegen, der Schnapper gibt nach und die Tür lässt sich öffnen. Links und rechts im Flur sind Glastüren, dahinter schwarze Bürozellen. Ganz am Ende ist ein Büro erleuchtet, schon von weitem können sie schemenhaft eine Gestalt am Rechner erkennen, den Rücken zum Flur gewandt. Eine Schreibtischlampe brennt, der Rest des Büros liegt im Dunklen.

»Der hilflose Praktikant! Wusste ich doch, dass Nest seine Leute Tag und Nacht schuften lässt«, flüstert Sirin.

Sie gehen langsam auf die geöffnete Tür zu, und Eliza hustet kurz und trocken, um sich bemerkbar zu machen.

»Jan, ich glaube wir haben ein Problem«, sagt die Gestalt und erst dann dreht sie sich um. Der Mann hat dunkle, halblange Haare, ist 25, maximal 30 Jahre alt, er trägt ein Band-T-Shirt von den Foo Fighters und blinzelt sie erstaunt an.

»Äh, hallo?«

Dann steht er auf und kommt einen Schritt näher. Irgendwas verändert sich in seiner Mimik, ganz langsam, wie in Zeitlupe, weiten sich seine Augen und sein Mund öffnet sich. Sie meint, Panik darin zu erkennen, und wundert sich: Klar sind sie einfach reinspaziert, aber sie sind weder maskiert noch bewaffnet. Zwei Frauen, harmlos. Seinem Gesichtsausdruck nach zu urteilen, blickt er aber auf eine Zombie-Invasion. Eliza schaut kurz zu Sirin, will wissen, ob sie auch bemerkt, wie verdächtig dieser Mann auf ihr Eindringen reagiert. Doch auch Sirin schaut völlig verstört, und in dem Bruchteil einer Sekunde versteht Eliza, dass die beiden sich kennen.

»Sirin?«

Ihre Blicke treffen sich und Eliza denkt kurz und wehmütig, dass sie sich genauso ein erstes Treffen mit Alexander vorgestellt hat. Die Leidenschaft der beiden ist so roh und unverstellt, dass es selbst für die Zuschauerin fast schmerzhaft ist. Doch es folgt keine innige Umarmung, kein Aufeinanderzulaufen, kein langer Kuss. Irgendwas klackert und als ob dieses Geräusch Sirin aus ihrer Erstarrung geweckt hätte, dreht sie sich um und rennt den Flur entlang Richtung Aufzug. Der Mann schaut ihr nach, sichtlich verletzt, wütend. Elizas erster Impuls befiehlt ihr, Sirin zu folgen. Doch sie ist so weit gekommen, ist so weit ins Herz von »Love & Found« vorgestoßen, dass sie nicht umdrehen kann. Nicht will. Nicht jetzt schon.

»Sorry, Sirin«, denkt sie. »Ich komme gleich nach.«

»Ähm, hi, ich bin Eliza.« Und jetzt?

»Hallo Eliza«, sagt er. »Nett, dich kennenzulernen.«

Er sieht plötzlich sehr müde und erschöpft aus und setzt sich auf seinen Schreibtischstuhl. Mit einer Handbewegung bietet er ihr den Sitzplatz gegenüber an, und sie lässt sich vorsichtig auf der Kante nieder.

»Was ist das für ein Überfall am Samstagabend? Was will Sirin hier?«

Ihre Chance! Sie zögert, ist für einen Moment unsicher. Soll sie ihn direkt bitten, nach Alexander zu

schauen? Soll sie ihn fragen, ob bei »Love & Found«
öfter mal Profile verschwinden?

»Hör zu, ich weiß, das klingt völlig albern, aber ich
habe sehr lange und sehr intensiv mit einem Mann über
»Love & Found« geschrieben. Plötzlich, ohne ein Wort
des Abschieds, ist sein Profil verschwunden. Ich kann
mir wirklich nicht vorstellen, dass er es einfach so gelöscht hat …«

Sie seufzt. Die Geschichte, laut ausgesprochen vor
einem fremden Mann, hört sich naiv und pubertär an,
das kann sie in seinem Gesicht lesen. Er schaut sie an,
freundlich, ein bisschen mitleidig.

»Weißt du, das passiert immer wieder beim Dating.
Online ist unverbindlich. Die Leute gehen ja keine
wirkliche Beziehung ein, tauschen sich aus, aber dann
ziehen sie weiter zur nächsten Gelegenheit.«

Er wiederholt in anderen Worten den Vortrag, den
ihr auch Mona und Sirin gehalten haben, jede auf
ihre Art.

»Auch wenn ich dir helfen wollte, ich kann nicht einfach in die Datenbank gehen und die Chats der Leute
lesen. Oder schon gar nicht ihre Kontaktdaten weiter-
geben. Das wäre strafbar, ein Riesenskandal, wenn das
rauskommt.«

Er schaut auf seine Hände, die er in seinem Schoß
verschränkt hat. Eliza findet ihn richtig sympathisch,
er hat sie nicht ausgelacht, auch wenn er ihr nicht
helfen will.

Jetzt richtet er sich ein wenig auf und schaut sie an.

»Was hat Sirin damit zu tun? Wusste sie, dass ich hier arbeite? Wie geht es ihr überhaupt?«

In seiner Stimme schwingt Zuneigung, echte Sorge.

»Sie sah ziemlich dünn und blass aus, finde ich.«

Eliza zögert. Kann sie ihm vertrauen?

»Ich kenne Sirin erst seit gestern, wir haben uns im Backpack-Palace angefreundet. Und nein, sie hatte keine Ahnung, dass du hier bist, hier arbeitest. Ich kann dir nicht sagen, was es genau ist, aber sie hat gerade ein handfestes Problem.«

Sie macht eine Pause, dreht sich mit ihrem Bürostuhl ein paar Zentimeter nach links und dann wieder nach rechts.

»Vielleicht würde ihr Gesellschaft guttun.«

Der junge Mann lacht kurz auf, aber es klingt bitter.

»Von meiner Gesellschaft hätte sie mehr als genug haben können. Aber sie wollte ja nicht. Je näher wir uns kamen, desto weiter musste sie weglaufen. Sirin neigt zum Ausrasten, das wirst du auch noch merken. Eskalieren, bis nichts mehr geht, das ist Sirin.«

Er stoppt, wahrscheinlich weil ihm gerade auffällt, dass er einer wildfremden Frau, die in sein Büro gelaufen ist, gerade sein Innerstes nach außen kehrt.

»Gut«, sagt er jetzt geschäftsmäßig. »Das zu Sirin. Aber noch mal zu dir. Ich kann dir leider nicht helfen. Sorry, aber das würde Ärger geben, richtig großen Ärger. Unmöglich. Jan-Eric würde mich einen Kopf kürzer machen und wahrscheinlich auch noch einen Arm oder ein Bein abhacken.«

Sie lachen.

»Sirin hat gesagt, er ist ein echter Sklaventreiber«, wagt sich Eliza vor.

»Ist was dran. Ehrlich gesagt hatte ich gedacht, dass er klingelt, sonst hätte ich euch gar nicht aufgemacht. Manchmal kommt er aus der Bar noch mal hoch, weil ihm mal wieder irgendeine Idee gekommen ist, die ich dann sofort umsetzen soll. Aber was soll's, er zahlt gut und beim Arbeiten muss ich nicht nachdenken.«

In diesem Moment klingelt es. Sirin, denkt Eliza, aber dann wird ihr klar, dass sie es nicht sein kann, dass sie niemals weglaufen würde, um dann einfach so wiederzukommen.

»Jan-Eric«, sagt er und bekommt einen gehetzten Blick.

»Ist vielleicht nicht so gut, wenn du jetzt hier bist.«

»Jap, wir hatten heute schon eine Begegnung der dritten Art, und ich glaube, er würde misstrauisch, wenn er mich hier antrifft.«

»Mach schnell. Nimm die Treppe, er nimmt immer den Aufzug.«

»Hey«, sagt sie schnell, bevor diese einmalige Chance ungenutzt verstreicht. »Mein Chatpartner, der mit dem gelöschten Profil. Das Profil wurde genau vor fünf Tagen gelöscht. Er ist so um die 50, aus Köln. Er heißt Alexander.«

Bei der Erwähnung des Namens zuckt es kurz in seinem Gesicht, es ist nur eine minimale Regung, aber Eliza registriert es. Sie schaut ihn an.

»Bitte. Wenn du was weißt oder rausfinden kannst, sag mir Bescheid.« Sie kramt in ihrer Jeanstasche und findet eine Visitenkarte.

»Ruf mich einfach an. Auch wenn du nichts findest.«

Sie steht schnell auf und geht in den Flur. Jetzt bloß nicht Nest in die Arme laufen, das wäre wirklich zu viel für diesen Abend. Im Flur sieht sie Sirins Smartphone auf dem Boden liegen. Mist, sie hat es verloren und jetzt kann Eliza sie nicht erreichen. Sie hebt es schnell auf und steckt es in ihre Jackentasche. Dann rennt sie fast nach draußen, stolpert durch das dunkle Treppenhaus und setzt sich im fünften Stock auf die unterste Stufe. Sie hört das dumpfe Geräusch des Aufzugs, und die Schritte von Nest. Wo ist er gerade? Sie ist nicht sicher. Deshalb bleibt sie einfach sitzen, mehr als 20 Minuten, und lauscht in die Dunkelheit. Sie fühlt sich wie ein gehetztes Tier, das darauf wartet, gepackt und gefressen zu werden. Doch nichts passiert. Schließlich steht sie auf und geht ins Erdgeschoss, Stufe um Stufe hält sie sich am Geländer fest, damit sie nicht das Licht anmachen muss. Eliza schlüpft leise aus der Haustür und geht zügig in Richtung Zülpicher Platz. Und was jetzt? Auf ihrem Handy sind drei Nachrichten.

FRANZISKA
Ich hab hier alles im Griff. Läuft!

Perfekt. Wahrscheinlich hatte Anna von Anfang an Recht, Franziska und sie sind das perfekte Team.

> **MONA**
>
> Ich erreiche dich gar nicht.
>
> Melde dich mal bei mir.

Sie drückt sie weg. Mona würde sie morgen anrufen, sie soll sich ruhig am Samstagabend amüsieren, ihr Date treffen, sie können morgen über alles sprechen. Das hier ist meine Sache, Mona muss nicht alles wissen.

> **DORLE**
>
> Ist mit Tim und dir alles
> in Ordnung, Liebes?

Die dritte Nachricht ist beunruhigend. Tims Mutter schreibt ihr eigentlich selten, sie haben nicht so ein enges Verhältnis. Keine exklusive Schwiegertochter-Beziehung, eigentlich geht die Kommunikation meistens über Tim oder die Kinder. Das sind keine Nachrichten, die sie normalerweise austauschen. Sie überlegt lange, was sie ihr antwortet, die Wahrheit ist natürlich ausgeschlossen, aber gar nicht zu antworten würde auch wieder Fragen hervorrufen.

> **ELIZA**
>
> Bin in Köln auf Recherche, melde mich!

Hinhalte-Taktik muss reichen. Sie schickt noch ein paar nichtssagende Gute-Nacht-Wünsche in die Familiengruppe, um zumindest an die Kinder ein

Lebenszeichen zu schicken, und stellt ihr Handy dann auf Flugmodus. Es reicht für heute mit Nachrichten aus der fernen Alltags-Welt. Und Sirin kann sie ja eh nicht mehr erreichen. Als sie das ausgeschaltete Handy wieder einsteckt, fühlt sie sich kurz befreit. Doch wohin jetzt? In die U-Bahn stellen und auf einen weiteren irren Zufall hoffen? Zurück ins Hostel? Vielleicht wartet Sirin dort auf sie, vielleicht ist sie aber auch längst nach Hause gegangen, um sich unter ihrer Bettdecke zu verkriechen. Wie hatten sie das eigentlich früher gemacht, sie und Mona, wenn sie unterwegs waren, ohne Handys? Wie haben sie sich wiedergefunden, wenn sie sich verloren hatten?

Sie geht ziellos weiter. Unterwegs kommen ihr junge Leute mit Bierflaschen entgegen, Hunde mit Leuchthalsbändern, ihre Besitzer im Schlepptau, Menschen, die offensichtlich jetzt erst von der Arbeit kommen. Am Weg liegen Kneipen und Gyrosbuden, es riecht intensiv nach Frittiertem, und sie merkt, dass sie Hunger hat. An einer kleinen Imbissbude macht sie Halt und bestellt sich eine große Pommes rot-weiß, mit Ketchup und Mayonnaise. Der Mann an der Fritteuse sieht gut aus, groß, dunkelhaarig. »Nationalgericht der Kölner«, sagt er und strahlt Eliza so gewinnend an, dass sie nicht anders kann als heftig zurückzuflirten. »Dann bin ich jetzt auch eine Kölnerin, auch wenn ich nicht von hier bin.« Das fettige Fastfood schmeckt köstlich, sie isst mit den Fingern, stopft gierig eine Fritte nach der nächsten in ihren Mund und leckt am Ende ihre salzigen Finger ab.

Sie fährt ein paar Stationen mit der Bahn, steigt irgendwo aus und fühlt sich plötzlich großartig. Überall sind Menschen, die Straße ist belebt wie am Tag. Sie stehen in Gruppen zusammen, lachen, reden. Die Bürgersteige sind ein wenig schmuddelig, aber die Menschen sehen lässig aus, nicht so gestylt. Es ist kein Schaulaufen, mehr ein großer, freundlicher Schwarm, der sich hierhin und dorthin bewegt, zu dem sie gehört und mit dem sie sich treiben lassen kann. An einer Ecke steht ein kräftiger Mann mit einer Zigarre im Mundwinkel und einem großen Teddy unter dem Arm, er winkt ihr. Sie will sich erst abwenden, aber dann sieht sie, dass er dazu gehört. Die Leute rufen »Hallo Harald« über die Straße und lächeln. Viele lächeln auch sie an, einfach so. Sie winkt zurück.

Was für ein schönes Gefühl, sie ist jetzt Kölnerin, eingebürgert in der Pommesbude, verliebt in Köln. Die Stadt der Sehnsucht. Vielleicht sollte sie einfach in eine der Kneipen gehen und ein Kölsch trinken? Es wäre eine Überwindung, aber hier scheint es möglich. Die Türen stehen offen, aus ihnen dringen Musik, Gesprächsteppiche. Einfach an die Theke stellen, das geht, das spürt sie ganz deutlich. Diese freundliche Stadt ist gut zu ihr, beschützt auch sie. Alexander zu finden fühlt sich plötzlich nicht mehr ganz so dringend an. Vielleicht muss sie die Strategie ändern, um Erfolg zu haben. Den Wunsch loslassen und sich einfach treiben lassen. Niemand zwingt sie. Sie kann die Gegenwart feiern, den Moment leben. Köln ist die

Stadt der Verwandlung, auch ohne Karneval. Dann läuft sie Richtung Ebertplatz, entspannt, ohne Eile. In ihrer Tasche vibriert es, ein Anruf. Hektisch beginnt sie zu kramen. Das ist nicht ihr Klingelton.

Sirins Handy! Stimmt ja.

Sie holt es heraus, schaut auf das Smartphone und sieht: Alexander. Sein Gesicht füllt das Display fast aus, es ist ein schönes Bild, er lächelt. Das Handy klingelt weiter und Alexander lächelt und lächelt. Eliza starrt wie hypnotisiert auf das Foto, das ihr wie eine Erscheinung vorkommt. »Alexander ruft an«, steht auf dem Display.

Das kann nicht sein, aber nach ein paar Sekunden geht sie einfach dran.

»Ja?«

Und da ist seine Stimme, diese Stimme, die sie noch nie gehört hat, die sich aber warm anfühlt, wie Köln, in das sie verliebt ist.

»Hallo Süße«, sagt er und es klingt vertraut und gut. Verrückt, aber perfekt. Er hat sie gesucht und gefunden. Sie musste am Ende gar nichts tun, nur loslassen, ihre Reise, die Anstrengungen und all die Aufregung werden am Ende belohnt. Eliza lauscht noch einen Moment in das fremde Handy, schweigt beseelt.

»Sirin?«, fragt die Stimme jetzt verwundert. »Bist du dran?«

Der Schock fährt ihr in die Magengrube, mitten hinein in die Pommes rot-weiß, die sie eben noch so glücklich gemacht haben. Verwirrt drückt sie das Gespräch weg, keucht auf. Dann schließt sie ihre Finger um Sirins Handy und spürt noch ein paar Sekunden seiner Wärme nach.

ELIZA

Eliza geht schnell, ja joggt fast in Richtung Backpack-Palace. In ihrer Lunge pikst die Anstrengung, egal, sie läuft noch schneller. Drei Kilometer ist das Hostel laut Google Maps entfernt, die U-Bahn-Stationen hat sie links liegen gelassen. Sie will jetzt nicht ungeduldig an irgendeinem Bahnsteig stehen, passiv die Minuten zählen, die ohnehin nicht stimmen. Nein, sie nimmt es jetzt selbst in die Hand, rennt voller schwarzer Gedanken. Was war das für ein perfides Spiel? Wer ist Alexander? Wer ist Sirin? Ist es doch kein Zufall, dass sie Sirin in der Hostel-Bar kennengelernt hat? Stimmt überhaupt etwas von den Geschichten? Ihr Exfreund arbeitet bei »Love & Found«, das ist doch kein Zufall! Und der Krebs? Wollte sie nur ihr Mitleid? Sind Sirin und Alexander ein Paar und lachen insgeheim über sie? Ist das so eine Art perverses Hütchenspiel und sie die betrogene Zuschauerin?

Die Ampel am Friesenplatz zeigt rot, aber es dauert ihr zu lange, sie läuft einfach über die große Kreuzung, und ein weißer Sportwagen mit extrabreiten Reifen hupt sie empört an. Blödmann!

Die Sache ist faul, oberfaul.

Sie muss es herausfinden. Sofort.

In einer Seitenstraße kommt ihr eine Gruppe grölender Männer entgegen, aber sie weicht nicht aus, sondern läuft direkt auf sie zu, bis sie wie eine Herde Schafe auseinandertreiben und sie auf der Mitte des Bürgersteigs durchlassen.

Der Backpack-Palace ist hell erleuchtet, als sie in die Straße am Hauptbahnhof einbiegt. Vor der Eingangstür hält sie einen Moment inne und beruhigt ihren Atem. Sie will nicht japsend wie eine Marathonläuferin vor ihr stehen. Konfrontieren wird sie Sirin, jetzt sofort, sie zwingen, endlich die Wahrheit zu sagen. Mit einem Ruck öffnet sie die Tür, die Bar ist locker gefüllt, das Licht ist warm und es liegt ein angenehmes Stimmengewirr aus Deutsch, Englisch und Spanisch in der Luft. Die quirlige Atmosphäre versetzt ihr einen kurzen Stich, der Backpack-Palace ist seit gestern ihr Hafen gewesen, ihre Zuflucht, und jetzt ist alles verdorben. Sie schlängelt sich durch die Menschen zur Theke, langsam, sie hat es plötzlich nicht mehr eilig.

Michael steht am Zapfhahn und schiebt gerade ein Kölsch zu einer Frau, die zusammengesunken am Tresen lehnt. Er begrüßt Eliza freundlich, als würde er sie seit langem kennen. Doch sie hat kein Auge für ihn, sucht, braucht kurz, bis sie Sirin erkennt, so eingefallen und verzweifelt wirkt ihre Gestalt. Doch bevor ihre Wut verpufft, die sie wie Kerosin genau hierhin befördert hat, läuft sie zu Sirin und knallt ihr das Handy auf das

Holz der Bar. »Hier, du hast was verloren«, sagt Eliza schneidend. »Du hattest einen Anruf. Von Alexander!«

Sirin schaut sie ratlos an, als könne sie die Schwingungen, die da bei ihr ankommen, nicht mit der Realität abgleichen. Sie hat geweint, das sieht Eliza an der Wimperntusche, die unter ihren schönen dunklen Augen einen schmierigen Rand hinterlassen hat.

SIRIN

Jonas! Ihr Herz fühlt sich an wie eine verschorfte Wunde, die bei der ersten Berührung aufgeplatzt ist. Als Sirin aus dem »Love & Found«-Büro vor ihm flieht, weiß sie erst nicht, wohin. Eliza in der Karaokebar treffen? Nach Hause laufen, eine Schlaftablette mit Wodka runterspülen und sich einfach im Bett verkriechen? Schließlich hat es sie wie ein Magnet ins Backpack-Palace gezogen, rein in die wuselige Bar, zu Michael, der sie mit Kölsch versorgt, und in der sie inmitten des Lärms ganz still werden kann.

Jonas. Ein ganzes Jahr lang hatte sie sich eingeredet, dass sie besser ohne ihn dran sei. Zu viel Gefühl. Gefährlich. Sie hat nicht mit ihm gerechnet, er hat sie überrumpelt, ihre Firewall ausgetrickst. Ihr erster Impuls war, ihm in die Arme zu fliegen, ihn so lang festzuhalten, bis es weh tut, ihren Kopf an seine Schulter zu lehnen und zu weinen, bis sein T-Shirt von ihren Tränen und ihrer Rotze so nass ist, dass er es bis auf die Haut spüren kann.

Scheiße, sie ist auch so eine Julia!

Sie hat so eine schreckliche Angst bekommen, dass sie wie ein Hase umgedreht und abgehauen ist. Was für ein Abgang! Und Eliza ist einfach stehen geblieben, hat sich nicht auf ihre Seite geschlagen, sondern ihre Chance auf Recherche genutzt. Die Lady ist wohl tougher als vermutet.

Doch wie sie jetzt vor ihr steht, total sauer, bebend vor Wut und irgendwas von Alexander brabbelt, da überlegt Sirin, ob Eliza doch nur einfach durchgeknallt ist. Im Ernst, die tickt nicht mehr richtig, mit ihrer zitternden Klein-Mädchen-Unterlippe und ihrem irren Blick. Vielleicht ist dieses ganze Gefühl von Seelenverwandt-schaft einfach nur Bullshit, seit der Untersuchung ist sie schwach, das soll aufhören. Eliza, Jonas, ihre Mutter. Die können sie alle am Arsch lecken, sie brauchen nicht mal zu ihrer Beerdigung zu kommen, anonym Verscharren ist absolut okay. Jetzt kommt Eliza sogar ganz nah an sie ran, packt sie an den Schultern und schüttelt sie.

»Sag mir sofort, was du mit Alexander zu tun hast«, keift sie, und diese Berührung bringt sie zum Über-laufen, sie schäumt wie eine Flasche Bier, mit der man nach dem Öffnen zu fest angestoßen hat.

»Nimm deine Flossen von mir«, herrscht sie Eliza an, scharf und böse, und die reagiert sofort und geht einen Schritt zurück.

»Was faselst du da? Hast du was genommen?«, fragt Sirin, was eine alberne Frage ist, aber zumindest die komplette Persönlichkeitsveränderung erklären könnte. Sie schaut Eliza streng an, für den Fall, dass sie wieder angreifen will.

Eliza zieht Sirins Handy aus der Tasche und knallt es auf den Tresen.

»Hier, geh in deine Anrufliste. Alexander hat auf deinem Handy angerufen. Mein Alexander. Ich hab das Bild gesehen. Er hat ›Süße‹ gesagt.«

Jetzt bebt sie vor Zorn und, haha, stampft wirklich mit dem Fuß auf wie ein Kind vorm Quengelregal im Supermarkt.

»Süße! Und er hat nicht mich gemeint.«

Sirin nimmt ihr Handy und gibt den Code ein. Tatsächlich, ein Anruf von Alexander. Na und? Glaubte die hysterische Kuh jetzt, dass jeder Alexander aus Köln ihr heimlicher Brieffreund ist? War die reif für die Geschlossene? Langsam kommt sie sich vor wie in einer öffentlich-rechtlichen Soap, gefangen in einer Nachmittags-Programmschleife. Wie viele Männer in Köln hießen Alexander? Tausende!

»Komm mal runter.«

Aber Eliza kommt nicht runter. Warum auch immer, sie scheint zu glauben, dieser Anruf habe etwas mit ihr zu tun. Hatte er? Wenn ja, dann können sie das jetzt ein für alle Mal klären. Ja, das war eine prima Idee, denn sie hatte jetzt schon zu lang regungslos an der Bar gehangen wie ein Schluck Wasser und sich gehen lassen.

Zeit, die Fernbedienung wieder selbst in die Hand zu nehmen. Und wenn schon Soap, dann richtig. Eliza will zu Alexander? Soll sie haben. Dann kann sie gleichzeitig auch ihre reizende Mutter kennenlernen.

»Du willst Antworten? Los, wir gehen!«

Und das ist keine Frage, sondern ein Befehl.

ELIZA

Die beiden marschieren schweigend durch das rabenschwarze Köln. Elizas Wut ist in sich zusammengefallen wie ein Soufflé, das zu früh aus dem Ofen gekommen ist. Sirin strahlt eine Kälte aus, die sie frösteln lässt, und sie wünscht sich jetzt ihre Hand zu nehmen, sich wie vorhin bei ihr einzuhaken und zu kichern. Dann sieht sie wieder das Display mit Alexanders Foto vor ihrem inneren Auge. Was ist hier los? Sirin ist so dunkel wie eine schwarze Hexe und Köln sieht anders aus als eben, die Straßen nass, der Wind treibt ein paar orangene Hundekot-Tüten vor sich her. Leuchtreklamen tauchen den Asphalt in schmutzig-buntes Licht. Fast stoßen sie mit einer Radfahrerin zusammen, die offenbar einem Loch im Radweg ausweicht und ohne zu gucken auf den Bürgersteig steuert.

Nach 15 Minuten gehen sie am Brüsseler Platz und dem Büdchen vorbei, schon wieder, die Aushilfe von heute Nachmittag steht vor der Tür, raucht eine Zigarette und schaut sie aus leeren Augen an. Sie stehen jetzt vor einem Altbau, dessen Fassade dringend einen Anstrich braucht. Eliza erwartet, dass Sirin auf die Klingel drückt, aber sie zieht einen Schlüsselbund aus der Tasche und schließt die knarzende Holztür auf.

»Hereinspaziert«, sagt sie hämisch.

Eliza bemerkt, dass sie heute schon zum zweiten Mal in einem fremden Hausflur steht, doch in diesem riecht es schwach nach Essen und Hundehaar. Ihre Begleiterin schweigt und schweigt, und Eliza fühlt sich unendlich unwohl, ist aber zu stolz, um nach Aufklärung zu betteln. Zu allem Überfluss fasst Sirin sie am Ärmel und will sie die Treppen hochziehen.

Jetzt reicht es aber! Eliza schüttelt Sirin ärgerlich ab, folgt ihr aber ins Treppenhaus.

Im vierten Stock klingelt Sirin kurz und schließt dann auf. In dem langen Flur brennt Licht, an der Wand ist ein meterlanges Schuhregal, und sie ruft hinein: »Marianne? Bist du da?«

Aus einem der Zimmer kommt ein Geräusch. »Sirin?« Die Stimme klingt verwundert.

Eine Frau, vielleicht Mitte bis Ende 50, tritt aus dem Türrahmen. Sie ist schlank, auffallend sorgfältig frisiert, jede Haarsträhne ist genau dort fixiert, wo sie hingehört. Sie trägt einen apricotfarbenen Kimono aus Seide mit großen Blumen. Ihre Augen sind stark geschminkt wie für einen Bühnenauftritt, aber ihr Outfit sieht aus, als würde sie gleich ins Bett fallen. Sie geht auf

Sirin zu, ein bisschen schwankend, findet Eliza, aber vielleicht liegt das auch an ihren Hausschuhen mit Absätzen. »Schätzchen«, flötet sie und jetzt ist es deutlich, dass sie ein wenig lallt, und Eliza sieht, dass Sirin die Augen verdreht. Die Frau kommt ihr seltsam bekannt vor, aber sie kann nicht einordnen, woher.

»Na, Mutter«, sagt Sirin kühl, ein wenig von oben herab.

»Nenn mich doch nicht Mutter«, sagt die Frau und breitet ihre Arme aus. Doch bevor sie ihre Tochter umarmen kann, entdeckt sie Eliza. Das Lächeln fällt ihr aus dem Gesicht wie ein überreifer Pfirsich vom Baum, ihre Arme hängen jetzt wieder schlaff herunter. Sie wirkt regelrecht geschockt.

»Hallo, ich bin Eliza«, sagt Eliza etwas verunsichert und tatsächlich ignoriert Marianne die ausgestreckte Hand.

»Was will die hier?«, fragt sie Sirin und hört sich so anklagend und angewidert an, dass sich Eliza am liebsten umdrehen und flüchten würde.

SIRIN

Hä? Sirin blickt von Marianne zu Eliza und wieder zurück, immer hin und her, und versucht zu verstehen, was da grade zwischen den beiden abgeht. Normal, dass sich ihre Mutter schlecht benimmt, aber sonst schleimt sie sich erst ein und fällt dann aus der Rolle.

Eigentlich hatte sie Eliza eine Lektion erteilen, ihre albernen, selbstsüchtigen Vorwürfe entkräften wollen. Musste sie sich beschimpfen lassen, wenn auf ihrem eigenen Handy ihr Vater anrief? Bloß weil er zufällig denselben Namen trägt wie Elizas eingebildeter Geliebter? Doch jetzt gerät die Situation ohne Übergang außer Kontrolle. Was war eigentlich ihr Plan gewesen, was hatte sie hierhin geführt? Wollte sie der neuen Freundin ihr gruseliges Zuhause live vorführen? Scheißidee. Denn nun steht da ihre zu hundert Prozent verrückte und auf jeden Fall angetrunkene Mutter und giftet ihre zumindest latent verrückte Begleitung an. Und das alles an einem Abend, an dem sie zufällig in ihren Ex-Freund reingestolpert ist, vor dem sie dann wie eine Verrückte wortlos geflüchtet ist. Yippie! Soap? Der verantwortliche Drehbuchautor muss dringend mal zum Psychologen!

»Schämst du dich nicht, hier aufzulaufen«, keift Marianne und zeigt mit dem Finger auf Eliza. Sie gestikuliert theatralisch. Sirin hat so einem Marianne-Auftritt schon lange nicht mehr beiwohnen dürfen und sie betrachtet die Inszenierung verblüfft, aus der Distanz, wie eine Pavian-Keilerei im Zoo. Eliza windet sich, kriegt richtig Angst. Selbst schuld. Sie hat keine Ahnung, was hier abgeht, aber für den Auftritt eben an der Bar ist das eine gerechte Strafe.

»Ich kenne Sie gar nicht«, stottert Eliza und weicht immer weiter zurück, um nicht von Mariannes wedelnden Armen erwischt zu werden. Sie sieht völlig erschüttert aus, schaut hilfesuchend zu Sirin, die jetzt doch ein wenig Mitleid bekommt.

»Mensch, Mutter, jetzt mach mal halblang. Was ist denn los mit dir? Du musst da was verwechseln, wir sind nur hier, um mal ein bisschen Klarheit zu schaffen. Ist Papa da?«

Doch mit dieser Frage hat sie wohl Spiritus ins Feuer gegossen. Denn jetzt fängt Marianne auch noch an hysterisch zu weinen und hält sich, mittlerweile vor Aufregung stark schwankend, am Türrahmen fest.

»Das Gesicht, das habe ich in seinem Laptop gesehen! Soll ich ihm seine Geliebten jetzt auch noch zuführen?«, jammert sie und hört sich so dermaßen nach einer ramschigen Soap an, dass Sirin irre kichert.

»Mutter«, sagt Sirin. »Niemand liebt hier Papa. Das ist ein Missverständnis.«

Als hätte sie einen Schalter umgelegt, fährt Marianne jetzt ein neues Programm.

»Alexander ist nicht da. Er ist nicht da und ich weiß auch nicht, wann er nach Hause kommt.«

Sie sagt es so, als wäre sie eine Sekretärin, die für ihren Chef lästige Besucher abwimmelt.

Sirin stöhnt.

»Alles klar, Mutter, wir verschwinden wieder. Reg dich einfach ab.«

Hoffentlich können sie draußen gemeinsam drüber lachen. Sie will Eliza am Arm nehmen und in den sicheren Flur bugsieren, als sich ein Schlüssel im Schloss dreht und ein mittelalter Mann mit müdem Gesichtsausdruck eintritt.

»Alexander!«, sagt Eliza und sie sieht in diesem Moment so selig aus, dass Sirin schlagartig begreift, dass das Riesen-Missverständnis einzig und allein bei ihr liegt. Alexander ist Alexander! Papa ist Alexander. Was für eine Scheiße!

ELIZA

Als der Schlüssel sich im Schloss dreht, kann Eliza schon kaum mehr klar denken. Kampf oder Flucht sind Reaktionen auf Stress, hatte sie gelernt, und da sie mit der halbbetrunkenen Mutter von Sirin nun wirklich nicht kämpfen will, denkt sie darüber nach, einfach davonzulaufen. So wie Sirin das eben bei »Love & Found« getan hat. Doch dann öffnet sich die Tür und vor ihr steht: Alexander.

Er ist es, eindeutig. Seine Frisur, seine Augenbrauen, die Wangenknochen. Ja, sogar seine Jacke kennt sie, von Fotos und natürlich von gestern, aus der Bahn. Es ist extrem albern, unangemessen, aber in diesem Moment schlägt die Verliebtheit bei Eliza noch einmal zu, mit einem Rumms, wie ein Schwinger in den Magen. Sie blendet alles um sich aus, bekommt kaum Luft und ist gleichzeitig so schockhaft glücklich, dass sie laut auflachen könnte. Sie hat ihr Ziel erreicht, da ist er. Alexander! Es ist der maximal verrückteste Ort, um an ihr Ziel zu kommen, aber letzten Endes hat sie erreicht, was sie wollte. Sie hat ihn gefunden und jetzt darf von ihr aus das Schicksal entscheiden.

Alexander schaut von der einen zu anderen, scheint zu spüren, dass etwas hoch Emotionales in diesem Flur vor sich geht, kapiert aber offenbar gar nichts.

»Hallo Süße!«, sagt er. Seiner Frau schenkt er kaum einen Blick. Dann wendet er sich ihr zu. Er schaut sie an, lächelt, endlich, und geht einen Schritt auf sie zu. Auch Eliza tritt einen Schritt näher, mit Argusaugen bewacht von Marianne, ungläubig betrachtet von Sirin. Alexander kommt näher, fast glaubt sie seine Energie, seine Wärme zu spüren, noch einen halben Schritt entfernt. Jetzt!

Alexander streckt ihr die Hand entgegen, greift sich ihre und schüttelt sie wie ein Versicherungsvertreter.

»Hallo, hallo, ich bin Sirins Vater, Alexander, mit wem habe ich die Ehre?«

In seinen Augen: nichts. In seinem Händedruck: nichts. Hallo, hallo? Es gibt kein Vertun, er spielt kein Theater. Dieser Mann kennt sie nicht.

»Ich bin Eliza«, piepst sie, ein letzter verzweifelter Versuch, seine Erinnerung zu rütteln, ein Erkennen zu erzwingen. Keine Reaktion.

»Schön. Was habt ihr zwei Hübschen denn noch vor?«

Auch Marianne beobachtet die Reaktion ihres Mannes genau, entspannt sichtlich. Sie versteht offensichtlich nicht, was da vor sich geht, aber ihr Gesicht leuchtet schadenfroh im halbdunklen Flur.

Jetzt mischt sich Sirin wieder ein, Gott sei Dank.

»Papa, wir müssen mal kurz mit dir alleine reden.«

»Jemand einen Espresso?«, flötet Marianne und alle drei nicken verstört, bevor sie hintereinander den Flur Richtung Arbeitszimmer entlang trotten, vorneweg Sirin.

Alexander setzt sich auf einen Bürostuhl vor den Schreibtisch, während er mit einer Handbewegung seiner Tochter und Eliza einen Platz auf dem Sofa anbietet. Sein Gesicht legt sich in ratlose Falten, er blickt jetzt Eliza an.

»Kennen wir uns nicht?«

Er betrachtet sie jetzt eingehender, fast stolz, als hätte er ein kompliziertes Sudoku gelöst.

»Genau! Gestern, am Bahnsteig!«

Eliza zuckt mit den Schultern. Das ist jetzt alles so egal, sie fühlt sich leer wie ein zerdrückter Tetra-Pack.

»Also, Papa!«

Sirins Tonfall ist streng. Keine Ausreden, heißt das wohl.

»Wir haben ein Problem und du bist irgendwie Teil davon. Warum und wie, das werden wir jetzt herausfinden.«

Alexander nickt folgsam.

Sirin hebt ihre Stimme noch ein wenig, offenbar weiß sie genau, wie sie Vater anpacken muss.

»Keine Lügen«, sagt sie und schaut ihn mit einem gefährlichen Blick an.

Alexander sitzt leicht eingefallen auf dem Stuhl und schaut sie an wie ein Hund, der nicht weiß, ob er Schläge oder Leckerlis bekommt. Eliza betrachtet ihn von der Seite. Sie kann fast physisch spüren, wie sich das Bild ihrer Träume von der realen Person trennt. Die Ablösung ist schmerzhaft, wie ein Pflaster, das man aus Angst nicht beherzt abreißt, sondern Stück für Stück von der Haut zieht. Sie schämt sich plötzlich für ihre ganze Leidenschaft, ihr Sehnen und Schmachten, diesen nicht enden wollenden Fluss an romantischen Worten. Wer war dieser Mann mit Bauchansatz und weißen Socken, in einem Arbeitszimmer ohne Bücher?

Sirin führt zu ihrer Erleichterung ganz allein das Wort. »Hör zu, ein Mann namens Alexander hat mit dieser attraktiven Frau hier monatelang gechattet.«

»War ich nicht!«, kontert er wie ein Schüler, der zu Unrecht verdächtigt wird, es klingt erleichtert, so als würde er schneller als gedacht ungeschoren aus dieser Situation herauskommen.

»Er hat es aber mit deinem Namen getan«, flötet Sirin. »Und mit deinem Foto. Erklär mir das mal.«

»Ich kenne diese Frau nicht«, beteuert er und schaut sie dann entschuldigend an.

»Nicht falsch verstehen, Sie sind sehr attraktiv«, stottert er. »Wirklich. Ich habe Sie gestern gesehen und konnte mich eben direkt erinnern. Aber geschrieben haben wir nicht!«

Sirin beugt sich zu ihrem Vater, ihr Gesicht kommt ihm so nah, dass sich fast ihre Nasen berühren.

»Da hat jemand geschrieben, Papa. Mit deinem Foto. Überhaupt mit deiner Identität. Die ganze Unterhaltung lief über »Love & Found«. Kennst du die App?«

Jetzt windet sich Alexander sichtlich.

»Ja, kennen ist zu viel gesagt, ich …«

Sirin guckt ihn streng an: »Papa!«, sagt sie und macht ein Gesicht, als würde sie eine unsichtbare Daumenschraube noch ein wenig fester anziehen.

»Ja, okay, da habe ich wohl auch ein Profil.«

Sirin geht einen Schritt zurück und mustert ihn misstrauisch.

»Was heißt auch? Papa? Wieso hast du ein Dating-Profil? Wo hast du denn sonst noch Profile?«

Alexander schaut zu Boden und Sirin tippt ihn jetzt mit ihrer Fußspitze an. »Schau mich an. Wo hast du noch ein Profil?«

Er fängt an zu schwitzen, seine Stirn glänzt, die Brille beschlägt ein wenig. Er nimmt sie ab, greift sich ein Tuch und fängt hektisch an, an ihr zu reiben. Fast tonlos beginnt er, Dating-Portale aufzuzählen. Es sind alle, die Eliza kennt, aber auch welche, von denen sie noch nie etwas gehört hat.

»Papa?«

Sirin schaut ihn fassungslos an.

»Was machst du denn mit diesen ganzen Profilen?«

Eliza will nur noch raus. Die ganze Unterhaltung hat nichts, gar nichts mehr mit ihr zu tun. Bei Alexander ist offenbar eine Schleuse geöffnet, die Zeit ist reif für eine Beichte, denn jetzt erzählt er Sirin alles. Alles. Von den zahlreichen Profilen, den Dates, die er parallel laufen hat. »Es ist so einfach. Am Anfang fand ich es vor allem spannend. Doch dann ist es vielleicht ein bisschen zu viel geworden. Ich habe mich verabredet, mit vielen Frauen.« Er seufzt. »Ja, mit sehr vielen Frauen. Manchmal habe ich die Dates gar nicht mehr koordiniert gekriegt.«

Sirin hat sich mittlerweile auf den Boden gesetzt und hält ihren Kopf in den Händen.

»Zwischendurch wollte ich damit aufhören, aber es ist so einfach. Man kann so viele Frauen treffen. Und zu Hause ist es stressig.« Er sieht Sirin flehend an.

»Du kennst doch Marianne. Sie trinkt zu viel, jammert ständig, ist nie, wirklich nie zufrieden.«

Eliza wird schwindelig, während Alexander immer weiter erzählt. Es sind die Bekenntnisse eines Süchtigen, der mit dem Überangebot der Möglichkeiten nicht umgehen kann, sich immer tiefer in Affären und One-Night-Stands verstrickt. Dabei sogar seinen Job riskiert, weil seine Dates immer mehr Zeit in Anspruch nehmen. Es ist auch das Protokoll einer gescheiterten Ehe, ein Monolog des Grauens. Keine Tochter soll so etwas hören, findet Eliza. Sirin setzt mehrfach an zu gehen, steht auf, setzt sich dann wieder hin. Gemeinsam schauen sie in einen emotionalen Abgrund und der Abgrund schaut durch beschlagene Brillengläser zurück. Eliza muss an ihr eigenes Zuhause denken. Sie haben im Flur die gleiche Lampe, das ist ihr eben direkt aufgefallen. Doch wie anders ist es bei ihnen, wie munter ist das Leben mit den Kindern, wie respektvoll gehen Tim und sie trotz allem miteinander um. Doch dann sieht sie Tim im Café mit seinem gepunkteten Hemd und sich selbst, wie sie sich mit ihrem Handy im Bad einschließt. Wir sind alle auf der Suche, denkt sie. Beständigkeit oder große Gefühle? Gar nicht so leicht, alles richtig zu machen.

»Okay, Papa,« sagt Sirin. »Du brauchst offensichtlich Hilfe. Ziemlich dringend sogar.«

Eliza bewundert ihre feste Stimme inmitten dieses Chaos. Es ist offensichtlich, dass sie nicht zum ersten Mal so mit ihrem Vater, auch ihrer Mutter spricht. Sirin springt jetzt auf, leichtfüßig.

»Weißt du was, darum kann ich mich jetzt nicht kümmern. Vielleicht redest du erst mal mit deiner Frau. Reden! So was tun verheiratete Leute, glaube ich. Oder geh meinetwegen zum Therapeuten. Ich habe gerade ein paar eigene Probleme zu lösen. Wirklich wichtige Probleme. Aber nur noch mal zur Sicherheit: Hast du mit Eliza monatelang gechattet? Sag mir jetzt einfach nur die Wahrheit.«

Er schaut sie an wie ein trauriger Welpe, unschuldig, zumindest in diesem Punkt.

»Nein, ganz bestimmt nicht. Es könnte sein, dass ich sie einmal oder zweimal kontaktiert habe. Aber monatelang schreiben?« Er zuckt mit den Achseln.

»Ehrlich! Dafür hätte ich gar keine Zeit.«

SIRIN

Es reicht. Raus hier. Sirin greift Eliza wieder am Ärmel, wie eben, aber diesmal ohne Wut, einfach nur, um die Wohnung auf dem schnellsten Weg zu verlassen. Wortlos steuern sie auf das Büdchen zu, sie brauchen jetzt was zu trinken, das ist klar. Mit ihrem Wegbier bewaffnet, schlendern sie durch die dunklen Straßen. Sie gehen langsam, haben keine Eile mehr.

»Ziel erreicht«, flüstert Eliza, »Alexander gefunden.« Doch sie sieht unglücklich aus.

»Es tut mir leid, dass ich in deinen Vater verliebt war. Dass du ihn eben so sehen musstest.«

Sie gehen stumm weiter, und Sirin hat schon wieder das dringende Bedürfnis, ihr zärtlich über den Kopf zu streicheln. Keine Ahnung, aber sie mag diese Eliza wirklich. »Schon gut, er war's ja nicht wirklich. Mir tut es auch leid. Dass ich dich da hingeschleppt und vorgeführt habe.«

Und jetzt? Die beiden stoßen mit ihren Kölsch-Flaschen an und nehmen große Schlucke.

»Rein damit!«, ruft Sirin.

»Rein damit!«

Auf der anderen Straßenseite grölen ein paar Jugendliche mit, ein freundliches Echo, nicht bedrohlich. Und dann denkt Sirin an ihre blöden Eltern, an die wuchernden Zellen in ihrer Brust, und sie will schreien, einfach so, in den Himmel, bis ins Scheißuniversum, das ihr entgegen aller spirituellen Gesetze, die mittlerweile alle nachbeten, noch nie irgendetwas leicht gemacht hat.

ELIZA

Eliza trottet mit Sirin durch die Kölner Nacht. Es ist spät geworden, sehr spät, und sie fühlt sich durch und durch ernüchtert. Ist das die neue Zeit? »Dating all inclusive, 24/7, just in time, always on? Bitte sehr, hier ist Ihre Flatrate auf Sex, wollen sie vielleicht noch ein subventioniertes Smartphone obendrauf? Amazon Prime für die kleinen Geschenke? Einen Netflix-Account, falls es mal langweilig wird?« Sie findet sich plötzlich prüde und alt. All das Prickelnde, Aufregende, Abenteuerlustige der letzten Monate ist schal und schäbig geworden. In ihr pocht Liebeskummer wie eine schlecht verheilte Wunde. Aber Liebeskummer um wen? Was soll sie betrauern, über wen hinwegkommen? In welcher Matrix hat sie Gefühle entwickelt? Wer hat sie erwidert und sich dann aus dem Staub gemacht?

»Es tut mir leid, dass ich in deinen Vater verliebt war.«

Sie gehen stumm weiter und nach ein paar Metern streicht Sirin ihr freundlich über den Kopf.

»Schon gut, er war's ja nicht wirklich.«

Die beiden stoßen mit ihren Kölsch-Flaschen an und nehmen große Schlucke.

»Rein damit!«, ruft Sirin.

»Rein damit!«

Auf der anderen Straßenseite stehen ein paar Jugendliche, ebenfalls mit Wegbier bewaffnet und auch sie rufen jetzt »Rein damit« und »Prost, Ladys!«, sodass ein fröhlicher Kölsch-Chor durch die nächtliche Straße schallt.

Eliza und Sirin brüllen noch ein paar Mal »Rein damit« und weil es sich so gut anfühlt, brüllt Eliza plötzlich »Raus damit!«, was gar keinen Sinn ergibt.

Aber auch Sirin schreit begeistert: »Ja, raus damit, raus damit!« und sie fangen an über den Bordstein zu hüpfen, wie zwei Derwische. Eliza brüllt alle ihre Gefühle für Alexander in den Kölner Himmel, und auch Sirin brüllt irgendwas über ihre Mutter, es ist eine wilde Dämonenaustreibung, und die Jugendlichen auf der anderen Straßenseite lachen und gehen vorsichtshalber eine Ecke weiter.

»Du kannst den Krebs zurückhaben«, ruft Sirin jetzt.

»Ja, nimm den Krebs! Und diese Scheiß-«Love & Found«-App!«, schreit Eliza voller Inbrunst. In ihrer Jackentasche ist irgendwas, sie greift hinein und hat das Karaoke-Mikro zwischen den Fingern. Sirin reißt es ihr aus der Hand und brüllt jetzt hinein.

»Fick dich, Universum!«

Und als Eliza das Mikro sieht, muss sie an Jan-Eric Nest und das Barbiegirl denken. Sie nimmt das Mikro wieder an sich und wirft es scheppernd gegen die nächste Mülltonne.

Sirin guckt begeistert, ihre Augen leuchten und sie nimmt noch einen großen Schluck aus ihrer Bierflasche, »Ex, Baby!«, und zertrümmert sie an der Bordsteinkante.

Oh! Eliza zögert kurz. Das geht jetzt schon ein bisschen zu weit. Doch dann denkt sie an Jan-Erics Finger an ihrem Arm und den verlogenen Alexander, wer auch immer er ist.

»Hallo Schöne!« äfft sie ihn nach. Und dann trinkt sie aus, Ex, Baby, und wirft ihre Flasche gegen die nächste Häuserwand. Sie jauchzt, als sie in Tausend Scherben zerspringt, die über den Bürgersteig fliegen.

Ein Martinshorn geht an und Blaulicht färbt die Straße blau, das Glas glitzert im Rhythmus.

»Scheiße, Polizei«, schreit Eliza und Sirin schaut sie ziemlich glücklich an. Eliza fasst ihre Hand und die beiden rennen los, biegen in die nächste Einbahnstraße, rennen und rennen, immer weiter. Sie verstecken sich kurz in einem Hauseingang, sehen die Polizei direkt vor ihrer Nase vorbeifahren, halten kurz den Atem an. Dann laufen sie wieder in die entgegengesetzte Richtung, sehen aber auch, wie der Polizeiwagen mit quietschenden Reifen dreht.

»Schneller«, ruft Eliza und übernimmt jetzt die Führung. Die Situation kennt sie, das hat sie mit ihrem Vater nicht nur einmal gemacht, damals waren sie motorisiert gewesen, aber was soll's, sie ist stark und schafft es auch zu Fuß. Ihr Blut verteilt Adrenalin, sie läuft schneller, als sie es jemals für möglich gehalten hat. Jetzt sehen die beiden einen Park und Eliza gibt die Richtung vor. Sie rennen hinein, schlagen sich ins Gebüsch.

»Stehen bleiben, Polizei«, donnert es aus dem Megafon. Und immer noch hören sie das Martinshorn, aber langsam wird das Geräusch schwächer. Und dann lassen sie sich hinter einen Strauch fallen, ducken sich hinter einem Mäuerchen und spähen auf die dunkle Straße. Elizas Herz schlägt ihr bis zum Hals und sie muss so sehr lachen, dass sie sich fast in die Hose macht.

»Ich kann nicht mehr«, japst sie.

Sirin funkelt geradezu, ihre bleiche Haut mit dem Totenkopf leuchtet im Gebüsch und auch sie lacht, erst leise, aber dann in ganz normaler Lautstärke.

»Ach, Sirin. Das war lustig.«

Sie setzen sich auf das Mäuerchen, eng beieinander, und atmen jetzt ruhiger.

»Wir sind früher Motorrad gefahren, nur er und ich«, sagt Eliza. »Irgendwo hin, wenn es warm war, an einen See, er hat mir das Schwimmen beigebracht. Ohne Schwimmflügel, die brauchten wir nicht. Wenn wir zurückfuhren, hatte ich Sand zwischen den Zehen und nasse Zöpfe, die trotzdem im Fahrtwind geflattert sind, so schnell waren wir. Selbst mit mir hintendrauf fuhr er wie ein Teufel, er war fantastisch, der beste Fahrer der Welt. Aber zu schnell, immer zu schnell. Sich den Führerschein wegnehmen zu lassen ging gar nicht. Wenn die Polizei ihn anhalten wollte, haute er einfach ab, lieferte sich Verfolgungsjagden. Er bog auf Feldwege ab und fuhr verkehrt herum in Einbahnstraßen. Erwischt haben sie ihn nie, selbst wenn sie nach Verstärkung funkten. Mit ihm hatte ich keine Angst, Sirin, nie, ich dachte, er würde mich für immer beschützen. Er trug diese Cowboystiefel, immer. Ich habe mein Gesicht in seine Jacke gedrückt, die Arme fest um ihn geschlungen, er hat nach Benzin und Zigaretten gerochen. Es war wie Achterbahnfahren, nur besser.«

Sirin nimmt sie in den Arm und seufzt.

»Was für ein Glück du hattest. Das ist die schönste Geschichte, die ich je gehört habe!«

»Ja, aber nicht lange. Nicht lange genug. Mein Papa ist mit seinem Motorrad gegen einen Baum gefahren. Da war er 31. Nur ein bisschen älter, als du es bist. Ich war zehn. Es hat ihn zerrissen. Ich durfte ihn nicht mehr sehen, nie mehr. Durfte nicht mal zum Sarg, zur Beerdigung. ›Das ist nichts für das Kind‹, hat meine Tante gesagt. Meine Mutter konnte gar nichts mehr sagen, ihr Leben war ohne ihn vorbei. Es war, als ob sie auch gestorben wäre. Ich bin an diesem Tag in die Schule gegangen. Mein Vater wurde unter die Erde gebracht und was habe ich gemacht? Das 1x1 geübt. Einen Aufsatz über mein schönstes Urlaubserlebnis geschrieben. Ein Lied gesungen, in dem Affen eine Kokosnuss klauen. Hatte ich erzählt, dass der Unfall an dem Tag war, an dem das Kernkraftwerk gebrannt hat? So wurde ich an seinen Todestag immer erinnert. Als ob ich ihn hätte vergessen können. Nach dem

Atom-Unfall zog eine radioaktive Wolke über Europa. Alle waren in heller Aufregung darüber, nur meiner Mutter und mir war es völlig egal. Als es zum ersten Mal regnete, bin ich einfach nach draußen gegangen, ohne meinen gelben Anorak, und habe mein Gesicht in den Regen gehalten bis mir die Tropfen in den Pullover gelaufen sind. Mein Leben danach war wie dieser Sarkophag in Tschernobyl. Eine Kernschmelze, umwickelt mit Stahlbeton.«

Eliza schaut Sirin an, erschöpft von dem langen Monolog, erschöpft von dem jahrzehntelangen Kummer.

»Ist er eigentlich in seinen Stiefeln gestorben? Warum habe ich Mama das nie gefragt? Ich weiß es nicht und es hat mich verrückt gemacht, es nicht zu wissen.«

Sirin legt ihr einen Arm um die Schulter.

»Das ist die traurigste Geschichte, die ich jemals gehört habe.«

Eliza spürt den Schmerz um ihren Vater plötzlich so stark, dass sie kaum atmen kann! Alles ist plötzlich da, die halblangen Locken unter dem offenen Helm, sein schelmisches Lächeln, der Geschmack der Zuckerwatte!

»Ich war auch schuld. Wir haben es geliebt, zu rasen. Und vor Mama verschwiegen. Ich habe überlebt, aber ich wäre lieber mit ihm gestorben.«

Sirin redet nicht dagegen an, argumentiert nicht.

»Du warst doch ein Kind«, könnte sie sagen, doch sie hört nur zu.

»Meine Mutter hat sich umgebracht, 12 Jahre später. Sie hat gekämpft und gekämpft, aber als ich ausgezogen bin, da hatte sie einfach keine Kraft mehr. Wäre ich geblieben …«

Fast 20 Jahre ist dieser Gedanke alt, aber hier im Gebüsch, mit Sirin, spricht sie ihn zum ersten Mal aus. Eliza fühlt plötzlich eine Spannung entweichen, etwas abfließen, das lange, viel zu lange in ihr gegoren hat.

Miau.

»Schau mal, eine Katze«, sagt Sirin und Eliza sieht plötzlich Keith Richards, wie er durch das Gebüsch schleicht. Sie erkennt das struppige Fell, das halbe Ohr, sie ist sich ganz sicher.

»Keith Richards!«, ruft sie, aber der Kater zeigt ihr nur sein Hinterteil und verschwindet.

»Keith Richards?«

Eben war sich Eliza noch ganz sicher.

»Mick Jagger?«, fragt Sirin und tippt Eliza mit dem Zeigefinger gegen die Stirn. Die beiden lachen leise.

Sie warten noch ein paar Minuten, doch das Martinshorn ist endgültig verstummt und auch der Kater bleibt verschwunden. Dann haken sie sich ein und laufen Richtung Backpack-Palace, die Schuhsohlen voll mit Erde, die T-Shirts feucht und dreckig.

ELIZA

Mittlerweile ist es halb zwei. Im Backpack-Palace ist noch Licht, die Bar ist halb gefüllt. Michael zapft an der Theke und Karl-Heinz sitzt auf einem Hocker und sieht so verloren aus, als würde er seine Annemie gerade ganz besonders vermissen. Als er Sirin und Eliza kommen sieht, breitet sich ein Lächeln auf seinem runden Gesicht aus. »Meine Lieblingsfrauen«, jauchzt er und nimmt sie rechts und links in den Arm. Die beiden lassen sich an seinen fußballgroßen Bauch drücken, und Michael schiebt drei Kölsch über die Theke.

»Habt ihr euch im Gebüsch gewälzt?«.

»Wir haben randaliert und mussten vor der Polizei flüchten«, sagt Eliza und jetzt lachen alle, als sei das ein besonders gelungener Witz.

Sie geht schnell in ihr Zimmer und duscht, kurz und heiß. Ein letztes sauberes T-Shirt ist noch im Koffer. Ihre Zeit in Köln neigt sich dem Ende zu, sie vermisst sie jetzt schon, diese schlampige, freundliche, verrückte Stadt! Sie nimmt ihr Handy und schreibt in die Familiengruppe:

ELIZA
Hey, ihr Lieben. Vermisse euch und
Keith Richards. Komme Sonntag.

Dann geht sie schnell wieder runter in die Bar, wo Sirin, Karl-Heinz und Michael im Halbkreis stehen. Warm ist es, ein wenig feucht, und in der Bar plaudern Menschen in vielen Sprachen. Die Tür geht auf und herein kommt die Kioskbesitzerin von nebenan, immer noch im Batikrock mit Sneakers. Michael drückt ihr ein Kölsch in die Hand. Sie lächelt in die Runde, tut so, als sähe sie Eliza zum ersten Mal, und das ist ihr ganz recht so. Die Gruppe an der Bar wird immer größer. Wie ein Magnet zieht sie junge Leute an, sie sind wie eine warme Woge. Jeder quatscht mit jedem, wer kein Englisch kann, gestikuliert. Karl-Heinz geht an die Jukebox, wirft ein paar Münzen ein und drückt mehrere Knöpfe. Aus der Box erklingt »Azzurro« von Adriano Celentano, das italienische Mädchen an der Theke ruft »Bravo« und fängt sofort an zu tanzen. Die anderen ziehen mit und dann werden wieder Tische gerückt, um Platz für eine Tanzfläche zu schaffen.

Eliza schaut Sirin an, die tapfere Sirin, die so unglaublich egoistische Eltern hat und ein gebrochenes Herz. Sirin, die nicht weiß, was in ihrer Brust wuchert und trotzdem den Kopf hochhält und in diesem Moment so glücklich aussieht, als wäre ihr Leben eine Wundertüte. Und sie schaut zu Karl-Heinz, der seine tote Annemie schrecklich vermisst, der allein in einer Zweizimmer-Wohnung wohnt und manchmal einfach aufs Gleis springen will. Und sie sieht sein strahlendes Gesicht, in seinem Schnurrbart ein bisschen Kölsch-Schaum, und er wiegt sich im Takt, die Kioskfrau hat er eingehakt und sie schunkeln gemeinsam.

Karl-Heinz beugt sich zu Eliza.

»Pass auf, gleich kommt unser absolutes Lieblingslied … Kasalla. Das hat meine Annemie geliebt. Auf die Liebe und das Leben. Auf die Freiheit und den Tod!«

Op die Liebe, un et Lävve

Op die Freiheit und d'r Dud

Kumm mer drinke uch met denne die im Himmel sin

Alle Jläser huh!

Eliza muss lachen, sie versteht den kölschen Text nur in Bruchstücken. Sirin, Michael und Karl-Heinz stehen völlig beseelt an der Theke, singen. Und plötzlich ist da auch Hanna, in Elizas Klamotten, es ist ein ungewohnter Anblick, jemand anderen in ihrem Outfit zu sehen. Eine jüngere Ausgabe von ihr selbst, fröhlich, eine neue Haut, eine zweite Chance. Und auch Hanna stimmt ein, und die ganze Kneipe reckt ihre Kölschgläser nach oben. Portugiesen, Spanier, Engländer – auch wenn sie den Text nicht verstehen, so spüren sie doch die Bedeutung und singen lauthals und falsch mit. Auf das Leben, auf den Tod!

»Komm wir trinken auch mit denen, die im Himmel sind …«

Karl-Heinz legt einen Arm um Eliza.

»Auf Annemie.«

»Auf Papa. Auf Mama«, sagt Eliza, und sie schauen sich an, wissend und versöhnt mit dem Schmerz.

Michael zieht die Vorhänge an der Glasscheibe zu, er will keinen Ärger mit dem Ordnungsamt, denn mittlerweile ist die spontane Party ziemlich laut geworden.

Karl-Heinz hat in der Jukebox noch mehr Karnevalsmusik gefunden. Zu Querbeat, Bläck Fööss und Brings wird jetzt auch auf den Tischen getanzt. Alle, wirklich alle tanzen, und Eliza ist so glücklich, dass sie an nichts mehr denkt, nicht an ihre Arbeit, nicht an Tim und die Kinder, nicht an Alexander. Sie tanzt mit Sirin auf einem Tisch, sie schunkelt mit Karl-Heinz und versucht sich in einer Runde Ausdruckstanz mit der Kioskfrau. Die Scheiben der Bar beschlagen, und die Jukebox hat immer noch eine Nummer, die glücklich macht. Es läuft Karnevalsmusik, aber auch »Dancing Queen« von Abba, »Ich liebe das Leben« von Vicky Leandros und schließlich sogar »Staying Alive« von den Bee Gees. Als Karl-Heinz noch mehr Karnevalslieder auswählt, explodiert die Bar endgültig. Alle hüpfen, singen, schreien »Leev Marie« und »Superjeile Zick«. Außer Sirin, Michael und Karl-Heinz kann niemand die Texte, doch das macht gar nichts, denn alle singen einfach irgendwas, in ihren Sprachen.

In der Tür steht ein Mann, der sehr verschlafen aussieht, sich in den verstrubbelten, halblangen Haaren kratzt und belustigt die spontane Party beobachtet. Er trägt eine verknautschte Jogginghose und sein Blick liegt auf Eliza. Sie will, dass auch er Spaß hat, und drückt ihm ein Kölsch in die Hand. »Haben wir dich geweckt?«, fragt sie durch den Lärm hindurch, und er nickt, aber sie sieht, dass es ihm nichts ausmacht. Und als er sie anlächelt, erkennt sie die Lachfältchen aus dem ICE und sie freut sich, sein bekanntes Gesicht zu sehen.

Franziska kommt zur Tür herein, den Stoffbeutel über der Schulter, leicht derangiert, aber mit einem sehr zufriedenen Grinsen. Sie streckt eine Hand nach oben, Party, da ist sie wieder voll da, winkt Eliza, erkennt den ICE-Sitznachbarn und begrüßt ihn wie einen alten Freund. Dann kommt »Sirtaki« von den Bläck Fööss und alle finden sich plötzlich in einem großen Kreis. Sie brauchen ein bisschen, um die Beine links und rechts synchron zu heben, aber dann klappt es hervorragend. Die ganze Bar hüpft jetzt wild, aber gemeinsam im Takt. Grenzen zwischen Eliza und den Menschen um sie herum verschmelzen, die tanzende Menge fühlt sich an wie ein einziger warmer Körper. Eliza spürt den Arm des ICE-Mannes schwer und angenehm auf ihrer Schulter. Dann ist das Lied vorbei, aber er hält sie immer noch in seinem Arm, seine Lachfältchen sind ganz nah und sie tanzen weiter. Er riecht gut und sie bewegen sich zu einem langsamen Lied von Cat Ballou, es ist ein Liebeslied auf diese Stadt. »Es gibt kein Wort, das sagen könnte, was ich fühl, wenn ich an Köln denk.« Sie schlingt ihre Arme um ihn und unter seinen Haaren im Nacken ist er ein wenig verschwitzt. Sie tanzen, immer weiter und es ist einfach nur schön. Nicht mehr und nicht weniger.

Es muss schon weit nach vier Uhr sein, als er in ihr Ohr flüstert: »Ich muss jetzt unbedingt ins Bett, mein Zug fährt gleich.«

Und sie weiß, sie könnte jetzt mit ihm in sein Zimmer gehen, es wäre vermutlich schön. Aber sie ahnt auch, dass der magische Moment nur jetzt ist, in dieser Sekunde. Und so nimmt sie sein Gesicht in ihre Hände und küsst ihn, mitten auf der Tanzfläche.

Es ist ein langer und intensiver Kuss. Nicht perfekt, kein Filmkuss. Ihre Zungen tasten verblüfft nacheinander, der Kuss ist ein bisschen zu nass und schmeckt nach der Zigarette, die sie eben zusammen geraucht haben. Ihr Bauch fühlt sich an, als würde sie selbst Achterbahn fahren und nicht nur am Rand stehen. Und der Mann mit den Lachfältchen sagt danach nichts, sondern lächelt nur, und dafür liebt sie ihn für ein paar Sekunden kurz und heftig. Sie verabschieden sich ohne Worte, es ist alles gesagt und alles getan, und Eliza fühlt sich so lebendig, dass sie hüpfen könnte.

Die Party löst sich langsam auf. Michael stellt die Jukebox leiser, die Kioskfrau legt dem Mädchen in einer Ecke die Tarot-Karten und sie diskutieren angeregt auf Italienisch. Ein spanisches Pärchen knutscht in der Ecke. Franziska ist im Sessel eingeschlafen und schnarcht leise. Mit Sirin rückt Eliza die Stühle und Tische an den richtigen Platz, während Karl-Heinz die Theke mit einem Lappen abwischt. Eliza schaut kurz auf ihr Handy, sie hat es seit der Dusche nicht mehr gecheckt. Fünf Anrufe und eine Nachricht. Morgen, denkt sie.

ELIZA

Eliza wacht erst gegen Mittag auf. Gegen die Fensterscheiben ihres Hostel-Zimmers plätschert der Regen. Noch einen Moment liegt sie mit geschlossenen Augen in ihrem Bett und horcht in sich hinein, streckt ein Bein aus, dann das andere. Sie spürt jeden Zentimeter ihres Körpers, als hätte sie sich geprügelt. Wahrscheinlich Muskelkater. Sie ist jede Menge Kilometer zu Fuß gegangen, teilweise auch gelaufen oder gerannt. Und dann haben sie bis tief in die Nacht getanzt, auch das war sie nicht mehr gewöhnt. Ihre Muskeln schmerzen, aber das ist gut, als würde sie sich nach langer Zeit endlich wieder spüren.

Was passiert, wenn sie wieder nach Hause fährt? Werden sie dort einfach so weitermachen, Bolognese kochen, Karten spielen und morgens schweigend Kaffee trinken? Wie wird alles sein, mit Tim, aber ohne Alexanders Nachrichten? Kann sie auf den neuen Geschmack des Lebens, den sie in Köln verspürt hat, einfach so verzichten? Ist es möglich, ein Stück Köln mit nach Hause zu nehmen, wie Touristen Steine von der Berliner Mauer? Oder wird sie wieder zurückfallen, Fake-Nachrichten schreiben, eine Fake-Beziehung führen, um ihrem Fake-Leben einen Kick zu geben?

Eliza merkt, wie ihr Hochgefühl verschwindet, sie fühlt sich verkatert und traurig. Wer steckte wirklich hinter den Nachrichten, die sie monatelang bekommen hat? Irgendeine jämmerliche, einsame Person, die sich eine fremde Identität stiehlt, um nicht länger allein zu sein? Irgendein Mann, der sich zu unattraktiv oder unzulänglich findet, um mit einer echten Frau echten Kontakt aufzunehmen? Ein armer, kranker Typ? Doch was ist, wenn dieser Mann gar kein Mitleid verdient? Wenn er ein voyeuristischer, gemeiner Mensch ist, der sich daran aufgeilt, wie ein Dementor Gefühle aus fremden Menschen zu saugen?

Eliza streckt sich weiter, um ihre müden Muskeln wenigstens ein bisschen aufzudehnen. Sie versucht, die beunruhigenden Gedanken wegzuschieben, will eigentlich nicht mehr an Alexander denken, an ihre ganze fehlgeleitete Sehnsucht und die herbe Enttäuschung. Und dennoch nagt ein Gedanke in ihr wie eine Maus an einem Stromkabel. Warum ist sie diesem Fake so willig auf den Leim gegangen? Und was waren ihre eigenen Gefühle wert, wenn doch das Gegenüber fehlte? Hatte sie sich nur in ein attraktives Gesicht verliebt? Oder ging es um den Austausch, die Gedanken, den Menschen, ist es dann nicht eigentlich egal, wie dieser Mann aussieht, wer er ist?

Aber wer ist er?

Es frustriert sie zutiefst, dass sie »ihren« Alexander nicht finden konnte und nicht mal mehr ein Bild im Kopf hat, nach dem sie sich sehnen kann. Warum hat er sie verlassen? Sie zieht mit einem Ruck die Bettdecke von ihrem noch schlafwarmen Körper.

Schluss jetzt!

Sie muss an Aufbruch denken, an Heimkommen. Auch ans Packen, aber da ist nicht viel zu tun. Hannas Koffer ist nicht mehr aufgetaucht und sie hat ihr die Klamotten einfach geschenkt. Während Franziska noch leise schnorchelt, stopft Eliza die wenigen verbliebenen Kleidungsstücke in ihren Rollkoffer. Sauber ist sowieso nichts mehr, sie steckt ihre Nase in ein T-Shirt und rümpft sie. Schweiß, Bier, Zigaretten, Pommes. Es ist, als ob alle Abenteuer sich darin wiederfinden, das olfaktorische Museum eines verrückten Wochenendes.

»Franziska, aufwachen!«

Sie machen sich fertig und haben es dann auch eilig aufzubrechen. An der Bar unten steht eine fremde Bedienung und kümmert sich um das Frühstück. Franziska und Eliza verzichten ganz, als sei die Zeit im Backpack-Palace, die Zeit in Köln, jetzt abgelaufen.

»Wir holen uns am Bahnhof Brötchen und Kaffee und frühstücken im Zug.«

Franziska nickt dankbar.

»Gute Idee, ich will nur noch nach Hause. Nach-mittagsschlaf in meinem eigenen Bett.«

Die beiden spazieren Richtung Hauptbahnhof, Franziska mit ihrem Stoffbeutel, Eliza mit Rollkoffer, der nur noch halb so viel Lärm macht wie beim An-kommen. Am Eingang zum Bahnhof bleibt Eliza noch mal stehen und dreht sich um. Genau hier hat sie vor zwei Tagen gestanden. Wieder hat sie keine Zeit, in den Dom zu gehen.

»Nächstes Mal«, denkt sie und weiß ganz sicher, dass es bald ein nächstes Mal geben wird. Sirin! Sie muss sie besuchen, sich versichern, dass es ihr gut geht. Sie ist noch nicht weg, aber sie hat jetzt schon Sehnsucht nach Köln. Diese Stadt, in der man Probleme auch mal wegschunkelt. In der man so oft angelächelt wird, dass man sich willkommen fühlt. Eine Stadt, in der fremde Menschen zu Freunden werden, einfach so. Sie will Karl-Heinz wiedersehen, Michael und sogar die Kiosk-Frau. Aber vor allem will sie Sirin sehen, sehr bald. Ihr tut es weh, dass ihre neue Freundin nun allein ist mit ihrer Unsicherheit und dem Warten auf das Labor-ergebnis. Sie hat ihr gestern mehrfach angeboten, noch ein paar Tage in Köln zu bleiben, aber sie hat abgewinkt. »Lass nur. Ich komm allein zurecht. Schon immer. Das bringt mich jetzt echt durcheinander, wenn sich plötz-lich jemand um mich kümmert.«

Franziska wartet vor der Bahnhofshalle und guckt sie an. Diesmal wirkt sie gar nicht mehr so ungeduldig wie am Freitag. Eliza gibt sich einen Ruck.

»Los geht's!«, sagt sie und zieht ihren Koffer hinein.

Sie stellen sich in die Bäckereischlange und bestellen eine große Papiertüte mit Käsebrötchen und Croissants.

»Ich könnte fünf davon essen«, seufzt Franziska, die es dann sehr eilig hat, in den Zug einzusteigen.

Diesmal haben sie keine Reservierung, aber im ICE ist genug Platz und sie finden zwei freie Sitze nebeneinander. Sie essen das Frühstück ganz auf, halb verhungert alle beide. Franziska klaubt noch die Krümel aus der Tüte und lässt sie in den Mund rieseln.

»So, jetzt geht's wieder«, sagt sie.

Dann packt Eliza den Laptop aus und die beiden entwerfen ein inhaltliches Gerüst für die Karaoke-Reportage. Eliza widerstrebt es ein wenig, der Bar von Jan-Eric Nest so viel Raum zu widmen, aber Franziska beteuert, es sei wirklich alles in Ordnung gewesen. Stimmung, Getränke, Musik und begeisterte Gäste.

»*Das* können wir ihm nicht vorwerfen ...«, sagt sie bedeutungsvoll und schaut sie mit einem Seitenblick an. Doch Eliza will gerade nichts mehr von Nest und seinen Machenschaften bei »Love & Found« hören, den Typ will sie sich künftig vom Hals halten. Der Auftrag war eine Reportage über die Karaokebar. Auftrag erfüllt. Basta.

»Das wird ein super Artikel«, sagt sie lahm und kramt in der Tasche nach ihrem Block mit den Zitaten des DJs. Es tut gut, sich in die Arbeit zu stürzen. Sie fühlt sich leer, je weiter sich der ICE vom Kölner Hauptbahnhof entfernt. Die Flucht, die Party, der Kuss, all das Schöne verblasst, und zurück bleibt ein klebriges Unwohlsein. Mit wem hat sie monatelang geschrieben? Mit wem hat sie geflirtet, wem ihre geheimen Gefühle anvertraut? Voller Scham versucht sie sich zu erinnern, was sie genau geschrieben hat. Es waren persönliche, auch intime Dinge. Immer nur Puzzleteile, aber man könnte diese Stücke zusammensetzen. Was wäre, wenn jemand dieses Wissen missbraucht, sie aufsucht, an ihrer Wohnungstür klingelt, sie stalkt? Tim kontaktiert, die Kinder, Dorle, Anna? Welcher Widerling hatte sie so getäuscht – und wozu dieser ganze Aufwand? Je länger sie darüber nachdenkt, desto unheimlicher wird ihr die ganze Geschichte. Sie denkt an Meldungen aus ihrer Zeit am Nachrichtendesk, Spanner, die Kameras in Duschen, Umkleideräumen oder sogar Toiletten installieren. Ihre Gefühle waren ihr so rein vorgekommen und nun fühlt sie sich auf eine undefinierbare Weise beschmutzt.

MONA

Monas Augen tränen. Seit Stunden starrt sie auf ihren Monitor, wühlt sich durch Foren, liest Kommentare in Facebookgruppen und versucht immer wieder, mit interessant scheinenden Leuten Kontakt aufzunehmen. Das Ganze ist mühsam, aber auch ein Sog. Vielleicht ein kleiner persönlicher Rachefeldzug? Jahrelang hat sie Datingplattformen mit ihren Daten gefüttert, viel Geld ausgegeben. Sie hat wahrscheinlich 100 Männer getroffen oder waren es mehr? Es können auch 150 gewesen sein, 200, sie kann es nicht genau sagen. Es waren ganz normale Typen dabei, manche lustig, manche langweilig. Ganz selten waren es Traumprinzen, öfter richtige Dumpfbacken. Für Mona hat Online-Dating immer ganz gut funktioniert, es ist berechenbar, sie hat die Kontrolle. Und trotzdem wurde sie unbewusst immer von dem Gefühl geplagt, den Algorithmen der Betreiber hilflos ausgeliefert zu sein.

Vielleicht hat das auch mit ihrem Alter zu tun, sie kennt das Flirten ja auch noch komplett analog, das Anquatschen in der Kneipe, das zufällige Verlieben im Sportverein oder im Uni-Hörsaal. Als das Online-Dating in ihr Leben kam, war sie zuerst misstrauisch gewesen und konnte dann der Faszination dieses mächtigen Werkzeugs nicht widerstehen. Dass sie dafür einen so wichtigen Teil ihres Selbst anonymen Firmen anvertraut, ist immer ein innerer Stachel gewesen, eine chronisch schmerzende Stelle, die sie möglichst ignoriert hat. Solange sie nicht darüber nachdenkt, ist sie die Kundin, die im Dating-Supermarkt durch die Regale streift und sich so viele Typen in den Korb packt, wie es ihr Terminkalender zulässt. Doch wie wird die Auswahl getroffen? Welchen Männern wird sie »angeboten« und welchen nicht? Wo mutmaßt die Maschine, dass eine Yogalehrerin ohne Uniabschluss kein adäquates Match ist? Welcher durch und durch nette Mann mit dem falschen Musikgeschmack oder dem falschen Beruf fällt durch ihr Raster? Sie hat in einer Zeitung über eine Journalistin gelesen, die sich via Anwalt von einer Dating-App eine Auflistung der von ihr produzierten Daten hatte schicken lassen. Es kam eine 800-Seiten-Liste an, in der ihr gesamtes Liebesleben dokumentiert war, sogar die persönlichen Chats, die schlechten

Witze, die sie nicht nur einem, sondern gleich mehreren Nutzern erzählt hatte. Diese Vorstellung ist für Mona so gruselig, dass sie versucht hat, den Artikel schnell wieder zu vergessen. Solange sie nicht nachdenkt, sind die Datingportale für sie ein Schlaraffenland. Doch sobald sich Zweifel regen, bekommt sie ein bohrendes Gefühl, beobachtet und durchleuchtet zu werden. Sie ist nicht sicher, ob die Algorithmen ihr gehorchen oder ob sie den Algorithmen gehorcht.

Natürlich überlegt sie genau, womit sie ihr Profil füttert. Aber warum bekommt sie manchmal einen ganzen Schub interessanter Anfragen und dann wieder sinnloses, teils unangenehmes Zeugs? Die geheimen Selektionskriterien machen sie wütend, wenn sie darüber nachdenkt. Sie weiß, dass die Dating-Apps Attraktivitätswerte ermitteln, genau ausrechnen, wie gut man bei anderen ankommt. Sie findet sowas perfide. Ein Wert, der sie unter Millionen von Frauen schonungslos vergleichbar macht. Ein Wert, der keine ihrer liebenswürdigen Macken und Unzulänglichkeiten wertschätzt. Ein extrem persönlicher Wert, der in dieser Welt einem profitorientierten, seelenlosen Unternehmen gehört.

Das Schlimme an der »Love & Found«-Geschichte ist für sie, dass es Eliza getroffen hat. Ihre Elli, die keine Ahnung vom Dating hat, in diesen Dingen völlig naiv ist und verletzlich. Wenn sich skrupellose Geschäftsleute mit den Sehnsüchten solcher Menschen die Taschen voll machen und ihre Bedürftigkeit schamlos ausnutzen, dann ist es mit der Toleranz vorbei. Nun ist es an der Zeit zurückzuschlagen, findet Mona.

Mit mittlerweile zehn Frauen hat sie jetzt schon Kontakt, die ähnlich seltsame Geschichten wie Eliza erzählt haben.

Jetzt schreibt sie eine Mail an »Love & Found« und bittet um Aufklärung, was das Unternehmen gegen Fake-Profile unternimmt und wieso Profile verschwinden, wenn nach einem Treffen gefragt wird. Journalisten tun das so, hat sie gelesen – es nennt sich Gegenrecherche.

Eliza wird sie davon erst mal nichts sagen. Vielleicht, um sie mit einem Erfolg zu überraschen, für sie zu kämpfen. Mona ist immer die Beschützerin von Eliza gewesen, weil sie selbst dazu nicht in der Lage war. Aber irgendwie muss sie sich eingestehen, dass ihre Zurückhaltung vielleicht nicht ganz uneigennützig ist. Den Dating-Firmen mal eins auszuwischen, das erfüllt sie mit einer prickelnden Vorfreude. Und insgeheim fürchtet sie, dass Eliza nicht allzu begeistert von ihrer eigenmächtigen Aktion ist.

ELIZA

Zu Hause schließt sie die Haustür auf und atmet tief ein. Es riecht vertraut, nach Kater, Holz, Gemüsesuppe. Nach Familie, nach Alltag und Vergangenheit. Es ist dieser einmalige Geruch, den sie kennt, ihr Zuhause.

Heimkommen, wie nach einem langen Urlaub. Wenn jedes Detail plötzlich ein wenig entrückt ist, das Vertraute nicht nur vertraut, sondern durch die Abwesenheit auch fremd. Es sind diese Risse im Alltag, hinter denen etwas Neues aufblitzt.

Niemand zu Hause, niemand wartet. Ihre Kinder sind längst zu groß, um Willkommensbildchen zu malen, bloß weil sie mal zwei Tage verreist ist. Auch von Tim kein Zettel, keine Nachricht. Vielleicht gut, so kann sie erst ankommen, ein wenig Puffer zwischen Köln und Alltag bringen. Keith Richards kommt angetrabt, er scheint ein wenig beleidigt zu sein.

»Du bist meine wahre Liebe. Die anderen machen einfach, was sie wollen.« Keith Richards widerspricht nicht, das Futter verschlingt er gierig, aber gestreichelt werden will er nicht.

»Stell dich nicht so an, du Diva«, sagt Eliza und krault ihn gegen seinen Willen so lange, bis er widerstrebend schnurrt und sein halbes Ohr heftig an ihren Handknöcheln reibt.

In der Küche macht sie sich erst mal einen Kaffee, den Koffer lässt sie unausgepackt im Flur stehen. Sie zieht sich bis auf die Unterhose aus, schlüpft in ihren gelben Frotteebademantel und steckt die müffelnden Klamotten direkt in die Waschmaschine. Am Küchentisch nippt sie an ihrer Tasse und fährt mit dem Zeigefinger durch die Maserungen des Holzes. Die anderen haben ohne sie gekocht, gegessen, gelebt. Auf dem Herd steht ein Topf mit ein paar harten Spiralnudeln, das war

Nik, ganz sicher. Daneben ein Kanten Dinkelbrot, ein liegengebliebenes Messer mit angetrocknetem gelben Curry-Aufstrich. Mia.

Von Tim keine Spur.

Sie hat den kurzen Impuls aufzuräumen, lässt aber alles, wie es ist. Bilder aus Köln schieben sich in das Stillleben eines Familienwochenendes. Sie denkt an Alexander, wie er mit beschlagener Brille auf dem Bürostuhl sitzt und beichtet. Sie denkt an ihren Abgang von der Karaoke-bühne, an Jan-Eric Nest, der sie auffängt. Sie denkt an Sirin, die Flucht vor der Polizei und dann schließt sie die Augen und denkt an den Kuss, den sie immer noch auf ihren Lippen schmecken kann. Und in diesem Moment fühlen sich der Tisch, die Küche, die ganze Wohnung zu klein für sie an. Sie zieht den Bademantel wieder aus. Kurzentschlossen steckt sie ihn in die Altkleidertüte in der Abstellkammer und schlüpft in Jeans ,Sweatshirt und ihre Sneakers, um einen Spaziergang zu machen.

Ohne nachzudenken schlägt sie den Weg zur Redak-tion ein, sie geht durch die Fußgängerzone und kommt an ihrer Mittagspausenbank vorbei. Wie viele Stunden hatte sie hier gesessen, auf Nachrichten gehofft, Nach-richten getippt oder in alten Nachrichten gelesen? Auch wenn das Wetter jetzt trocken ist, sie mag sich nicht mehr auf diese Bank setzen, die so lange ihr Zufluchts-ort war. Sie geht weiter und merkt, dass sie nicht mehr weit von Monas kleiner Wohnung entfernt ist.

Mona! Verdammt, sie hat ganz vergessen, sich bei ihr zu melden. Wahrscheinlich macht sie sich schon

Sorgen. Ein Blick auf ihr Handy, 18 Uhr durch. Lucki macht um 17:30 Uhr das Lovers Lane auf. Schnell tippt sie:

ELIZA
Treffen bei Lucki?

Mona muss das Handy in der Hand gehabt haben, denn die Antwort kommt prompt.

MONA
Na endlich! Bin in 10 Minuten da.

Lucki begrüßt sie unfreundlich wie immer und Eliza ist froh, dass zumindest auf diese Konstante ihres Lebens Verlass ist.

»Eine große Johannisbeerschorle, lieber Lucki.« Kein Bier mehr vorerst. Der Wirt kommentiert die Bestellung mit einer kritisch hochgezogenen Augenbraue.

Mona trifft ein paar Minuten später ein, sie sieht ein wenig übermüdet aus und hat ihren Laptop dabei. Sie nimmt Eliza in den Arm, kurz, ein wenig förmlich.

»Elli, du hast dich ja gar nicht mehr gemeldet. Ich hab mir richtig Sorgen gemacht.«

Dann tritt sie einen Schritt zurück und mustert sie.

»Du siehst ganz schön fertig aus. Was haben sie mit dir in Köln gemacht?«

»Ich habe sehr wenig geschlafen und ziemlich viel erlebt.«

Heute setzen sie sich nicht an die Theke, sondern ziehen sich an einen Tisch in der Ecke zurück, was ebenfalls Luckis Widerwillen nach sich zieht, schließlich muss er dann die Gläser durch die halbe Kneipe tragen. Offenbar eine Zumutung. Eliza erzählt im Schnelldurchlauf, was in Köln passiert ist, vieles lässt sie aus – die Flucht vor der Polizei, Jonas, selbst den Lachfältchen-Mann. Noch ist sie nicht soweit, alles zu teilen.

»Na, da war ja richtig was los.«

Als Eliza von Sirin erzählt, wird Mona wortkarg. Eliza erzählt trotzdem weiter. Mona ist ihre älteste und beste Freundin, ihre Lebensretterin. Ohne Mona wäre sie vielleicht in der Psychiatrie gelandet oder vor den Zug gesprungen. In den Jahren nach dem Selbstmord ihrer Mutter war sie nur noch ein Schatten, kaum lebensfähig vor Trauer und Schuldgefühlen. Mona war damals, ist für sie heute so wichtig, sie kann nicht einfach ersetzt werden.

»Jetzt musst du dir unbedingt anschauen, was ich zu »Love & Found« rausgefunden habe.«

Mona unterbricht sie und klappt ihren Laptop auf.

Eliza seufzt innerlich. Die ganze »Love & Found«-Geschichte rührt an ihren offenen Alexander-Wunden. Am liebsten will sie die ganze Sache vergessen, weitermachen. Doch Mona ist aufgeregt, so stolz auf ihre Recherche, dass Eliza ihr zuhören muss. Gemeinsam schauen sie auf den Bildschirm, jetzt staunt Eliza.

»Vielleicht wärst du die bessere Journalistin geworden.«

SIRIN

Sirin liegt auf ihrem Bett, draußen wird es schon fast dunkel. Mann, ist das still hier. Eliza ist jetzt sicher wieder bei ihrer Familie, sie kochen gemeinsam, gucken Fernsehen, vielleicht erzählt sie sogar von ihrer Begegnung. Eine neue Freundin in Köln, eine, die vielleicht nicht mehr lange lebt, aber mit der sie sich trotzdem gut versteht. Noch nie hat sie eine Frau wie Eliza kennengelernt. Mit Mann und Kindern, eigentlich alt, 13 Jahre älter als sie. Das ist uralt. Aber irgendwas an ihr fühlt sich sogar jünger an als sie selbst. Ich bin eine alte Seele und Eliza ein kleines Mädchen, denkt sie verwundert. Was hatten sie miteinander zu tun? Sie ist sich sicher, dass Eliza eine gute Mutter ist, nicht perfekt, gut genug. Wie hießen die Kinder noch mal? Dann schiebt sie jedoch die Gedanken an Mütter sofort wieder weg, weil sie an die schwankende Marianne im apricotfarbenen Kimono denken muss. Scheiße, das war richtig peinlich. Ihr Fuß beginnt wieder zu wippen. Jonas.

Sie denkt so fest nicht an ihn, bis sie ihn in allen Details vor sich sieht. In seinem Auge war ein Äderchen geplatzt, das hatte sie genau gesehen. Es sah aus wie der Sprung in einem Wasserglas, das noch Wochen halten kann oder im nächsten Moment zerbricht. Sie spürt dieses seltsame Gefühl, das sich wie eine Welle in ihr ausbreitete. Es ist

Eliza gewesen, die sie zu Jonas geführt hat. Zufällig, auf der Suche nach ihrem Loverboy, der zum Glück nicht ihr Vater ist. Doch zum Abschied hat sie ihr die Telefonnummer von Jonas auf einen Bierdeckel geschrieben, ohne viele Worte oder eine Aufforderung. Sie weiß selbst, dass sie ihn anrufen soll, ihn anrufen muss. Sie will nicht sterben, ohne es zumindest mit Jonas noch mal versucht zu haben. Und trotzdem fehlt ihr jetzt die Kraft, das Handy herauszuholen, die Nummer einzutippen und zu sagen: »Hallo, hier ist Sirin.«

Was weiß sie schon noch über ihn? Es kann sein, dass er sich längst neu verliebt hat, seine eigenen Wege geht und nur noch wenig mit ihrem Jonas zu tun hat. Es kann sein, dass er sie einfach nicht mehr hören, nicht mehr sehen will. Vielleicht sollte sie warten, ob sie wirklich sterben muss. Morgen oder übermorgen müsste der Anruf vom Strahleninstitut endlich kommen. Aber würde dieses Wissen den Anruf bei Jonas leichter machen? »Hallo, hier ist Sirin und ich muss bald sterben. Sollen wir uns vorher noch mal verabreden?« Reine Erpressung. Sie will jetzt anrufen, aber sie fühlt sich schwer wie eine Waschmaschine, die man bei einem Umzug irgendwie in den vierten Stock hieven muss. Stattdessen nimmt sie den Bierdeckel und jongliert ihn zwischen ihren Fingern. Eliza hat mit Kuli ein schiefes Herz neben die Nummer gemalt. Sirin schaut so lange darauf, bis es vor ihren Augen verschwimmt.

Es ist kein gutes Zeichen, dass Jonas wieder für Nest arbeitet, er sah bleich und übernächtigt aus. Und da war auch etwas Hartes in seinem Gesicht gewesen, etwas, das noch nicht da war, als sie sich kennengelernt hatten. Und wenn sie so an Jonas denkt, an seine braunen Augen, sein Gesicht mit der ewig störrischen Strähne in der Stirn, da vermisst sie ihn noch mehr als Eliza. Das Gefühl ist so ungewohnt, heftig, sie hat das so lange nicht gefühlt. Es ist, wie aus dem Koma aufzuwachen und schlimmen Durst zu haben. Ihr ganzer Körper ist voller Sehnsucht, ihre Seele fühlt sich wund an, als hätte sie zu lange gelegen und müsste dringend mal gewendet werden.

ELIZA

Als Eliza am Montag in die Redaktion kommt, sitzt Franziska schon auf ihrem Schreibtisch und wartet auf sie. »Karaoke!«, ruft sie als Begrüßung und Eliza freut sich, auch darauf zumindest einen Teil des Wochenendes in einem Text zu verarbeiten. »Ich habe schon mal vorgearbeitet«, sagt Franziska stolz, und gemeinsam gehen sie den Entwurf durch, streichen, ergänzen und bauen um, sodass der Vormittag rasch vorbei geht.

»Ich hab Kohldampf.«

»Wie wäre es mit Pizza, ich gebe einen aus. Fürs Stellung halten in der Karaokebar.«

Franziska grinst.

»Pizza statt Schweigegeld …«

Eliza kontert. »Was macht eigentlich Pablo, die große Liebe?«

Anna kommt am Schreibtisch vorbei und schaut verwundert auf die kichernden Kolleginnen.

»Ich hatte ja befürchtet, dass ihr euch in Köln zerfleischt«, sagt sie spöttisch. »Aber offenbar ist ja das Gegenteil eingetreten.«

Franziska und Eliza lächeln. »Wir teilen eine Menge Geheimnisse«, sagt Eliza. »Die beste Voraussetzung, auf ewig miteinander klarzukommen. Übrigens, Anna: Wusstest du, dass Franziska schnarcht?«

»Wann können wir die Reportage publizieren?«, fragt Anna, jetzt wieder ganz Chefin. »Karaoke ist grade angesagt – und wir brauchen Reichweite, ein paar erfolgreiche Storys.« »Heute Nachmittag kannst du die Geschichte haben. Franziska schneidet noch ein Video und ich mach den Feinschliff am Text.«

»Franziska hat angedeutet, du würdest irgendwas zu Onlinedating recherchieren?«

Eliza schaut Franziska warnend an. »Keine Ahnung«, sagt sie, »vielleicht ist da gar nichts dran. Es gab ein paar seltsame Vorfälle«, sie räuspert sich, »von denen mir berichtet wurde.«

»Bleib da dran.« Anna nickt. »Richtig gutes Thema.« Jetzt zieht sie weiter und Eliza seufzt.

»Mach mir bloß nicht Anna wild. Mit Geschichten, die noch nicht mal im Ansatz recherchiert sind.«

Franziska schaut schuldbewusst oder tut zumindest so. »Ich merke doch, dass an der Geschichte was dran ist«, bohrt sie. »Aber irgendwie willst du nicht richtig ran. Das finde ich schade. Wir könnten noch mal als Team recherchieren.«

Eliza weicht aus.

»Okay, ich überlege mal. Wenn sich die Infos erhärten, dann bist du dabei. Und jetzt holen wir uns erst mal was zu essen.«

Die beiden sitzen auf einer Bank, nicht der Mittagspausenbank, sondern ein paar Schritte weiter, und balancieren jede einen Pizzakarton auf ihren Knien.

»Hmmm, köstlich.«

Franziska hält ein Stück Margherita über sich, legt ihren Kopf in den Nacken und zieht sich Käsefäden in den Mund.

»Jetzt mal ehrlich«, sagt sie zu Eliza. »Was hast du rausgekriegt zu ›Love & Found‹? Du weißt doch mehr, das merke ich.«

Eliza stopft sich den Mund so voll, dass sie kaum reden kann.

»Komm«, bettelt Franziska. »Wir sind doch ein Team!«

Eliza kaut lange, überlegt und schluckt schließlich.

»Na gut, Nervensäge. Ich erzähl's dir. Aber eigentlich habe ich es nicht rausgekriegt, sondern meine Freundin Mona.«

Und dann wiederholt sie, was Mona ihr gestern Abend im Lovers Lane erzählt hat.

»Ihr Recherche-System war einfach, aber effektiv. Sie hat jede schlechte Bewertung, die sie über »Love & Found« im Internet gefunden hat, kommentiert, und dann versucht, die Leute anzuschreiben. Bei den meisten ging der Versuch ins Leere, aber eben nicht bei allen. Jetzt schreibt sie mit ungefähr fünf Frauen, die von ziemlich seltsamen Dingen berichten.«

Franziska nimmt sich ihr letztes Stück Pizza und beißt die Spitze ab.

»Respekt, deine Freundin hat gute Tricks auf Lager. Aber ich verstehe den Anfangsverdacht nicht. Warum bist du misstrauisch?«

Eliza nimmt ihren leeren Karton und stopft ihn in den Mülleimer neben der Bank.

»Hörensagen«, nuschelt sie. »Wollen wir weitermachen? Die Reportage ist noch ein ganz schönes Stück Arbeit.«

Auf dem Weg zurück klingelt ihr Handy, eine unbekannte Nummer.

»Hallo?«

»Hallo, hier ist Lilli. Aus dem Café in Ehrenfeld.«

Eliza muss einen Moment nachdenken, so weit weg kommt ihr die Begegnung vor.

»Lilli!« Sie freut sich über dieses kleine Signal aus Köln, ist aber auch verwundert. »Was gibt's?«

»Ich hatte dir doch versprochen mich umzuhören, wegen Alexander.«

Eliza seufzt. »Alles gut, Lilli, ich habe ihn am Wochenende getroffen.«

»Ach, okay. Es war nämlich noch eine Frau im Café, die nach einem Alexander gefragt hat. Das fand ich seltsam, deshalb wollte ich es dir sagen. Aber dann hat sich das wohl erledigt.«

Eliza hört die Enttäuschung der jungen Frau, deshalb beeilt sie sich etwas Aufmunterndes zu sagen.

»Das ist wirklich sehr nett von dir, dass du mich extra anrufst. Und du hast recht, das ist wirklich ein merkwürdiger Zufall.«

Die beiden legen auf und Eliza ist kurz verwirrt. Wer sucht noch Alexander? Eine von seinen vielen Bekanntschaften? Aber mit denen trifft er sich doch. Die »Love & Found«-Geschichte wird immer abstruser, unheimlicher. Sie will nichts mehr damit zu tun haben. Mona, Franziska und jetzt noch Lilli scheinen andere Pläne zu haben. Zur Sicherheit speichert sie Lillis Nummer, wer weiß.

ELIZA

Eliza steht in ihrer Küche und schaufelt Pulver in die Kaffeekanne. Sie trägt Jogginghose und Sweatshirt, ihren gelben Bademantel hat sie gestern mit den anderen Klamotten in der Tüte im Altkleidercontainer entsorgt. Sie krault Keith Richards mit dem nackten Zeh, das Pulver riecht nach einem neuen Tag, aber sie hat plötzlich Angst, dass diese Verheißung eine Lüge ist. Dass sich die Tage immerfort gleichen werden, auch ohne Frottee, sie älter und älter wird und ihr Leben in Taubheit ertrinkt. Alexander hat einen Phantomschmerz hinterlassen, innere Unruhe. Sie sehnt sich nach Köln, dem Umherschweifen, den vielen neuen Gesichtern.

In der Redaktion fühlt es sich leichter an. Anna bezieht sie ein und im letzten Meeting hat sie sich selbst zu Wort gemeldet. Einfach so, ohne schweißnasse Hände und Knoten im Hals. Aber zu Hause ist eigentlich alles gleich geblieben. Sie schmiert Butterbrote, die Kinder sind selten zu Hause, sie redet kaum ein Wort mit Tim. Heute ist er nicht mal in die Küche gekommen, hat sich vom Flur aus verabschiedet und seine Brotdose vergessen.

Alles ist eng, die ganze Kölner Energie gärt in ihr wie ein halbverdauter Pfirsich. Früher, ja früher hat sie ihre Unruhe mit Nachrichten von Alexander betäubt. Eliza schaufelt das Pulver so heftig, dass die Hälfte daneben geht. Sie trampelt auf der Stelle. Daran hat Köln nichts geändert und auch nicht der Kuss.

Eine Stunde später kommt sie in der Redaktion an. Irgendetwas ist anders. Es muss etwas passiert sein und sie ärgert sich, dass sie heute noch keine Nachrichten verfolgt hat. Es wird getuschelt, die Aufregung kann sie fast mit den Händen greifen. Blicke verfolgen sie auf dem Weg zu ihrem Schreibtisch. So viel Aufmerksamkeit ist sie nicht gewöhnt, irgendwas stimmt nicht. Die Karaoke-Reportage ist vor zwei Tagen publiziert worden, es gab schönes Feedback und die ersten Reichweite-Zahlen waren vielversprechend. Aber auch nicht so sensationell, dass es das Rumoren rechtfertigen würde, das im Raum herrscht. Auffällig viele

Kolleginnen haben ihre Handys in der Hand, hier und da wird verhalten gekichert. Okay, was ist los?

Franziska kommt an ihren Schreibtisch, ihr Gesicht ist gerötet, sie ist offenbar erbost. »Du hattest vollkommen Recht, dieser Jan-Eric Nest«, sie spuckt den Namen fast aus, »der ist wirklich ein Riesen-Arschloch.« Das letzte Mal hat Eliza ihre junge Kollegin so wütend gesehen, als sie das Gefühl hatte, ihr würde die Karaoke-Reportage geklaut. Franziska streckt ihr das Handy entgegen. Eliza versteht erst gar nicht, was es da zu sehen gibt.

Es ist ein Video aus der Karaokebar und es zeigt Franziska, wie sie »Barbie Girl« singt. Der Auftritt ist auch beim zweiten Hinschauen super, kein Grund zur Aufregung also. Doch dann schwenkt die Kamera auf sie, Eliza, wie sie dasteht wie ein Stock und sich an das Mikro klammert. Die Kamera zoomt an sie heran, immer näher und näher, bis ihr Gesicht in Großaufnahme das Display füllt. Es ist offensichtlich, dass sie Todesängste aussteht, auf ihrer Stirn kann sie Schweißperlen entdecken. Sie sieht fürchterlich aus, das Gesicht eine Maske, sie bewegt die Lippen, aber gar nicht synchron zum Lied. Dann zoomt die Kamera wieder weg und man sieht sie, wie sie die Flucht von der Bühne ergreift, während sich Franziska zum fulminanten Finale rockt. Das Video ist peinlich, sie sieht aus wie ein verklemmtes Kleinstadt-Mäuschen, das neben ihrer coolen Tochter untergeht. Trotzdem versteht sie den Zorn von Franziska nicht.

»Naja, nicht gerade mein bester Auftritt«, sagt Eliza verschnupft. Franziska ist so haltlos wütend, dass Eliza für einen Moment gerührt ist. Sie könnte auch heimliche Freude empfinden, so gut wie sie in dem Video wegkommt. »Was hat Nest damit zu tun?«

Jetzt brüllt Franziska fast: »Dieser Idiot hat das auf Instagram und Facebook gepostet – #altvsjung. Und offenbar hat er richtig viel Anzeigengeld investiert, damit das viral geht. Und genau das passiert jetzt und er macht damit Werbung für seine verfickte Karaokebar. Hashtag Alt versus Jung! Das ist so ein Scheiß!«

Eliza braucht einen Moment, bis sie die Worte versteht. Dieses Video, überall im Netz. Sie, in verschwitzter Großaufnahme. Hässlich, verklemmt, spießig. Heimlich abgefilmt in einer der peinlichsten Situationen ihres Lebens. Die Erkenntnis trifft sie wie ein Verkehrsunfall, ein Crash. Was kann sie jetzt tun? In welchem Loch kann sie sich verkriechen? Auf ihrem Handy piepen Nachrichten auf. Mia, Niklas, Mona, einige entferntere Bekannte.

MIA
Mama, was ist das für ein Video?

Franziska reißt Eliza aus ihrer Starre. »Ich lasse mich von diesem Wichser nicht vor den Karren spannen. Alt gegen Jung! Was für eine Macho-Scheiße! Ich verklage den. Ich will nicht für seine Karaokebar werben. Was bin ich, seine Barbie-Puppe? Ich bin Journalistin. Ich bin Feministin. Verdammt noch mal!«

Mittlerweile hören alle der Brandrede von Franziska zu und klopfen anerkennend mit den Knöcheln auf ihre Schreibtische. Auch Anna ist wütend, ihre Körperhaltung ist angespannt, sie wippt auf ihren teuren Sneakers hin und her, als ob sie gleich in die Luft gehen würde. »Wahrscheinlich macht sie sich Sorgen um die Reputation von Melli«, denkt Eliza bitter.

Eliza öffnet Monas Nachricht, doch die dreht sich nicht um #altvsjung.

> **MONA**
> Die Jagd geht weiter!
> Ich habe diesen Nest jetzt mit
> den Vorwürfen der Frauen konfrontiert.
> Habe eine gepfefferte Mail geschrieben.
> Bin gespannt, wie er reagiert.

Dahinter stehen mehrere zwinkernde Emojis.

Ach, Mona, denkt Eliza. Meine ewige Beschützerin. Hast du wirklich gedacht, du könntest es mit Jan-Eric Nest aufnehmen? Eliza guckt sich um, sie ist dankbar für Annas Blick, voller Mitgefühl, für Franziskas Unterstützung, aber ihre Wut kann sie nicht erreichen. In ihr ist kein Kampfgeist, sie fühlt sich wie eine leblose Hülle, eine Muschel ohne Bewohner. Ihr Wochenende in Köln, all die magischen Momente sind beschmutzt, es ist alles kaputt. Gegen Nest und seine Anzeigengelder kann sie nichts machen. Auch eine Klage wäre sinnlos, denn dann würden noch mehr Medien das Video zeigen, wieder und wieder, um die juristischen Hintergründe möglichst anschaulich zu illustrieren. Es ist aussichtslos zu gewinnen. Wahrscheinlich hat sie sogar mit dem Eintritt in die Bar alle Rechte an Fotos und Filmaufnahmen abgetreten, so läuft das doch heute. Den Jungen ist es egal, die Alten lesen das Kleingedruckte nicht.

> **ELIZA**
> Toll gemacht, Mona. ☹ Jetzt ist Nest
> mein Feind und macht mich fertig.

Franziska ist auch schuld, sie hat sie regelrecht ins Rampenlicht gezerrt, obwohl sie nicht wollte. Ob sie sich krankmelden kann, bis das Video nicht mehr im Fokus steht? Sie will nur noch nach Hause, sich ins Bett legen, die Decke über den Kopf ziehen und ihre Wohnung nie mehr verlassen. Wortlos packt sie ihre Sachen wieder ein, zieht ihren Mantel an und verlässt die Redaktion. Als sie so verloren auf der Straße steht, hat sie einen kurzen Impuls, Alexander alles zu erzählen. Dann schließt sie ihr Rad auf und fährt los.

Während sie die Tür aufschließt, spürt sie schon, dass jemand zu Hause ist. Ob eines der Kinder Schule schwänzt? Doch weder in der Küche noch in den Kinderzimmern ist jemand.

Erst im Schlafzimmer sieht sie Tim. Auf dem Bett liegt ein geöffneter Koffer und er packt Kleidung hinein. T-Shirts, aber auch Winterpullover, seine Lieblingshosen, Socken, er hört nicht auf, er sieht sie nicht an, sondern starrt auf den Koffer, als würde sich eine tiefere Wahrheit in seiner Unterwäsche verbergen.

»Fährst du weg?«

Bereits als sie das fragt, dämmert ihr, dass dies keine spontane Dienstreise ist.

»Hast du etwa das Video gesehen?« Das Video! Das ist ein Grund, von jetzt auf gleich die Koffer zu packen.

Jetzt blickt er zum ersten Mal hoch.

»Welches Video?«

Er schaut so verwirrt, dass sofort klar ist: Darum geht es nicht. Was hier passiert, ist größer.

»Ich ziehe erst mal aus.«

Tim verschränkt seine Arme, sie kennt die Geste, er will nicht diskutieren.

»Du ziehst aus?«

Elizas Stimme ist kaum hörbar. Sie lacht kurz, als wäre das alles ein Missverständnis, ein makabrer Scherz. Doch Tim lacht nicht mit, sondern packt weiter Wäsche in ordentlichen Rechtecken nebeneinander ein. Er zuckt entschuldigend mit den Schultern, seine Augen verschwinden hinter seiner Brille.

Sie nimmt seinen Koffer, ihren gemeinsamen Koffer und zerrt ihn vom Bett. Polternd fällt er auf die Dielen, die T-Shirts fallen heraus und die Rechtecke sind jetzt verknautschte Quadrate. Er setzt an, um etwas zu sagen, aber sie hält sich die Ohren zu und sieht nur seinen Mund auf- und zugehen wie ein Fischmaul.

»Ich will nichts hören. Spar dir deine Ausreden. Erklär es lieber den Kindern.«

Sie greift die Bettdecke, legt sich auf die Matratze und wickelt sich ein, mit Jeans und Pulli, schließt die Augen und versucht abzutauchen in ein großes Nichts.

SIRIN

Sirin hat den Bierdeckel mit Jonas' Nummer schon so oft in die Hand genommen und hin- und hergedreht, dass die Finger dunkle Spuren hinterlassen haben. Ihre Gedanken sind wie ein Pendel, ja, nein, ja, nein. Mal hat sie ihr Handy schon in der Hand, mal legt sie es auf das oberste Küchenregal, um es aus ihrer Reichweite zu bringen.

Wenn ich Krebs habe, rufe ich an, sonst nicht. Aber die Diagnose lässt auf sich warten. Montagmorgen haben sie angerufen, ihr Herz war ganz still und kalt vor Angst, aber sie haben sie nur vertröstet. Das Labor habe viel zu tun, es habe sich alles verzögert, sie müsse sich noch ein paar Tage gedulden. Erschreckt mich doch nicht so, verdammt. Wahrscheinlich haben sie ihr Gewebe irgendwo vergessen, vielleicht auf dem Mitarbeiterklo. Oder noch besser, sie haben den Namen der Rothaarigen draufgeschrieben.

Sie hat eine Münze geworfen. Kopf für Anrufen. Es kam Zahl, aber das passte ihr auch nicht.

Doch jetzt ist dieses Video im Umlauf. Sirin hat es erstmals vor zwei Tagen in ihrem Instagram-Feed entdeckt, zufällig. Sie konnte erst gar nicht glauben, was sie da sieht. Im ersten Moment hatte sie Franziska verdächtigt, sich auf Kosten der älteren Kollegin einen Spaß zu erlauben. Nach und nach hat sie jedoch die ganze Schmutzkampagne verstanden. Jan-Eric Nest will Eliza in Schach halten. Dieses Schwein mit Killerinstinkt hat intuitiv begriffen, wo er sie zielsicher erledigen kann. Sie könnte ihn umbringen, so wütend ist sie. Erst hat er Jonas gekauft, dann Eliza öffentlich blamiert.

Jan-Eric Nest ist jetzt ihr Feind. Einer, der sich überall ausbreitet, alles kaputt macht. Der immer nur wachsen und wachsen will, koste es, was es wolle. Er ist wie der Krebs, den sie bekämpfen will. Nur dass es ihn gibt und der Krebs hoffentlich bloß ein Irrtum ist.

Jonas ist der Schlüssel, über ihn kann sie Nest attackieren – und Eliza helfen. Ihn zu treffen ist ein Risiko für sie, kann aber beide Aufgaben auf einen Schlag lösen. Alte Wunden können dabei aufbrechen. Sie kann zurückgewiesen werden. Ihre mühsam in Zaum gehaltenen Gefühle können sie mitreißen. Vor nichts hat sie größere Angst, nicht mal vor dem Krebs. Und Eliza kann sie nicht mehr erreichen, ihr Handy ist aus, schon seit gestern. Will sie gar nicht wissen, ob sie ein Laborergebnis bekommen hat? Wird sie so schnell vergessen? Egal. Sie will Eliza helfen und dafür braucht sie Jonas. Sie nimmt ihr Handy und tippt seine Nummer ein. Es klingelt einmal, zweimal, dreimal. Dann hört sie seine Stimme. »Ja?«

Sie muss erst schlucken, bevor sie antworten kann.

»Hier ist Sirin.«

Ein Handy nutzt elektromagnetische Felder, um Sprache mit Lichtgeschwindigkeit zu übertragen, hatte sie einmal gelesen. Sie hatte es sich gemerkt, weil es irgendwie schön klingt, wie Slam-Poetry. Das Feld breitet sich wellenförmig aus und transportiert dabei Energie. Sie kann diese Energie zwischen ihr und Jonas fast mit Händen greifen.

»Sirin.«

Sie muss sich nicht erklären, keine großen Worte machen. Die Funkwellen bauen in Sekunden verlorene Nähe auf.

»Jonas, ich muss dich sehen.«

ELIZA

Seit 24 Stunden liegt Eliza im Bett. Sie steht nur kurz auf, um zur Toilette zu gehen, holt sich etwas Wasser oder eine Banane. Die Kinder bringen ihr manchmal einen Tee. Mal kommt Mia rein, mal Niklas, beide sind übertrieben leise. Ihre Fürsorge schmerzt sie zusätzlich. Sie müssen doch leiden, unter dem Auszug des Vaters und unter diesem schrecklichen Video. Sie ist der Auslöser für all den Kummer, an ihr klebt Trauer und Verzweiflung. Nun liegt sie hier wie früher ihre Mutter und kann sich nicht mal mehr um ihre eigenen Kinder kümmern. Mona, Franziska und sogar Anna haben sich nach ihr erkundigt, aber sie will niemanden sprechen und schon gar keinen Besuch empfangen. Einzig und allein Keith Richards darf ihr Gesellschaft leisten. Zusammengerollt liegt er in ihrer Kniebeuge und schnurrt hin und wieder, obwohl er nicht gekrault wird. Dafür ist sie zu schwach, ihr Kopf pocht, sie fühlt sich heiß an, ist aber zu lethargisch, um Fieber zu messen. Die Rollläden im Schlafzimmer sind heruntergelassen. Nur durch kleine Ritzen beweist gepunktetes Licht, dass es gerade Tag ist.

Sie schläft viel.

In ihren Träumen sitzt sie auf einem Motorrad, das Alexander steuert. Sie klammert sich auf dem Sozius an ihm fest, seine Jacke riecht nach Benzin, aber es ist kein gutes Gefühl, er fährt unsicher. Ihre Arme brennen vom Festhalten. Das Motorrad wird schneller und schneller, bis es schlingernd außer Kontrolle gerät. In einem anderen Traum steht sie wieder auf der Karaokebühne, doch diesmal allein, im Bikini. Sie will singen, doch ihre Kehle ist verstopft. Stattdessen macht sie linkische Bewegungen und versucht zu tanzen. Das Publikum lacht und pfeift. Mittendrin steht Mona mit einem Handy und filmt sie. Dann ist sie wieder zu Hause. Tim hat die ganze Wohnung ausgeräumt, und sie sitzt in einem leeren Raum, nur nackte Wände, sogar die Steckdosen sind rausgeschraubt. Geblieben sind schwarze Löcher in den Wänden, in den Ecken Spinnweben. Sie kauert sich in einer Ecke in das klebrige Netz und vergräbt den Kopf zwischen ihren Händen. Schließlich steht sie in einer Pfütze im Schlamm, um sie herum stecken Schwerter im Boden. Ihre Augen sind verbunden und ihr Körper gefesselt.

Manchmal träumt sie von ihrer Mutter, das hat sie seit Jahren nicht getan. Von ihrer kleinen, zarten Mutter, die im Traum jetzt hinter ihr im Bett liegt, wie ein Löffelchen an sie gepresst. Der Traum ist so real, dass sie nicht weiß, ob sie wach ist oder ob sie vielleicht träumt, dass sie schläft. Sie liegt in diesem Schlafzimmer, sie erkennt ihr Ehebett, doch sie fühlt den federleichten Körper ihrer Mutter, warm und knochig an ihrem Rücken. Gefangen zwischen Schlaf und Wachsein ist ihr Körper ganz still, ihre Seele aber in Aufruhr. Der Schlaf ist keine Erlösung, nur eine schwarze Wolke, in die sie versinken kann.

MONA

Mona sitzt vor ihrem Laptop und tippt Fragen in die Maske der Suchmaschine. Ziellos springt sie von Seite zu Seite, liest hier einen Forumsbeitrag und dort eine Bewertung. Im Grunde weiß sie nicht mehr, was sie tun soll. Die WhatsApp-Nachricht von Eliza war ganz schön verletzend. Hätte sie nur nichts von dieser Mail gesagt, sie wollte doch nur helfen. Und jetzt? Weitermachen mit der Recherche? Da geht etwas Übles vor sich, das spürt sie. Sie ist schon weit gekommen, hat mit vielen Frauen und mittlerweile sogar zwei Männern geschrieben und telefoniert. Alle haben ihr eine ganz ähnliche Geschichte wie die von Eliza erzählt. Dass sie Tage oder auch wochenlang mit jemandem gechattet hatten, und dann war das Profil plötzlich gelöscht. Alle waren keine Dating-Profis, aus unterschiedlichen Gründen. Meistens kamen sie aus langen Beziehungen oder waren einfach altmodisch, Anfänger im digitalen Flirten. Naiv, würde Mona sagen, obwohl es niemanden so ins Herz getroffen hatte wie ihre Freundin. Doch in vielen Punkten ähneln sich die Berichte. Offenbar gibt es also ein System und nicht nur vereinzelt komische Erlebnisse. Außerdem gibt es im Netz Gerüchte, dass bei »Love & Found« massenhaft Fake-Profile angelegt sind. Doch die Diskussionen darüber sind gespalten. Die einen mutmaßen, dass die Sicherheitseinstellungen bei »Love & Found« zu lasch sind, sodass sich Betrüger zu einfach frisierte Profile erstellen können. Vereinzelt gibt es aber auch den Verdacht, dass »Love & Found« selbst auf Fake-Profile setzt, die mit attraktiven Fotos in das Bezahl-Angebot locken sollen. Beweisen kann das allerdings niemand, und Mona muss sich eingestehen, dass diese Vorwürfe über alle Dating-Portale kursieren. Bei »Love & Found« etwas mehr? Sie weiß es nicht, traut ihrem eigenen Urteilsvermögen nicht mehr. Ihrer Erfahrung nach gibt es keine Fake-Profile, die über

Monate romantische Nachrichten austauschen. Das passt nicht zusammen. Sie seufzt. Vielleicht ist sie auch einfach nur ihrem Jagdeifer erlegen.

Eliza will nicht mit ihr reden und darüber ist sie untröstlich. Dieses schreckliche Video! Warum hatte sie nur Eliza in dieser Mail namentlich erwähnt? Das war dumm gewesen, unprofessionell. Das Video ist eine Botschaft, auch an sie, da ist sie sicher. Es ist eine Warnung, wie ein geköpftes Huhn oder eine gehäutete Katze, mit der die Mafia ihre Opfer einschüchtert: Schluss mit den Recherchen! Finger weg von »Love & Found«! Jan-Eric Nest hat bei Eliza voll ins Schwarze getroffen, sie geradezu vernichtet. Es ist ein Alptraum, und die Konsequenzen eines Zusammenbruchs kennt Mona nur zu gut. Sie ist dabei gewesen, als Eliza an ihrem ersten Uni-Tag den Anruf ihrer Tante bekam. Als ihr die Pommes auf den Küchenboden gefallen sind und alles mit Ketchup bespritzt haben, sodass es aussah wie nach einem Massaker.

Mona hatte bei dem Anruf am Küchentisch gesessen und den zu warmen Sekt in zwei ausgespülte Senfgläser gegossen. Eliza hatte den Hörer am Ohr, es war ein Festnetztelefon mit langer, schwarzer Spiralschnur, sie erinnerte sich genau. Der Hörer war in diesem typischen Schlammgrün, jener Farbe, die gemeinsam mit Orange das graue Einerlei der alten Apparate abgelöst hatte. Mona konnte die laute Stimme von Elizas Tante hören, ihren wie immer vorwurfsvollen Tonfall. »Am besten, du kommst bald, denn ich habe hier eine Menge Scherereien.« Als würde die Familie ihrer Schwester nur für Drama und Kummer sorgen und sie damit belasten. Erst verstand sie gar nicht, was los war.

»Deine Mutter ist tot, Schlaftabletten!« hörte sie dann. Eliza ließ das Schälchen mit den Pommes einfach fallen, der Ketchup spritzte an ihr Hosenbein, und Eliza sank zu Boden, mitten in den Pommes-Matsch, und stieß erstickte Laute aus, gequält, fast unmenschlich. Sie kann die Szene wie einen Film ablaufen lassen, weiß noch genau, wie die Pommes gerochen haben, wie sie sich neben sie auf den Boden gesetzt und sie in den Armen gewiegt hat wie ein Kind.

»Ich bin schuld, ich bin schuld«, hatte Eliza auf dem Küchenboden geweint. »Ich habe sie allein gelassen.«

Eliza war danach wie tot, ein Zombie. Und jetzt wieder. Wahrscheinlich hat sie mit ihrer unbedachten Mail das Fiasko ausgelöst. »Ich kann nicht weiter auf eigene Faust recherchieren.« Sie klappt ihren Laptop zusammen und schiebt die zahlreichen Zettel mit Notizen zu einem ordentlichen Stapel zusammen. Da muss jetzt ein Profi ran. Sie packt alles in ihren Rucksack und zieht ihren Mantel an. Ob sie in der Redaktion einfach reinspazieren kann und nach Anna fragen? Sie ist nicht ganz sicher, ob die Chefredakteurin überhaupt Interesse an ihr und ihren Notizbergen hat. Früher hat Eliza oft mit ihr über Anna gelästert, ihre perfekte Frisur und ihre wie festgefrorene gute Laune. Aber in letzter Zeit sind die Kommentare positiver gewesen, und Mona hat den Eindruck gewonnen, dass Anna doch mehr ist als nur eine schön geföhnte Tussi. Mit dem Rad sind es nur zehn Minuten bis zur Redaktion. Was soll's, sie würde ihr Glück jetzt einfach versuchen.

SIRIN

Sirin verabredet sich mit Jonas im Backpack-Palace. Sie ist schon eine halbe Stunde vorher da. Zu Hause hat sie geduscht und ihren Lieblings-Hoodie angezogen, hat lange überlegt, wollte sich nicht fertig machen wie für ein Rendezvous. Keine Erwartungen! Dann ist sie doch unter die Brause gesprungen, hat sich aber extra nicht die Beine rasiert, warum auch? Draußen ist es kalt geworden. Der Kapuzenpulli ist hellblau und schon so verwaschen, dass an den Bündchen weiße Fäden zu sehen sind. In dem weichen Innenfutter fühlt sie sich geborgen. An der Theke macht sie sich selbst eine Himbeerschorle mit extraviel Sirup. Michael hat Dienst und nimmt sie fest in den Arm, ohne etwas zu wissen, einfach so. Die Umarmung tut gut, überhaupt die Anwesenheit von Michael. Wenn das Treffen gleich voll in die Hose geht, dann kann er mich davon abhalten auszurasten, denkt sie.

Mit ihrem rosa Getränk setzt sie sich an einen Tisch ganz hinten in der Ecke, am Fenster. Sofort kommt einer der jungen Italiener: »Bella!«

Sie kennt die Gruppe von ihrem Dienst gestern, hat jetzt aber null Interesse an Small Talk.

»Sorry, bin verabredet«, sagt sie ein wenig barsch und schaut demonstrativ in den Hinterhof, in dem noch eine bunte Lichterkette vom Sommer brennt. Die vergessenen Gummitiere im leeren Pool setzen langsam, aber sicher einen Schmutzfilm an. Michael ist das egal, er liebt den morbiden Charme des Palace und ist nicht willig, mit Geld und zusätzlichen Putzkräften oder Handwerkern die Patina des in die Jahre gekommenen Hostels abzuwaschen. Im Gegenzug hält er die Preise für Übernachtung und Getränke niedrig.

Bis auf die zehn Sekunden im »Love & Found«-Flur hat sie Jonas genau ein Jahr nicht mehr gesehen. Ein beschissenes Jahr lang, in dem sie irre viel Energie darauf verwandt hat, nicht an ihn zu denken. An das Schöne.

Sie hatten sich in einem kleinen Club in Ehrenfeld kennengelernt, mitten im Winter. Untypisch kalt für Köln, sicher minus zehn Grad, dazu eisiger Wind. Sie hatte ihre Daunenjacke in irgendeine Ecke gelegt, den Euro für die Garderobe gespart. Als sie um zwei Uhr nach Hause wollte, war die Jacke weg. Sie stand da, im dünnen T-Shirt, und hat so fest gegen die Wand getreten, dass sie kurz dachte, sie habe sich einen Zeh gebrochen. Geld für ein Taxi hatte sie nicht mehr, sie war verschwitzt vom Tanzen.

»Wo ist die Scheißjacke?«

Da stand plötzlich Jonas neben ihr und hängte ihr seine Jacke um. »Kannst du haben«, hat er ihr ins Ohr gebrüllt, es war ziemlich laut. »Ich wohn nicht weit, passt schon.«

Sie war so dankbar gewesen. Erst zu Hause hatte sie gemerkt, dass sie weder nach seinem Namen noch nach seiner Telefonnummer gefragt hatte, war einfach abgedampft mit seiner Jacke, ohne nachzudenken, typisch sie. Und typisch Jonas, ohne Hintergedanken, großzügig, einfach so. Drei Samstage hatte sie seine Jacke dann in den gleichen Club geschleppt und wieder mit nach Hause genommen. Am vierten Wochenende war er da. Sie war schon verknallt, bevor sie ihre Namen ausgetauscht hatten. Jonas war der erste Mann in ihrem Leben, der an ihrem inneren Schleusenwärter vorbeikam. Bei dem sie sich für kurze Momente fallenlassen konnte. Gefühle wie ein Deichbruch, nicht aufzuhalten. Keine Zeit, um Sandsäcke zu stapeln. Die drei Wochenenden mit seiner Jacke unter dem Arm hatten ihre harte Schale gründlich aufgeweicht, und derart vorgekocht konnte sie Jonas nicht mehr widerstehen. Doch sie blieb wie ein scheues Tier, das seinen Kopf zwar manchmal aus dem Bau streckte, ihn bei der kleinsten Gelegenheit aber wieder blitzschnell zurückzog. Jonas bewegte sich bei diesem Hin und Her am Anfang noch elastisch mit, war aber zunehmend verletzt von ihren Launen. Sie kam erst zu spät zu ihren Verabredungen, dann manchmal gar nicht. In seiner Gegenwart flirtete sie heftig mit anderen und einmal fuhr sie sogar in Urlaub, ohne ihm Bescheid zu sagen. Einfach so, nur um zu demonstrieren, dass sie es konnte. Dass sie seine Liebe nicht brauchte. Irgendwann war auch Jonas' unendliche Geduld am Ende. Sie hatten sich gestritten, fürchterlich gestritten. Genauso wie ihre Liebe eskalierten nun die Auseinandersetzungen. Jonas war liebevoll, tolerant, aber keineswegs ein Waschlappen. In ihrem letzten Streit hat er ihr Dinge an den Kopf geworfen, schlimme Dinge. Und dann war er gegangen. Als sie sich ein paar Tage später beruhigt hatte, wollte sie ihn anrufen. Doch er hatte seine Telefonnummer gewechselt. Ihr Zusammenbruch war kurz und heftig gewesen. Danach machte sie sich ans Vergessen.

Sie ist so in ihre Gedanken versunken, dass sie Jonas nicht bemerkt.

»Hi.«

Er setzt sich auf den Stuhl ihr gegenüber, nicht auf die Bank neben sie. Wirkt verschlossen, lächelt, aber sein Gesicht sieht aus, als hätte er vor dem Treffen einen unsichtbaren Türsteher engagiert.

»Jonas. Danke, dass du gekommen bist.« Sie fühlt sich wie betäubt, sie kennt das von sich. In Momenten, in denen sie berührt sein soll, fühlt sie wenig oder nichts. Wie auf der Beerdigung ihres Lieblingsonkels, der überraschend an einem Herzinfarkt gestorben war. Viele um sie herum weinten, nur sie war wie versteinert. »Herzlos« hatte ihre Mutter sie genannt, die selbst mit großer Geste Taschentücher vollheulte und die Aufmerksamkeit von der trauernden Witwe auf sich selbst zog.

Die beiden schauen sich lang an, Sirin versucht in Jonas Gesicht zu lesen. Wie es ihm jetzt wohl geht? Aber irgendetwas hat sich verändert, sie dringt nicht zu ihm durch. Er ist freundlich, aber distanziert. Sie schluckt.

»Wie geht es dir?«

»Gut.«

Jonas schaut sie prüfend an, tastet ihr Gesicht ab, als wolle er ergründen, was es mit ihrem plötzlichen Auftauchen in seinem Leben auf sich hat.

»Ist bei dir alles in Ordnung?«, fragt er. »Du siehst ziemlich blass aus.«

Sie weicht aus.

»Viel Arbeit, die Nachtschichten sind ganz schön anstrengend. Aber was ist mit dir? Du arbeitest ja offenbar auch nachts. Und für Jan-Eric Nest.«

Jonas schaut zur Seite.

»Ja, er hat mir ein ziemlich attraktives Angebot gemacht. Programmierer werden gesucht und er hat die besten Angebote verdoppelt.«

Sirin nimmt einen Schluck von ihrer Himbeerschorle. Seltsam, Jonas hat sich nie etwas aus Geld gemacht. Für diesen Fiesling zu arbeiten, bloß wegen der Kohle – das passt gar nicht.

Sirin beugt sich nach vorne.

»Du und Nest, das passt für mich nicht zusammen.«

Sie schaut ihn herausfordernd an, aber Jonas lässt sich nicht provozieren.

»Ich muss ja nach Feierabend kein Bier mit ihm trinken«, sagt er abgeklärt, es kommt Sirin gekünstelt vor.

Was ist aus ihm geworden? Wo ist der Mann, der einem hergelaufenen Mädchen seine Jacke leiht, ohne auch nur ihren Namen oder ihre Telefonnummer als Pfand haben zu wollen? Der alte Jonas, er ist noch da, aber nur wie ein fernes Bild, eine Erinnerung. Sie könnte ihren Kopf auf den Tisch legen und losweinen.

Jonas spürt offenbar etwas, denn jetzt schaut er ihr zum ersten Mal an diesem Abend in die Augen.

»Sirin. Was zum Teufel ist mit dir?«

Sirin schaut zurück und seine Augen sind wie zwei lange Tunnel, an deren Ende sie Licht sehen kann, den alten Jonas.

Und dann gibt sie sich einen Ruck und erzählt von dem Besuch bei ihrer Gynäkologin, von dem Knoten, den sie ertastet hat, der Pistole auf ihrer Brust, den endlosen Stunden in ihrem ungelüfteten Schlafzimmer. Jonas kennt ihre dunklen Seiten. Er weiß, wie wenig sie oft am Leben gehangen hat, er ist vielleicht der einzige Mensch, der sie ganz versteht. Sie sieht, wie seine Augen sich verdunkeln, fast schwarz werden vor Sorge, und sein Blick hüllt sie ein wie eine weiche Decke.

»Jonas, das ist wie russisches Roulette. Jeden Moment kann das Telefon klingeln und mir ein Todesurteil überbringen. Und weißt du was: Es ist mir nicht egal. Ich will nicht sterben!«

Jonas steht auf und setzt sich jetzt neben sie auf die Bank.

»Du stirbst nicht. Erst wenn du alt und grau bist.«

Er nimmt sie in den Arm, und sie legt ihren Kopf auf seine Schulter, mehr nicht. Sein Pulli riecht schwach nach Aftershave, Kaugummi und Jonas. Die feine

Wolle kitzelt in ihrer Nase, und sie möchte am liebsten hineinkriechen. Einen kurzen Moment lässt sie ihren Kopf ganz los und er liegt schwer auf Jonas Schlüsselbein. Dann atmet sie tief ein.

»Bitte sorg dafür, dass auf meiner Beerdigung keine Scheiß-Musik läuft.«

Jonas drückt sie noch ein wenig fester und streichelt mit einem Finger über ihren Totenkopf.

»Ehrensache.«

Sirin lässt sich noch ein wenig tiefer in seinen Arm sinken. Plötzlich ist ihr alles andere egal. Sie wird ihn nicht nach »Love & Found« fragen, sie macht jetzt nicht wieder alles kaputt. Eliza kommt schon klar, sie meldet sich sowieso nicht mehr. Sie hat einen Job. Freunde. Sie hat Tim und die Kinder.

MONA

Mona steht vor dem Redaktionsgebäude, ein wenig unsicher. Die Haustür ist nur eingeschnappt, sie kann also einfach reinspazieren. Was wird Anna wohl sagen? Ob sie überhaupt Zeit hat? Oder Interesse? Sie holt tief Luft, drückt die Tasche mit dem Laptop und den Notizen an ihre Brust und schiebt die Tür mit der Schulter auf. Die Redaktion ist im ersten Stock und hier gibt es eine Klingel. Mona kann durch die Glastür schon das Großraumbüro sehen, die Schreibtische groß und leer, nur Frauen sitzen daran und tippen auf ihre Tastaturen, eine von ihnen, die jüngste, steht auf und kommt zur Tür.

»Kann ich dir helfen?«

Sie duzt sie einfach.

»Könnte ich die Chefredakteurin sprechen?«

»Nee, die ist in Dauermeetings. Budgetplanung fürs nächste Jahr«.

Die junge Frau verdreht die Augen und ihre Stimme quietscht ein bisschen.

»Bist du Franziska?«

»Ja!«

Ihr Gegenüber schaut jetzt interessiert.

»Mona, ich bin eine Freundin von Elli, von Eliza. Ich habe für sie in Sachen »Love & Found« recherchiert.«

Sie zeigt auf ihre Tasche.

»Hier habe ich alles, was ich rausgefunden habe. Da gehen komische Sachen vor sich. Aber ich bin keine Journalistin, ich komme hier alleine nicht weiter.«

Franziska zögert nicht.

»Ich weiß davon. Komm rein.«

Sie gehen durch das Großraumbüro, niemand schaut von seinem Computer auf. Am anderen Ende des Raumes gibt es ein paar Glastüren, dahinter verbergen sich kleine Zellen, offenbar, um in Ruhe zu telefonieren. Franziska rollt noch einen zweiten Stuhl hinein und sie quetschen sich um den winzigen Schreibtisch. »Schieß los«, sagt Franziska, die offenbar von dem Thema nicht überzeugt werden muss.

Mona klappt ihren Laptop auf und legt den Notizenstapel ordentlich daneben.

»›Love & Found‹ arbeitet mit unsauberen Mitteln«, kommt sie direkt zur Sache. »Da bin ich mir eigentlich ganz sicher. Aber ich weiß nicht, ob ich es beweisen kann.«

Dann präsentiert sie Franziska einen Fall nach dem nächsten. Die 30-jährige Sonja aus Dresden, der immer wieder unkenntlich gemachte Fotos von Männern angezeigt wurden, die sie dann kostenpflichtig freischaltete, weil die Konturen einen attraktiven Single vermuten ließen. Von diesen Männern hat jedoch nie einer geantwortet. Das ist auch Markus aus Hamburg und Natalie aus Köln passiert und sie haben ihr ausführlich davon am Telefon erzählt. Mona zeigt auf ihre Notizen.

»Fake-Profile«, murmelt Franziska.

Mona nickt heftig.

»Genau! Davon habe ich sehr viele Erlebnisse in Foren gefunden, besonders von Männern. Aber offenbar wurde das so ausgesteuert, dass es nicht zu viel wurde. Immer wenn sich jemand beschwert hat, wurde die Anzahl solcher Profile bei dieser Person gedrosselt, manchmal Geld zurückerstattet. Das wurde dann als guter Service gelobt. Jede Menge Singles werden sich aber gar nicht gemeldet haben, weil sie den Fake gar nicht durchschaut haben. Oder aus Scham. Und viele andere wurden mit dem guten Service« – sie deutet Anführungszeichen in der Luft an – »mundtot gemacht«.

Franziska ist noch verhalten.

»Das muss aber nicht unbedingt was mit ›Love & Found‹ zu tun haben«, kontert sie. »Im Netz gibt es jede Menge Betrüger, Spammer. Die stellen Fake-Profile auf Dating-Plattformen, um an Daten von Leuten ranzukommen und ihnen dann das Geld aus der Tasche zu ziehen.«

»Ja, aber die lassen es doch nicht auf der kosten-pflichtigen Freischaltung beruhen. Die bohren dann weiter, schleimen sich ein und versuchen an dich ran-zukommen. Glaub mir, ich date schon jahrelang online. Ich kenne die Tricks.«

Franziska schaut sie jetzt interessiert an.

»Okay, da hast du recht. Was hast du noch?«

Mona zögert ein wenig. Sie ist sich nicht sicher, ob es Verrat ist, wenn sie Elizas Erlebnisse mit der Kollegin teilt. Aber ihre Freundin ist ohnehin blamiert und liegt völlig zerstört im Bett. Wenn Elli nicht handelt, dann muss sie es halt in die Hand nehmen. Dieser Ver-trauensbruch ist jetzt notwendig, entscheidet Mona, anders kann sie ihr Ziel nicht umsetzen.

»Was weißt du über Eliza und ihre Erfahrungen mit ›Love & Found‹?«

»Eigentlich nichts«, gesteht Franziska. »Da war vieles komisch in Köln, sie war dauernd unterwegs und hat geheimnisvoll getan. Aber wie sie persönlich verwickelt ist, das hat sie leider nicht rausgelassen.«

Mona seufzt. Sie hatte kurz gehofft, um den Verrat herumzukommen.

»Franziska, ich erzähle dir jetzt alles von Elizas ›Love & Found‹-Geschichte. Aber ich bring dich um, wenn du irgendwem ohne meine Erlaubnis davon erzählst und das mit Elizas Namen verbindest.«

Sie bemüht sich, streng zu gucken.

»Klar!« Franziska nickt heftig. »Deal! Ich hasse diesen Nest und das, was er Eliza mit dem Video angetan hat. Und irgendwie auch mir. Du kannst dich auf mich verlassen.«

Jetzt erzählt Mona die ganze Geschichte, und Franziskas Augen weiten sich zusehends. Besonders als Mona von Pia, Silvia, Michael, Martin, Margot und Rita erzählt, denen auf »Love & Found« genau das Gleiche passiert ist.

SIRIN

Sirin guckt am Morgen in den Spiegel und lächelt. Es ist fast absurd, sie hat immer noch kein Ergebnis, aber es ist ihr gerade egal. Beim Aufstehen hat sie als Erstes an den Wollpulli von Jonas gedacht. An das Kitzeln in ihrer Nase und nicht an das Labor. Aus dem Bett zu kommen war heute leicht, sie hat sich einen Kaffee gekocht, sich die Zunge verbrannt, und es ist gar nicht schlimm gewesen. Ihr Bauch ist warm, sie kann richtig spüren, wie die Wärme ihren Körper zurückerobert, durch die Blutbahn fließt und jede Verästelung ausfüllt. Sie macht Musik an, tanzt durch die Küche. Alles kann gut werden. Sie haben geredet, vorsichtig, alle Themen aussparend, die ihre wunden Punkte triggern könnten. Irgendwann hat sich auch Michael dazu gesetzt, die beiden hatten sich immer gemocht, und sie quatschten zu dritt, lachten. Alles hat sich luftig angefühlt, als ob sich ein dickes Knäuel aus Knoten endlich lockert.

Auf ihrem Handy ist allerdings immer noch keine Nachricht von Eliza. Das Karaoke-Video rauscht wie eine Welle durchs Netz, es hat die richtige Wirkung, eine Mischung aus Schadenfreude und Unterhaltung. Kurz und knackig geschnitten, perfekt, um viral zu gehen, ein digitaler Snack. Zum Totlachen.

Zum Kotzen! Gemein, machohaft, spaltend. Typisch Nest.

»Wichser!«

Sirin kennt ihre Wut, sie ist explosiv, vernichtend. Als Kind hat sie oft minutenlang geschrien, an ihrem Hals war eine kleine blaue Ader, die dann beunruhigend anschwoll. Diese Ader ist heute noch zu sehen, direkt neben dem Totenkopf, sie ist ihr persönlicher Seismograf. Die aufbrandende Wut verdrängt das Hochgefühl, das sie seit der Begegnung mit Jonas spürt. Sie hat ihn auch später nicht nach Nest und »Love & Found« gefragt, besser nicht. Jonas hingegen hat viel gefragt, viel erzählt, aber sie hat ihr Wochenende mit Eliza ausgespart. Instinktiv hat sie gespürt, dass »Love & Found« zwischen ihnen steht, und sie ist nicht bereit für Auseinandersetzungen. Noch nicht. Aber jetzt schwillt ihre Ader und der Hass auf Nest. Sie fühlt sich schlecht, wenn sie an Eliza denkt. Das Video ist mehr als nur ein bisschen Ärger, es ist eine Vernichtung. Zwar gibt es in den Kommentaren auch kritische Stimmen, vor allem aus der feministischen Ecke, aber selbst durch diese Debatten wird das Video immer populärer.

Arme Eliza! Das wird nie mehr aus dem Netz verschwinden. Die Zahl der Views wird irgendwann runtergehen, ja, es werden andere schrecklich, gemeine, pseudolustige Sachen viral gehen. Aber nichts kann dieses Video mehr aus der digitalen Umlaufbahn nehmen. Sirin kratzt sich am Kopf. Menschen werden Eliza auf der Straße erkennen und auslachen. An ihr nagt das schlechte Gewissen, dass sie sich einfach so mit Jonas einlässt. Jonas, der auf der Gehaltsliste des Feindes steht. Ein Handlanger von Nest. Aber er ist auch ihr Jonas und sie braucht ihn jetzt.

Dann scrollt sie durch ihren Instagram-Feed und sieht eine Nachricht von Franziska. Eigentlich sind es zwei, Franziska hatte ihr gestern schon geschrieben. Die neue Nachricht klingt noch dringlicher.

> FRANZISKA
> Sirin, bitte melde dich bei mir.
> Eliza geht es nicht gut.
> Ich brauche deine Hilfe.

Sirin starrt auf ihr Handy. Franziska will bestimmt ihren Draht zu Jonas nutzen. Sie durchschaut die junge Frau. Sieht harmlos aus, mit ihrem Stoffbeutel. Aber die beißt sich fest, wenn sie was haben will. Wird mal eine richtig gute Journalistin, denkt sie. Und zwar nicht bei diesem seltsamen Frauen-Magazin. Jonas konfrontieren. Sie kann das jetzt nicht. Vielleicht wenn das Laborergebnis da ist. Vielleicht wenn das Laborergebnis gut ist. Dann kann sie wieder an andere denken. Jetzt sind ihre eigenen Probleme dran.

MONA

Franziska sitzt bei Mona am Küchentisch, der Laptop färbt ihr Gesicht blau und sie sieht noch bleicher aus als sonst. Mona hat ihr gerade eine weitere Kanne Kaffee gekocht, sie selbst wollte eigentlich nur heißes Wasser, trinkt jetzt aber auch Koffein. Franziska hat um 17 Uhr Feierabend gemacht und ist direkt zu Mona gefahren. Jetzt ist es schon fast Mitternacht, Mona ist erschöpft, aber Franziska wirkt fast wacher als vor sechs Stunden.

»Das ist unglaublich, hier habe ich noch eine gefunden, die mit uns telefonieren will. Sie ist total angepisst von ›Love & Found‹, wurde aber von der Hotline nach allen Regeln der Kunst abgewimmelt. Schreibst du auf?«

Mona geht folgsam zur alten Flipchart, die sie aus ihrem Arbeitszimmer in die Küche gerollt hat. Bislang hat sie für ihre Yogaschülerinnen Ernährungstipps darauf geschrieben oder Übungen für zu Hause. Jetzt sind die Blätter voller Namen und Stichworten zu den »Love & Found«-Fällen.

»Okay, wir haben hier einen Neuzugang. Karin, 43, Bankkauffrau. Hat zwei Monate mit Jürgen geschrieben. Und, jetzt kommt's: Dieser Jürgen tauchte genau in diesem Moment in ihrem Postfach auf, als sie ihr Profil löschen wollte.« Franziska pikst mit ihrem Zeigefinger in die Luft.

»Und ta-da: So war es auch bei Sonja, bei Michael, bei Margot und bei Pia. Mona, wir haben hier ein richtiges Muster gefunden. Die anderen können sich nicht genau erinnern, wollen es aber nicht ausschließen.«

Franziska hört einen Moment auf, in die Tasten zu tippen, und schaut Mona begeistert an. Mit ihren leicht zerzausten Haaren und der fahlen Gesichtsfarbe sieht sie ein bisschen aus wie eine verrückte Professorin, die gerade ein höheres Mathematikproblem erfolgreich löst. »Und dann die vielen Gerüchte über Fake-Profile, da ist auf jeden Fall was dran. Manche können das ja sehr genau beschreiben.«

Franziska lacht glücklich auf.

»Das ist eine richtig krasse Story! Der Typ von Pia hieß sogar auch Alexander.«

Mona schaut zweifelnd. Ihr ist es die ganze Zeit um Eliza gegangen und ja, auch um Gerechtigkeit. Plötz-

lich hat sie Sorge, dass Franziska ihren Jagdeifer über-
treibt. Dass es ihr nur um den journalistischen Scoop
geht und nicht darum, Eliza zu helfen.

»Wir können das nicht ohne Elli veröffentlichen«,
bremst Mona. »Es ist ihre Geschichte.«

Die Begeisterung schwindet aus Franziskas Gesicht.

»Mona, Eliza liegt seit vorgestern im Bett und will
nicht aufstehen. Sie redet nicht, sie meldet sich nicht.
Ich habe ja nichts dagegen, sie einzubinden. Aber wie
sollen wir das machen?«

Mona nimmt die Kanne und gießt noch mehr Kaffee
in die zwei Becher auf dem Küchentisch. Sie überlegt.
Franziska hat Recht, Eliza entzieht sich allem – mal
wieder. Das Ganze ist für sie traumatisch, in Ordnung.
Der Verlust von Alexander, das Video und natürlich Tims Auszug. Sie versteht ihre Freundin. Gleichzeitig wächst in ihr auch Unwillen. Soll sie dem Elizas
Eskapismus einfach so nachzugeben? Schon wieder?
Damals, im Studium, da hat sie Eliza fast drei Jahre in
Watte gepackt, hat alles für sie geregelt, was Eliza nicht
mehr selbst geschafft hat. Ihre Freundin war wie ein
Roboter zur Uni gegangen, und Mona hatte eingekauft,
geputzt und Eliza auch daran erinnert, ab und zu ihr
T-Shirt zu wechseln, zu duschen oder zum Friseur zu
gehen. Eliza war kaum lebensfähig gewesen. Irgendwie
scheint sich die Situation jetzt zu wiederholen. Soll sie
wieder mal Kindermädchen spielen? Jetzt, wo der tolle
Tim nicht mehr zur Stelle ist? In Köln hatte Eliza sie
auch nicht gebraucht, da ist sie Alexander dem Großen

nachgelaufen. Wenn sie diesmal nicht von selbst aufsteht, dann bleibt sie vielleicht für immer im Bett. Wie ihre Mutter. Der Gedanke erschreckt sie zutiefst.

Monas eigenes Leben ist auch wegen Eliza anders verlaufen. Das soll kein Vorwurf sein, sie ist schließlich erwachsen und selbst für ihre Lebensplanung zuständig. Und trotzdem. Mona hatte viele kurze Beziehungen und Affären, aber irgendwie ist nie etwas Festes daraus geworden. Die Männer haben gespürt, dass Eliza in ihrem Leben die Nummer eins ist. Bei einem Kind wäre das vielleicht in Ordnung gewesen. Aber mit einer besten Freundin konkurrieren? Und Mona hatte es verletzt, als Eliza nach der Uni einfach zu Tim übergelaufen ist, direkt als es ihr ein bisschen besser ging. Von einem Rettungsseil zum nächsten. In diesem Moment trifft sie ihre Entscheidung: »Wir gehen morgen zu Eliza und präsentieren unsere Recherchen. Sie soll uns zuhören, ob sie will oder nicht. Wir bieten ihr an, gemeinsam mit uns gegen ›Love & Found‹ vorzugehen.« Franziska nickt und Mona fährt fort: »Aber wenn sie sich entscheidet, im Bett zu bleiben, dann ziehen wir es allein durch! Hier geht es nicht mehr nur um Elli.«

ELIZA

Eliza dämmert. Die dunkle Wolke des Halbschlafs hüllt sie ein, betäubt die Schmerzen. Sie isst nichts mehr, trinkt sogar wenig, damit sie nur selten zur Toilette muss. Vielleicht zweimal am Tag, sie zählt nicht mit, einmal hat sie sich bei dieser Gelegenheit auch die Zähne geputzt, dann hat sie auch das aufgegeben. Am ersten Tag hat sie noch zwischendurch wachgelegen, gegrübelt, doch die Gedanken sind so quälend, dass sie nach und nach alles ausblendet und sich ganz und gar im Zwischenreich zwischen Schlaf und Wachsein einrichtet. Einfach loslassen, nichts mehr tun müssen, nicht mehr denken, nicht mehr fühlen. Vor allem das. Wie ein Geist schießt immer wieder Alexander in ihre Gedanken, es ist fast wie ein Reflex. Doch sofort wird sein Bild zur leeren Hülle, werden ihre tröstlichen Fantasien der vergangenen Monate überschrieben von seiner Beichte im Arbeitszimmer, dem hilflos gerundeten Rücken, der beschlagenen Brille, der vor Angstschweiß glänzenden Stirn. Sie versucht, nicht mehr an Alexander zu denken, nicht an Tim, nicht an Nest und das Video, nicht an ihren Vater, nicht an ihre Mutter. Sie will nicht an ihren Job, nicht an ihre Kinder, nicht an Köln denken. Sie ist bereit, ihr ganzes Leben auszulöschen für ein bisschen Frieden.

An ihrer Schlafzimmertür klopft es, erst zart, dann resoluter. Eliza rührt sich nicht, kann sich gar nicht rühren, die Tür geht trotzdem auf. Es ist Dorle, die weiche, runde Dorle, und durch ihre Augenschlitze kann Eliza ihre bunten Gewänder betrachten wie durch ein Kaleidoskop. Auch ohne Einladung zieht sich Dorle einen Stuhl an das Bett und legt eine Hand auf ihren heißen Arm.

»Eliza, du Arme.«

Die Hand ist trocken, kühler als ihre Haut, fest und ein bisschen schwielig. Dorle ist im Frühjahr in irgendein Gartenprojekt eingestiegen. Ihre Hand fühlt sich danach an, nach Arbeit, Erde und Ernte. Auch wenn Eliza die Augen geschlossen hält, beginnt Dorle flüsternd auf sie einzureden.

»Es tut mir so leid, mein Schatz. Das muss alles so schlimm für dich sein.«

Kurz fällt Eliza ein, dass Dorle ja gar nichts weiß, nichts von Köln, von Alexander, nichts von dem Kuss.

»Du musst Timi verstehen. Ihr beide, ihr habt völlig den Kontakt verloren. Ich habe letztens einen Artikel gelesen über innere Kündigung. Neumodisches Zeug, habe ich gedacht. Und dann ist mir aufgefallen, dass ihr genau so eure Ehe geführt habt. Unbeteiligt, ohne Herz und ohne Leben. Nur noch die Fassade einer Beziehung. Der Tod seines Vaters hat Tim völlig aus der Bahn geworfen, aber du hast es gar nicht bemerkt. Er hat stundenlang bei mir auf dem Sofa gesessen und geweint. Ich denke, das weißt du nicht mal. Es ist schrecklich, dass er gegangen ist und dass du jetzt hier liegst. Aber er ist mein Sohn und ich kann ihn auch verstehen. Noch nicht mal, als er seinen Koffer gepackt hat, wolltest du ihm zuhören.«

Dorle seufzt und streicht mit ihren rauen Händen über Elizas heißen Arm. Es fühlt sich gut an, aber Eliza ist nicht bereit für Trost. Geh jetzt, denkt sie. Geh zu deinem Timi und koch ihm Königsberger Klopse, bis er fett wird und daran erstickt.

»Du bist mir wichtig, Eliza. Ich habe mich so gefreut, als Tim dich kennengelernt hat. Endlich eine Tochter! Aber du bist, ja wie eigentlich? Wie ein Geist. Da und nicht da. Das ist schwer auszuhalten.«

Ist das jetzt ein Selbstgespräch, fragt sich Eliza. Geht es um mich? Will sie gehört werden? Oder einfach nur was loswerden? Es ist plötzlich sehr still im Schlafzimmer, bis auf das Geräusch des Katers, der in ihre Kniebeuge gerollt schwach schnurrt.

Endlich eine Tochter! Was heißt das, wie soll sich das anfühlen?

Dorle steht vom Stuhl auf, ein bunter, schwer atmender Kleiderberg, und trägt ihn wieder zu seinem Platz.

»Tschüs, mein Schatz. Gute Besserung. Wenn du willst, komme ich wieder vorbei.«

Sie schließt leise die Tür und Eliza schläft ein.

Erneut klopft es an der Tür, Eliza weiß nicht, ob seit Dorles Besuch Minuten oder Stunden vergangen sind. Wieder öffnet sich die Tür, auch ohne ein Herein. Jeder darf hier einfach reinspazieren und sie begaffen. Es ist wie im Zoo, sie wird nicht gefragt.

»Hey Elli«, sagt die Stimme, es ist Mona, niemand sonst nennt sie Elli, es ist ihr Kinderspitzname.

Auch Mona zieht den Stuhl an ihr Bett, der Nächste bitte, und fängt an, flüsternd auf sie einzureden.

»Elli, Süße. Was machst du für Sachen?«

Eliza stellt sich weiter schlafend, sie will auch Mona nicht zuhören, gerade ihr nicht, die mit ihrer dämlichen Online-Daterei und der Mail an Nest den ganzen Schlamassel ausgelöst hat. Soll sie sich ruhig schämen. Doch je länger sie Mona zuhört, desto mehr hat sie den Eindruck, als würde sie sich gar nicht schlecht deswegen fühlen.

»Elli, steht bitte auf«, drängelt sie sogar. »Franziska und ich haben weiter in der ›Love & Found‹-Sache recherchiert. Das ist wirklich eine Schweinerei, was da passiert, zumindest glauben wir das. Wir haben noch andere Frauen und auch ein paar Männer gefunden, denen genau das Gleiche passiert ist wie dir. Wir können diesen Nest aufspießen, aber wir kommen ohne dich nicht weiter.«

Eliza hört Mona zu und unter ihrer Teilnahmslosigkeit regt sich ein Impuls, eine winzige Wut. Was stochern die beiden in ihrer Schmach herum? Warum wird sie nicht einfach in Ruhe gelassen? Wie kommen sie auf die Idee, sie würde jetzt einfach so aufstehen und sich mit Jan-Eric Nest duellieren? Es ist absurd. Sie atmet so flach, dass sich nichts mehr an ihr bewegt, selbst Keith Richards ist nur ein warmer, weicher Fellball, der sie kitzelt, aber Eliza reagiert nicht.

Im Stillen erwartet sie, dass Mona jetzt noch lange auf sie einredet, bittet, vielleicht sogar fleht. Sie hatte das früher oft gemacht, war dann fast so verzweifelt wie sie selbst gewesen. Es hatte Eliza genervt, aber es war auf eine seltsame Weise auch beruhigend gewesen. Mona hatte sie gezwungen, zwischendurch aufzustehen, sich die Zähne zu putzen, ein Stück Obst zu essen. Sie waren wie eine Mutter und ihr unwilliges Kind. Solange Mona an ihr zog und zerrte, konnte sie sich gehenlassen. Doch irgendwie scheint sogar Mona anders zu sein, Teil dieser Welt, in der kein Stein auf dem anderen bleibt.

»Steh jetzt einfach auf!«, sagt sie streng und gar nicht mehr so leise.

Sie wirkt sauer, ihre Mona hat kein Mitleid, sondern ist wütend auf sie. Die Erkenntnis hätte sie hart getroffen, wäre da nicht diese dunkle Watteschicht, die auch solche Gefühle bis zur Unkenntlichkeit dämpft. Zett wie Zerstörung. Es ist mir egal, denkt Eliza und weiß, dass es nicht stimmt.

SIRIN

Sirin liegt regungslos auf ihrem Bett und wartet. Auf den Anruf, der nie zu kommen scheint. Auf die Erlösung, an die sie selbst nicht mehr glaubt. Sie hat sich bislang eigentlich gesund gefühlt, doch langsam beginnt sich eine Erschöpfung in ihr breitzumachen. Sie spürt in ihre Brust hinein, ein Körperteil, dem sie bislang nicht besonders viel Aufmerksamkeit geschenkt hat. Ihre Brüste waren einfach da gewesen, fest und klein und rund, wie alles an ihr gut in Schuss, kein Grund, länger über sie nachzudenken. Jetzt jedoch passierte in ihr vielleicht etwas, links, direkt beim Herzen. Sie stellt sich die Eindringlinge vor, Zellen, die sich teilen und teilen. Ein Wachstum, das in eine völlig falsche Richtung geht, das nicht Entwicklung bedeutet, sondern Zerstörung. Ein Geschwür, das sie nicht einfach ignorieren oder weglachen kann. Ein Geschwür, das so lange wächst, bis es sie von innen zerreißt.

Die Türklingel unterbricht ihre düsteren Gedanken. Kurz überlegt sie, ob sie den Lieferdienst bestellt hat, aber es ist eigentlich zu früh für Pizza, und so durcheinander ist sie trotz allem nicht. Sie drückt direkt auf den Türöffner, die Sprechanlage hat sie noch nie benutzt. Auf der Treppe hört sie schnelle Schritte, da joggt jemand die Stufen hoch.

»Hier unten«, ruft sie und geht auf nackten Füßen zwei Schritte ins Treppenhaus, um zwischen dem Geländer hochzuschauen. Vielleicht hatte die Studentin aus dem Dachgeschoss ihren Schlüssel vergessen? Aber die müsste ja nicht wegrennen, außer sie muss dringend aufs Klo. Dann hört sie die Schritte wieder runterpoltern. Sie erkennt ihn schon an seinem Wollpulli, dann am Blitzen seiner Haare, seiner Art, zwei Stufen auf einmal zu nehmen, den schlackernden Armen. Jonas rennt die Treppen runter, rennt so schnell, als hätte er Angst anzuhalten und dann vielleicht umzukehren. Er rennt so schnell, dass sie keine Zeit hat zu überlegen, ob sie das will, was jetzt kommt. Angekommen ist er außer Atem und schubst sie mit der Schulter einfach durch den Rahmen. Kurz holt er Luft und schließt leise die Tür. Und sie steht staunend da mit ihrem schmuddeligen Hello-Kitty-Schlaf-T-Shirt und ungekämmten Haaren. Bewegt sich nicht, kein bisschen, bis Jonas sie schließlich in den Arm nimmt, sie küsst und sich die ganze Erstarrung auflöst, flüssig und weich wie Wasser. Sie bleiben nicht im Flur, sondern stolpern aufgeregt ins Schlafzimmer.

Sirin zieht Jonas den Wollpulli aus, nicht ohne kurz an ihm zu riechen. Sie bewegen sich jetzt langsam, ganz langsam, denn sie haben Zeit, viel Zeit. Und wie in einem zurückgespulten Zeitraffer schrumpft das Jahr der Trennung zusammen und lässt nur noch Gegenwart zurück. Sie liebt Jonas mit der erschütternden Intensität eines Platzregens, der so warm ist, dass es keinen Grund gibt wegzulaufen. Als sie vom Sex verschwitzt nebeneinander liegen, bleibt er einfach in ihr drin und sie vergräbt ihre Nase in der Kuhle unter seinem Hals. Sie nimmt einen tiefen Atemzug, gerade so als hätte sie in einem Raum ohne Sauerstoff das Fenster weit aufgerissen und als ströme klare Luft hinein. Ich darf das noch mal fühlen, bevor ich sterbe, denkt Sirin. Und als hätte er ihre Gedanken gehört, flüstert Jonas.

»Ich bin da. Du stirbst nicht.«

ELIZA

Eliza weiß nicht, wie lange sie geschlafen hat und welcher Tag ist. Ihr Körper fühlt sich schlaff an, als könne er nie mehr funktionieren wie früher. Vorsichtig hebt sie eine Hand, es ist anstrengend, und legt sie an ihre Stirn. Die Hitze ist weg. Nach und nach bewegt sie ihre Körperteile, reckt einen Zeh, dreht sich einen Millimeter. Vorsichtig, als könne irgendwas zerbrechen, wenn sie zu ruckartig vorgeht. Ihr linkes Bein schaut unter der Bettdecke heraus. An ihrer Kniebeuge spürt sie das struppige Fell von Keith Richards, er liegt ganz still.

Zu still? Ihr Instinkt sagt ihr, dass irgendwas nicht stimmt, irgendwas fehlt. Sie fühlt sich zu schwach, um nachzusehen, müsste ihre Körperhaltung verändern. Mit offenen Augen lauscht sie auf ein Geräusch des Katers, ein Schnurren, ein Seufzen im Schlaf. Nichts.

Sie nimmt all ihre Kraft zusammen und bewegt ihr Bein noch mehr, schubst Keith Richards an, erst sanft, dann ein wenig fester. Nichts.

Angst steigt in ihr auf. Noch vor ein paar Wochen hatte die Tierärztin sein Herz abgehört. Es war nicht bedrohlich gewesen, nur eine Unregelmäßigkeit. »Er ist schon ein betagter Herr«, hatte sie lächelnd gesagt. »Ein alter Kater, der schon ganz schön viel erlebt hat.« Konnten Katzen einen Herzinfarkt bekommen? Sie kann jetzt nicht auch noch Keith Richards verlieren. »Los, steh auf«, beschimpft sie sich selbst. »Du musst mit ihm in die Praxis.« Mit aller Kraft drückt sie sich auf den Unterarmen hoch, vom langen Liegen ist ihr kurz schwindelig. Vorsichtig zieht sie ihre Beine vom Kater weg. Im Dämmerlicht des Zimmers kann sie ihn jetzt sehen. Stocksteif liegt er da. Oder ist da ein Atmen? Eliza kneift die Augen zusammen und strengt sich an, etwas zu erkennen. Nichts. Jetzt ist sie plötzlich hellwach, sie schaut auf den alten Radiowecker auf ihrem Nachtisch, den sie aus nostalgischen Gründen nie weggeworfen hat. Die roten eckigen Ziffern zeigen 10:11 Uhr. Sie beugt sich zu Keith Richards und nimmt seinen Kopf in die Hand. Seine Augen sind offen, aber da ist kein Lebenszeichen. Sie tastet nach einem Puls, nach einem Heben und Senken des Brustkorbs, aber sein Körper ist völlig leblos. Sie erinnert sich, dass Katzen auch bewusstlos sein können. Sie könnte ihn reanimieren, sie hat das schon mal geschafft. Sie tastet nach ihrem Handy auf dem Nachttisch, schaltet die

Taschenlampe ein und leuchtet ihm in die Augen. Auch die Pupillen reagieren nicht, bleiben schwarz und weit wie zwei dunkle Pfützen.

Eliza weiß jetzt Bescheid, sie hat keine Eile mehr. Sie nimmt den schlaffen Körper von Keith Richards in den Arm wie ein Baby und wiegt ihn leise hin und her. »Guter Junge«, flüstert sie ihm in sein halbes Ohr und streichelt sein struppiges Fell. Und dann beginnt sie zu weinen, die Tränen fließen aus ihr wie aus einer Regenrinne.

Sie weint.

Weint um Tim, der ihre schon nicht mehr vorhandene Beziehung gekündigt hat. Sie weint um Sirin, die vielleicht Krebs hat, weint auch, weil sie sich die letzten Tage nicht mal nach ihrem Befinden erkundigt hat. Sie weint sogar um Alexander, von dem sie nicht mal weiß, wer er ist, und den sie hasst und trotzdem vermisst. Sie weint um ihre Mutter, die lieber tot war, als weiter zu trauern, und sie weint um ihren Vater, der so hungrig nach Leben war, bis ihn der Tod zerrissen hat. Sie weint um die kleine Eliza mit Zett, die nicht mal am Sarg Abschied nehmen konnte. Und sie weint um Keith Richards, der zwar verlebt war, aber sich eben noch schnurrend an ihrem Bein gerieben hat. Sie weint um diese Verluste, die ganzen Löcher, die aus ihr einen Schweizer Käse gemacht haben. Sie weint eine Stunde lang, und als die Uhr 11:11 zeigt, steht sie auf, Keith Richards fest im Arm. Die Kinder sitzen in der Küche, Herbstferien, fällt ihr ein, und schauen sie erstaunt an.

»Keith Richards ist tot.«

Sie ist jetzt ganz die Erwachsene, die weiß, was zu tun ist.

Mia zieht erschrocken die Luft ein, und Niklas keucht kurz.

»Es ist so traurig, aber er ist ganz friedlich gestorben. Es war wohl das Herz. Wir müssen ihn beerdigen.«

Alle drei ziehen sich Gummistiefel an, und Niklas findet in der Abstellkammer eine kleine Gartenschaufel, mit der Tim manchmal Kübelpflanzen umgetopft hat. Sie wickeln Keith Richards in seine rotkarierte Decke, auf der er immer geschlafen hat, wenn sie sich im Fernsehen einen Film angeschaut haben. Mia nimmt den schon etwas verblühten Blumenstrauß aus der Vase auf dem Küchentisch. Eliza hatte ihn vor ein paar Tagen gekauft, damals, als sie noch mit Tim eine Familie hatte und kein Video von ihr im Netz kursierte.

Draußen regnet es stark, aber sie nehmen keinen Schirm, sondern ziehen die Kapuzen ihrer Jacken auf die Köpfe. Ohne zu sprechen steuern sie den Park in der Nachbarschaft an, Eliza in der Mitte und die Kinder links und rechts von ihr, ein feierlicher Beerdigungszug. Die karierte Decke ist jetzt schon nass, schützt den toten Kater aber vor den Blicken der Passanten.

Der Park ist menschenleer, niemand will bei dem nassen Wetter spazieren gehen. Die drei suchen eine Stelle, an der man tief ins Gebüsch gehen kann. Nik will schon die Schaufel nehmen, aber Eliza widerspricht.

»Bitte, lass mich das machen.«

Sie gibt Niklas das Bündel, kniet auf dem Boden und beginnt zu graben. Erst entfernt sie die Grasnarben, dann häuft sie an der Seite schwarze, feuchte Erde. Sie gräbt und gräbt, während der Regen ihre Jacke durchweicht, und die Feuchtigkeit auf den Knien ihrer Jeans dunkle Flecken hinterlässt. Es ist anstrengend, nach den langen Tagen im Bett, aber sie schaufelt immer weiter. Mia hilft ihr mit bloßen Händen, reißt Wurzeln und Steine heraus, bis ihre Hände und Fingernägel braun eingefärbt sind. Beide Kinder weinen jetzt um den Kater, aber Eliza ist ganz ruhig und arbeitet sich durch die Erde. Es dauert lange, bis das Loch tief und groß genug ist, um den Kater ganz aufzunehmen. Eliza hebt ihn aus der Decke und legt ihn in sein Grab. Noch einmal streichelt sie seinen kalten Körper. Alle drei nehmen sich eine Blume vom Strauß und werfen sie in das Grab.

»Tschüs, Keith Richards«, weint Mia.

Niklas sucht etwas auf seinem Handy und gleich darauf erklingt »As tears go by« von den Rolling Stones. Vorsichtig legt er das Handy auf die Decke und alle drei stellen sich rund um das Grab.

»Ich will eine Rede halten«, sagt Eliza und fasst ihre Kinder an den Händen, links Niklas, rechts Mia.

»Keith Richards«, sagt sie feierlich. »Ich erinnere mich noch genau an den Moment, als wir dich im Tierheim entdeckt haben. Dein halbes Ohr war zum Verlieben. Wir haben uns dein verrücktes Leben auf der Straße oft vorgestellt, uns Geschichten davon erzählt. Du hast es richtig krachen lassen, wir haben es an deinem Fell gesehen, deinen Narben. Aber wir glauben, dass du eine Menge Spaß gehabt hast. Wir waren so was wie ein Altenheim für dich und du hast uns sehr oft deinen Hintern gezeigt. Liebe war dir wichtig, aber noch wichtiger war dir dein Futter. Wir waren sehr gerne deine Dosenöffner. Du warst ein wichtiger Teil unserer Familie. Wir haben dich geliebt und jetzt müssen wir dich loslassen. Das tut weh, aber es gehört zum Leben dazu. Keith Richards, wir werden immer an dich denken, solange wir leben.«

Alle drei werfen eine der verblühten Blumen in sein Grab. Sie schaufeln die Erde auf seinen toten Katzenkörper, und nach und nach verschwindet sein struppiges Fell. Eliza findet einen großen, flachen Stein und legt ihn aufs Grab.

»So können wir ihn mal besuchen«, sagt sie, und alle drei nehmen

sich jetzt in den Arm.

»Kommt, wir gehen nach Hause.«

Sie gehen Arm in Arm durch die nassen Straßen, Elizas Hose und Jacke ist voller Erde, selbst in ihren Haaren kleben schmierige Krümel. Weil sie sich während des Grabens den Schweiß aus dem Gesicht gewischt hat, sind in ihrem Gesicht schwarze Streifen. Ihr Kopf ist hoch erhoben und sie fühlt sich wie eine Kriegerin, die sich für die nächste Schlacht sammelt. Ein paar Passanten starren sie an. Sie überlegt kurz, ob es wegen des Videos ist, ob sie erkannt wird. Dann beschließt sie, dass es ihr egal ist. Tiere sterben. Menschen sterben. Ich werde irgendwann sterben, Mona, sogar die Kinder.

Jetzt lebe ich. Wir leben.

Es gibt Wichtigeres als dieses blöde Video. Links leuchtet das Schild der Eisdiele Capri und Eliza stoppt. Sie brauchen jetzt etwas Süßes, alle.

»Drei Bällchen für jeden mit Schokostreuseln«, sagt sie, und die Kinder nicken ernst.

Zu Hause angekommen kocht sie Kaffee. Sie sitzen in der Küche. Der Radiosprecher spricht über den Wahlsieg von Donald Trump. Er versucht, seine Stimme neutral klingen zu lassen, aber sie spürt seine Erschütterung.

Mia ist empört.

»Mama, der Grapscher ist Präsident. Wieso? Warum haben die den gewählt?«

Auch Eliza trifft die Nachricht wie ein Schlag. Der Lügner, dieser durch und durch widerwärtige Mensch, ist jetzt tatsächlich der mächtigste Mann der Welt. Die USA sind weit weg, aber die Nachricht macht ihr Angst. In welcher Zukunft werden ihre Kinder leben müssen?

Und hier, zu Hause? Wie werden sie ohne Keith Richards klarkommen? Wie ohne Tim?

»Wie geht es euch, ohne Papa?«.

Die beiden zucken mit den Schultern.

»Er meint, es ist vorläufig«, sagt Niklas.

»Lasst ihr euch scheiden?«, fragt Mia.

»Ich weiß es nicht.«

Die Kinder sind zu groß, um sie mit Ausreden zu beruhigen.

»Es tut mir leid, dass ich euch die letzten Tage alleingelassen habe. In so einer Situation. Das muss schlimm gewesen sein.«

Mia nickt.

»Für dich ist es auch schlimm,« sagt Niklas.

»Für Papa auch«, sagt Eliza. »Es ist nie nur einer schuld, wenn es schief geht.«

Im Radio wird weiter über den Wahlausgang in den USA berichtet, immer wieder hört Eliza Trumps Stimme, wie er Gemeinheiten von sich gibt, dabei genüsslich die Worte zerdehnt und dann schrill wird, wie eine Sirene. In ihr wächst Ärger, dass diese breitbeinigen Typen immer durchkommen. Auch ein Jan-Eric Nest, mit seinen gefälschten Profilen und weiß der Himmel welchen Schweinereien noch. Er hat ihre Not auf der Bühne missbraucht, um daraus Kapital zu schlagen. Auch er ist ein Typ wie Trump, einer, der sich einfach alles nimmt, ohne zu fragen.

Sie erinnert sich noch mal genau daran, wie sie Alexander kennengelernt hat. Kopfschmerzen hatte sie gehabt und trotzdem hatte sie sich hastig daran gemacht, die digitalen Spuren des Abends zu beseitigen. Dennoch war sie neugierig gewesen und deshalb vor dem Löschen noch mal durch die Anfragen gegangen.

Aber was war dann passiert? Sie war gerade dabei ihr Profil zu löschen, als eine Nachricht aufgeploppt war.

> **ALEXANDER**
> Ich könnte mir stundenlang
> deine Fotos ansehen.

Fakt war, dass sie den Löschvorgang abbrach. Einfach zurückschrieb.

> **ELIZA**
> Wieso?

Und er antwortete, schon nach ein paar Sekunden. War das wirklich ein Zufall gewesen? Und so ging es weiter und weiter, eine Nachricht folgte auf die nächste, jede ein bisschen intensiver. Mr. »Love & Found«! Da ist doch was faul, warum war ihr das bloß nicht früher aufgefallen? Sie will jetzt handeln, aber vorher muss sie sich mit Mona versöhnen. Das Video macht sie immer noch sauer, aber es gibt Schlimmeres.

Sirin! Was ist mit dem Laborergebnis?

Sie trinkt den Kaffee mit einem großen Schluck aus und wendet sich den Kindern zu.

»Nik, kannst du mir vielleicht ein Brot schmieren? Ich dusche jetzt und dann muss ich ein paar dringende Sachen für die Arbeit erledigen. Ist es okay für euch, wenn ich für ein paar Tage nach Köln fahre?«

ELIZA

Bettina hat wieder einen Vierertisch im ICE nach Köln gebucht, den sie jetzt aber alleine für sich haben. Franziska, Mona und Eliza haben den Laptop aufgeklappt vor sich und diskutieren flüsternd über die nächsten Schritte.

»Ich finde vor allem diese Sonja interessant«, sagt Franziska. »Sie wurde auch genau in dieser Sekunde angechattet, als sie den Löschvorgang für die App gestartet hat. Und da ging es auch länger hin und her. Immerhin zwei, drei Wochen.«

Eliza lächelt verlegen.

»Die war nicht ganz so naiv wie ich.«

»Niemand ist so naiv wie du, Süße.«

Mona kramt noch mal nach ihrem Notizbuch.

»Bei Rolf war es auch so. Er hat dann mit einer Klara gechattet und als er sie nach ein paar Tagen treffen wollte, hat sie ihn geghostet. Die anderen konnten sich leider nicht so genau erinnern.«

Sie haben jetzt genügend Beispielfälle zusammen, um eine interessante Geschichte zu schreiben. Sieben Frauen und Männer haben ihnen von den frustrierenden Erfahrungen mit »Love & Found« erzählt, vier von ihnen sind einverstanden, mit vollem Namen und Foto veröffentlicht zu werden, die anderen unter Pseudonym.

Es ist offensichtlich, dass bei »Love & Found« mit Fake-Profilen gearbeitet wird, das zeigen auch die vielen Beschwerden in Foren. All das ergibt schon eine gute Story, es ist ein Muster erkennbar. Aber es fehlen auch die Beweise, Jan-Eric Nest wird damit durchkommen. Es ist eine der vielen kritischen Geschichten über das Online-Dating, wenn sie ausschließlich mit diesen Informationen veröffentlicht wird. Nest kann alles auf andere schieben, behaupten, dass sogenannte Spammer Fake-Profile bei »Love & Found« anlegen, um an Daten von Singles zu kommen. Er wird sich als Opfer darstellen, höchstens zerknirscht zugeben, dass die Sicherheitsvorkehrungen bei »Love & Found« nicht hart genug sind.

Eliza will mehr.

Hinter »Love & Found« steckt ein Betrugs-System, das weiß sie. Sie müsste Alexander finden. Nicht, um ihre romantischen Fantasien auszuleben, sie will jetzt verstehen! Wer er ist. Und warum er so viel Zeit in sie investiert hat, um dann einfach zu verschwinden. Doch um diese Story wasserfest zu machen, brauchen sie einen Spion, einen Whistleblower. Sie will Nest nicht nur ärgern, sie will ihn hart treffen.

Jonas ist der Schlüssel.

Die drei kommen in Köln an und checken im Backpack-Palace ein. Ohne Pause machen sie sich auf den Weg zu Sirins Wohnung. Mona hatte kurz gegen das Hostel und für ein Airbnb gevotet, war aber kurzerhand überstimmt worden. Es hatte sich angefühlt wie nach Hause kommen. Eliza hat den Check-in übernommen und Michael hat sie begrüßt wie eine alte Freundin. Völlig selbstverständlich hat er ihr Sirins Adresse gegeben, als sie gesagt hatte, dass diese schon den ganzen Tag nicht ans Telefon gegangen sei. Die drei gehen schweigend die Straße entlang. Eliza macht sich etwas Sorgen, sie hat jetzt länger nichts von Sirin gehört. Ob das Labor sich gemeldet hat? Sie hat Angst vor einer schlimmen Diagnose. Krebs, das ist nicht nur irgendeine Krankheit. Sirin darf nicht sterben, sie hat sie gerade erst gefunden.

Die drei bleiben vor einem Mietshaus stehen, dessen letzter Anstrich mindestens 30 Jahre her ist. Eliza drückt die Klingel. Nichts. Sie drückt noch mal und noch mal. Endlich brummt der Summer. Die Tür ist über und über mit Graffiti beschmiert, sie drückt sie mit ihrer Schulter auf.

»Los geht's.«

Sirin steht schon an der Tür, als die drei erst hochmarschieren und dann den Weg in den Keller finden. Sie trägt nur ein langes T-Shirt, das ihr gerade so über den Hintern geht, und lehnt im Rahmen, barfuß und zerzaust. Als sie Eliza erkennt, huscht Überraschung über ihr Gesicht, dann ein Lächeln, das immer breiter wird.

»Die Kleinstadt-Queen! Ich wusste doch, dass du es ohne mich nicht aushältst!«

Eliza ist einen Moment überwältigt, so sehr freut sie sich. Sie stürmt auf Sirin zu, und die beiden schließen sich in die Arme.

Mona steht ein wenig irritiert daneben und studiert so interessiert den ramponierten Türrahmen, als wäre er ein Kunstwerk. Nach einer gefühlten Ewigkeit meldet sich Franziska.

»Äh, wenn ihr fertig seid mit der Show ›Bei der Geburt getrennt und endlich wiedergefunden‹, können wir vielleicht rein und kriegen einen Kaffee?«

Alle lachen. Sirin steht da in ihrer Unterhose und macht eine galante Bewegung wie ein Hotel-Page.

»Die Damen, bitte eintreten.«

Auf dem Weg nach drinnen flüstert ihr Eliza ins Ohr.

»Hast du ein Ergebnis?«

Sirin schüttelt den Kopf, sieht dabei aber so glücklich aus, dass Eliza kurz verwirrt ist. Der überraschende Besuch wird in die Küche dirigiert. Die drei setzen sich an den kleinen, wackelnden Bistrotisch, um den vier ganz unterschiedliche Stühle stehen. Sirin füllt den Wasserkocher und schaufelt löslichen Kaffee in vier Tassen, zwei davon ohne Henkel.

»Milch hab ich nicht«, sagt sie zu Eliza.

»Macht gar nichts, ich brauch nur Zucker.«

Draußen dämmert es langsam und in der Wohnung ist es schlagartig ziemlich dunkel. Sirin drückt auf den Schalter. Die Deckenlampe taucht den Tisch und den vollen Aschenbecher in ein weiches Licht. Es ist so friedlich, dass Eliza gerne auf »Pause« drücken würde. Sie hier, im Kreis von Freundinnen, ja, auch Franziska zählt sie irgendwie dazu, einfach so zusammen.

Sie hatte mit Mona vor der Abfahrt eine kurze, aber heftige Auseinandersetzung.

»Du kannst nicht einfach für mich handeln, für mich entscheiden. Dich in meine Sachen einmischen, ohne zu fragen. Wie konntest du einfach an »Love & Found« schreiben?«

Mona hat zurückgeblafft.

»Du kannst nicht einfach abtauchen. Alles bei mir abladen und mich dann ausschließen. Dich in Köln amüsieren und mich zu Hause arbeiten lassen.«

Eine Stunde lang haben sie sich alles an den Kopf geworfen, auch alten Ärger, schlecht verheilte Verletzungen. Dann war es gut. Sie hatten einen Auftrag.

»Komm mit nach Köln«, hatte Eliza gesagt.

Mona packt zwei prall gefüllten Papiertüten auf den Tisch, sie hat beim Bahnhofsbäcker noch Streuselkuchen gekauft, was mit Vollkorn gab es nicht. Doch Eliza interessiert sich jetzt nicht für Backwaren.

»Wir wollen diesen Jan-Eric Nest hochgehen lassen.«

In diesem Moment kommt Jonas in die Küche, ebenfalls barfuß und zerzaust, aber immerhin mit Jeans und T-Shirt bekleidet.

»Moin.«

Er kratzt sich am Ohr und schaut verwirrt in die Runde.

Sirin steht immer noch am Herd und zeigt lässig mit dem Daumen über ihre Schulter.

»Das ist Jonas.«

Sie zündet den Gasherd an und dreht sich dann um.

»Jonas, Eliza kennst du ja, das ist Franziska und …«, sie stockt. »Wer bist du eigentlich?«

»Das ist Mona«, ergreift Eliza das Wort. »Meine beste Freundin. Seit Ewigkeiten.«

Mona schaut sie dankbar an, und in diesem Moment spürt Eliza, wie sehr auch Mona sie braucht. Nicht nur für sie allein ist all die Veränderung gerade bedrohlich. Beruhigend legt sie ihr eine Hand auf den Arm, während Sirin sich neben Jonas stellt und ihren Kopf an seine Schulter lehnt.

»Das ist Jonas«, sagt sie, »äh, mein Freund?«

Es ist ihr anzusehen, dass sie sich gerade einen Ruck gibt.

»Jonas, meine große Liebe«, ergänzt sie und Eliza entdeckt etwas Weiches in Sirins Blick, das sie bislang noch nicht kennengelernt hat. Auch Jonas sieht sehr überrascht und ein wenig gerührt aus.

Er legt den Arm um Sirins Schulter.

»Und was macht ihr hier?«

Eliza steht jetzt auf, um Jonas direkt in die Augen sehen zu können.

»Jonas, wir wollen Jan-Eric Nest überführen. Wir wissen, dass er ein Betrüger ist, und brauchen Beweise. Wir brauchen Insiderwissen. Wir müssen verstehen, wie dieses System ›Love & Found‹ wirklich funktioniert.«

Jonas sieht jetzt sehr überrumpelt aus. Gut so! Er blickt ängstlich in die Runde, löst sich vorsichtig aus Sirins Umarmung und lässt sich auf den frei gewordenen Stuhl sinken. Kurz überlegt Eliza, die Strenge ein wenig aus ihrer Stimme zu nehmen, entscheidet sich dann aber für das genaue Gegenteil.

»Jonas! Wir brauchen dich.«

Sie reden und reden. Franziska packt den Laptop aus und führt Jonas Fall für Fall durch ihre Recherchen. Jonas hört erst schweigend zu, dann beginnt er selbst zu erzählen.

»Ihr wisst ja schon das meiste. Aber da ist noch mehr.«

Es ist nicht nur eine Anklage gegen »Love & Found«, es ist auch eine Beichte. Die kriminelle Energie von Nest ist noch viel schlimmer, als die Frauen erwartet hatten. Dahinter steht ein perfides System, das seine Angestellten zu kriminellen Gehilfen und Mitwissern macht. Eliza fragt, ob sie das Gespräch aufnehmen darf, und er nickt, als wäre das jetzt auch egal. Zwischendurch schaut Jonas zu Sirin, als fürchte er, sie könne ihn rauswerfen. Doch Sirin nickt ihm nur aufmunternd zu, als könne sie rein gar nichts mehr erschüttern. Derart gestärkt packt Jonas weiter aus, verschont weder seinen Chef noch sich selbst. Sirin setzt inzwischen Nudelwasser auf, und die Küche hüllt sich in warmen Dampf, während Jonas weiterredet. Nicht nur Nest, auch er selbst hat sich strafbar gemacht. Wie sehr, dass können sie nicht einschätzen. Tatsächlich gibt es nicht nur eine Betrugsmasche bei »Love & Found«, sondern viele. Franziska schreibt mit leuchtenden Augen mit, während Eliza und Mona immer wieder bestürzt nachfragen.

»Wirklich?«

Jan-Eric Nest hat eine regelrechte kleine Forschungs-
abteilung gegründet, die nur das eine Ziel hatte – mit
allen Mitteln immer mehr Menschen in teure »Love &
Found«-Abos zu lotsen. Dabei spielten Fake-Profile eine
große Rolle, die durch klug programmierte Algorithmen
immer lebensechter wirkten. Wie viel oder wie wenig
muss ein Mensch durch ein verschwommenes Profilbild
erkennen können, um den dringenden Wunsch zu ver-
spüren, es freischalten zu lassen? Bei »Love & Found«
wurde jede Menge Energie darauf verwendet, die An-
ziehungskraft von Fake-Profilen mehr und mehr zu
optimieren.

Doch offenbar tut es Jonas gut, über alles zu sprechen.
Seine Stimmung wird immer heiterer, er äfft Nest nach,
der sein Team wie ein durchgedrehter Diktator zu
immer abenteuerlicheren Betrugsideen angefeuert hat.
Der Typ ist gefährlich, noch viel gefährlicher, als Eliza
dachte. Es ist schrecklich, aber auch lustig.

Sirin stellt fünf Gabeln und eine große Schüssel
Pasta mit Tomatensauce auf den Tisch. Für Teller ist
kein Platz, deshalb essen alle wie auf einem Kindergeburtstag aus einer Schüssel, drehen sich Nudeln auf
die Gabeln und kleckern Soße auf den Bistrotisch.
Sie balgen sich noch um die letzten Spaghettischnüre
und schaben mit Toastbrot die Tomatenreste aus der
Schüssel. Franziska geht zum Kiosk, um Kölsch zu
holen, sogar für Mona.

Eliza nutzt den Moment.

»Was ist mit mir? Was ist mit Alexander?«

Jonas seufzt. Offenbar hat er schon die ganze Zeit auf die Frage gewartet.

»Ich will alles wissen«, sagt Eliza. »Jetzt ist es auch schon wurscht.«

Sie sitzen noch bis zehn in der Küche, trinken Flaschenbier und versuchen gemeinsam einen Plan zu entwickeln. Was können Franziska und sie veröffentlichen? Wo müssen sie Jonas schützen? Irgendwann ist ihnen allen klar, dass Jonas vor einer Veröffentlichung zur Polizei gehen und auspacken muss. Darauf setzen muss, dass er mit totaler Kooperation glimpflich aus der Sache kommt, eine Art Kronzeugenstatus bekommt.

»Du schaffst das«, sagt Sirin und sieht so zuversichtlich aus, als müsse er lediglich einen harmlosen Jungsstreich beichten. Sirin und Jonas sind ab jetzt ein Team, das merkt man nicht nur in den Worten.

»Wir haben viel Schlimmeres durchgestanden.«

Irgendwann steht Eliza auf.

»Ich habe noch was zu erledigen.«

Mona erhebt sich.

»Soll ich mitkommen?«

»Nein«, sagt Eliza und strafft sich. »Das muss ich alleine machen.«

Ehrlich gesagt braucht sie auch etwas Zeit für sich. Zeit, um das zu verdauen, was Jonas ihr über ihre Geschichte mit Alexander erzählt hat. Die Kölner Nacht ist klar, hier und da glänzt der Asphalt noch feucht, aber am Himmel sind trotz der Straßenlaternen und Leuchtreklamen ein paar Sterne erkennbar. Eliza greift nach der Zigarettenschachtel, die ihr Franziska aus dem Kiosk mitgebracht hat. Doch als sie eine Zigarette herauszieht, überfällt sie Unlust, fast ein Ekel vor dem Gefühl, den Rauch einzuatmen.

Auch das ist vorbei.

Sie schenkt die fast volle Packung einem bärtigen Obdachlosen, der unter einer Geschäftsbalustrade seinen Schlafsack ausgerollt hat und versunken in seine Bierflasche starrt.

»Langes Leben, junge Frau«, ruft er ihr vergnügt nach, als er bemerkt, dass sie ihm nicht nur Zigaretten, sondern auch fünf Euro zugesteckt hat.

Zielstrebig geht sie durch das dunkle Köln, sie braucht nicht mal mehr Google Maps, so vertraut sind ihr die Straßen um die Ringe schon. Schon von weitem sieht sie das Neonschild der Karaokebar. Kurz bleibt sie stehen und holt noch mal tief Luft.

»Auf in den Kampf, Süße!«

Sie sagt es laut, als bräuchte sie noch einen letzten Kick, um abermals die Höhle des Löwen und den Schauplatz ihrer größten Schmach zu betreten. Der Türsteher erkennt sie sofort, lächelt süffisant und hält ihr weit die Tür auf.

Der Laden ist wie bei ihrem letzten Besuch in Schwarzlicht getaucht und mit neonfarbenen Glitzer-Accessoires geschmückt. Auf dem Weg zur Bar wird sie immer wieder erkannt, einige lachen, ein Mann applaudiert sogar. Eliza geht stoisch weiter, den Blick fest auf die blonde Barkeeperin gerichtet, die gerade dabei ist, einen giftgrünen Cocktail zu shaken. Als sie Eliza erkennt, strahlt sie und begrüßt sie wie einen Stammgast mit Küsschen links, Küsschen recht. Vielleicht glaubt sie, Nest habe sie für das Fail-Video bezahlt. Als sei das alles nur ein riesiger Marketing-Gag, mit Eliza als besonders ausgebuffte Schauspielerin mit Geldsorgen.

»Einen Barbie Girl, bitte«, bestellt Eliza.

»Na klar«, freut sich die Barkeeperin und zwinkert ihr verschwörerisch zu.

»Ich denke mal, der geht aufs Haus.«

Mit ihrem rosa Cocktail bewaffnet, schaut sich Eliza erst mal richtig um. Und da, da ist er. Jan-Eric Nest. Auf seinem Stammplatz zwischen Bar und Bühne hat er sie längst entdeckt und fixiert sie wie ein Greifvogel. Er trägt heute ein weißes Hemd und eine sandfarbene Chino-Hose. Auf seine Stirn hat er eine Armani-Sonnenbrille geschoben. Breitbeinig sitzt er auf dem Barhocker, den Arm lässig auf die Bar gelegt, und an seiner Seite eine junge Frau, die keinesfalls älter als 20 ist und ebenfalls an einem Barbie Girl nuckelt.

Er sitzt da wie ein Gewinner, spöttisch, gönnerhaft. Jetzt winkt er sie doch tatsächlich zu sich heran, und Eliza nähert sich, ein wenig linkisch, schüchtern. Der Weg ist weit, mindestens sieben Meter, und zahlreiche Augenpaare beobachten sie. Das Herz von Eliza klopft schnell. In diesem Moment schnippt Nest in der Luft und der DJ versteht ihn sofort – das Barbie Girl kommt. Und tatsächlich, Eliza nimmt Kurs auf die Bühne. Jetzt schauen noch mehr Gäste, nicht nur die, die sie sofort erkannt haben. Rhythmisches Klatschen setzt ein, und Elizas Gang wird immer zaghafter. Noch drei Meter, zwei Meter. Jetzt ist sie nur noch einen Meter von Nest entfernt, der auch zu klatschen begonnen hat.

»Der Abstand passt«, denkt Eliza und weiß, dass sie nur einen einzigen Versuch hat.

Und dann stolpert sie über ihre eigenen Füße. Die rosa Cocktail-Brühe spritzt aus ihrem Glas direkt auf Jan-Eric Nest. Die blonde Barkeeperin kriegt sich nicht mehr ein vor Lachen, glaubt wohl immer noch an die perfekte Inszenierung. In Nests Gesicht wie auch auf seinem weißen Hemd und im Schritt seiner Chino breiten sich dunkelrosa Flecken aus. Nest springt wütend auf, die Sonnenbrille rutscht ihm quer über das Gesicht. Vor Schreck hat wohl DJ Tommi die Musik ausgemacht, denn jetzt ist es still, nur der Barhocker scheppert lautstark zu Boden.

»Hups«, sagt Eliza, die plötzlich sehr fest und selbstsicher auf ihren Füßen steht. Lässig greift sie sich eine Serviette von der Theke, schiebt Nest die Sonnenbrille wieder auf die Stirn, tupft ein paar klebrige Tropfen vom Gesicht und streicht ihm mit ihrem Fingernagel wie zufällig über die Wange. Dann lässt sie die Serviette fallen, dreht sich um und geht.

Hinter ihr ist noch allerlei Tumult, dann setzt die Musik wieder ein, es ist immer noch Barbie Girl und unter den quietschigen Klängen verlässt sie mit hoch erhobenem Kopf die Bar.

»Witzige Performance.«

Der Türsteher grinst sie zum Abschied so verschmitzt an, dass sie ihn spontan in den Arm nimmt.

Hoffentlich verlierst du deinen Job nicht wegen meiner Recherchen, denkt sie, ist aber zu euphorisch, um ein schlechtes Gewissen zu haben.

Als sie wieder bei Sirin ankommt, sitzt da nur noch Mona in der Küche.

»Du siehst verändert aus.«.

»Ich habe mich gerade mit Nest duelliert.«

Mona klatscht. Die beiden öffnen noch zwei Flaschen Limo, und Eliza erzählt ihrer Freundin alles, jedes Detail, haarklein.

»Ich habe es genau hingekriegt mit dem Stolpern. So gut! Das war einer der schönsten Momente in meinem Leben. Egal was aus der ›Love & Found‹-Geschichte wird, das war es wert.«

Sie nimmt einen tiefen Schluck.

»Wo sind eigentlich die anderen?«

»Zur Polizei gegangen. Jonas hat einen Anwalt angerufen, einen alten Freund von ihm, und der hat ihm geraten, sich so schnell wie möglich zu stellen. Er war aufgrund der Schwere der Vergehen alarmiert, hat aber wohl schon eine Verteidigungsstrategie im Kopf. So eine Sache dürfe bloß nicht unfreiwillig enthüllt werden, hat er gesagt. Jonas muss glaubhaft zeigen, dass er aus Reue gesteht. Und Franziska hat ihm versprochen, dass die Geschichte erst in ein paar Tagen erscheint. Und dass alle Aussagen im Artikel vorher mit dem Anwalt abgesprochen werden, damit Jonas auf keinen Fall mehr Schwierigkeiten als nötig bekommt.«

»Was hier alles los war! Ich war doch nur kurz weg.«

Mona fängt an, die Spaghetti-Teller abzuspülen, während Eliza noch einen Moment die Augen schließt und an ihren Triumph denkt.

»Wie verkraftest du es mit der Wahrheit um Alexander?«, fragt Mona und schrubbt mit einer an den Bürsten schon bräunlichen Spülbürste die Soßenreste von den Tellern.

Eliza zuckt mit den Schultern.

»Habe ich dir eigentlich erzählt, dass ich neulich einen Mann reanimiert habe?«, antwortet sie mit einer Gegenfrage. »Da ist einer umgekippt, einfach so, der hatte die Einkaufstüte noch in der Hand. Ich habe so lange eine Herzmassage gemacht, bis er wieder geatmet hat. Einfach so. Das habe ich geschafft. Er wäre tot gewesen, aber ich habe ihn gerettet. Und weißt du, ich denke mir jetzt einfach, dass ich genau dort sein musste, um genau dieses Leben zu retten. Vielleicht musste auch ein Alexander kommen. Und mich aufwecken.« Sie setzt noch mal die Flasche an.

»Oder ist das jetzt so ein Quatsch vom Universum?«

Sie schaut zu Mona, die sich jetzt über den restlichen Abwasch von Sirin hergemacht und die eingetrockneten Teller mit der rauen Seite eines nicht mehr ganz frisch wirkenden Schwamms bearbeitet.

»Om«, sagt Mona und spritzt Eliza mit ein wenig Spülwasser an.

»Sirin hat vielleicht Krebs«, erzählt Eliza jetzt. Mona muss es wissen. »Vielleicht hat sie Glück, aber vielleicht wird sie uns in den nächsten Wochen und Monaten dringend brauchen.«

Sie sagt »uns«, weil sie nicht will, dass sich Mona ausgeschlossen fühlt. Sirin ist ihre neue Freundin, das ist klar, aber auch Mona gehört dazu.

Ihre Freundin nimmt sie jetzt in den Arm, obwohl ihre Hände ganz nass und schaumig sind.

»Wir stehen Sirin zu Seite. Wer, wenn nicht wir beide?«, sagt Mona. »Wir zwei wissen, was Kummer ist.«

ELIZA

Am nächsten Morgen geht Eliza zum Friseur. Sie ist mit dem dringenden Wunsch aufgewacht, sich zu verändern. Sirin hat sie zu ihrer Lieblingsfriseurin Melda geschickt.

»Was soll's sein?«, fragt Melda.

Eliza schaut sich im Spiegel an. »Schneid mir die Haare ab«, sagt sie und zeigt auf ihre dicken, weichen Wellen. »Ich hatte sie ewig so lang. Und außerdem habe ich es satt, jetzt dauernd erkannt zu werden.« Melda fängt an zu schneiden.

»Du bist die Frau aus dem Video?«, fragt sie. »Ich habe dich heute Morgen gesehen.«

Eliza verzieht das Gesicht.

»Bitte nicht!«

Doch Melda ist nicht zu bremsen.

»Ich finde es so cool«, sagt sie. »Man sieht sofort, dass das nicht gestellt ist. Ich mache auch regelmäßig Erste-Hilfe-Kurse, aber bislang durfte ich mein Wissen noch nicht ausprobieren.« Sie lacht. »Ist wahrscheinlich auch besser so. Da lässt man lieber Profis wie dich ran.«

Eliza versteht gar nichts mehr. Was für ein Video?

»Was für ein Video?«, fragt ihr Spiegelbild Meldas Spiegelbild, die eine Strähne nach der anderen sorgsam abschneidet.

»Deine Haare sind wunderschön«, sagt Melda. »Sollen wir die für krebskranke Kinder spenden? 30 Zentimeter, Länge passt, ich muss sie nur vorher flechten.«

Eliza nickt.

»Klar. Welches Video?«, fragt sie noch mal, und Melda schaut sie verständnislos an.

»Das Video über die Erste Hilfe. Du machst da eine Herzmassage und der Mann überlebt. Ein Influencer hat das heute Morgen geteilt und jetzt geht es durch die Decke.«

Sie sucht kurz in ihrem Handy und drückt es ihr in die Hand. »Hier, bitte. Und sag mir nicht, dass du es nicht bist. Ich erkenne deine Haare!«

Eliza schaut sich das Video an, dann noch mal und noch mal. Das ist sie auf dem Video, eindeutig. Aber es ist, als würde sie einer Fremden zusehen. Sie agiert ruhig,

315

als wüsste sie genau, was sie tut. Die Herzmassage ist kräftig, gezielt, sie kann den Rhythmus fast mitsingen.

»Staying alive, staying alive …«

Aber der Mann, der Mann ist ja voll zu erkennen. Das ist nicht erlaubt. Wer um Himmelswillen hat dieses Video einfach gepostet?

»Du bist berühmt und ich bin deine Promi-Friseurin«, sagt Melda zufrieden, als sie ihr Stufen in ihren neuen Kurzhaarschnitt schneidet.

Eliza guckt in den Spiegel. Fast genauso eine Haarlänge hatte sie, als sie Abitur gemacht hat. Aber jetzt steht ihr der Schnitt noch viel besser.

»Das bin ja ich!«, sagt sie glücklich.

Melda schaut sie verwundert an.

»Ja, klar. Aber es ist doch jammerschade, dass dich jetzt niemand mehr wegen des Videos erkennt.«

In diesem Moment bekommt sie eine WhatsApp.

> SIRIN
> Labor hat angerufen.
> Wir reden gleich.

Eliza lässt Melda nur mit Mühe und Drängeln zu Ende schneiden, föhnen darf sie nicht mehr. Sie läuft zur U-Bahn, eine nette Frau hält ihr die Tür offen, und sie sprintet hinein. Mit nassen Haaren und außer Atem drückt sie die Klingel. Sirin steht wieder im Türrahmen, diesmal ist sie angezogen, Jeans, ein dunkelgrünes Sweatshirt. Eliza muss sie nur ansehen und weiß sofort, dass die Nachricht des Labors nicht den erwünschten Fehlalarm gebracht hat. Die beiden nehmen sich in den Arm.

»Komm rein«, sagt Sirin gefasst. So tapfer.

»Jonas ist noch bei der Polizei. Könnte was dauern.«

In der Küche setzen sie sich einander gegenüber hin, Sirin zündet sich eine Zigarette an. Eliza würde auch gerne eine rauchen, sie ist so schockiert, aber sie lässt es lieber.

»Eben hat mich die Ärztin angerufen. Zuerst hat sie sich ziemlich umständlich für die Verzögerung entschuldigt. Fand ich zwar okay, aber die hat mich ganz schön zappeln lassen, schon wieder.« Sie inhaliert noch einmal tief. »Dann hat sie gesagt, sie hat eine gute und eine schlechte Nachricht. Da wusste ich es schon. ›Sie haben Krebs‹, hat sie gesagt. ›Das ist hoffentlich die schlechte‹, habe ich gesagt. Meine Fresse, die hat echt Quiz mit mir gespielt.«

Eliza nimmt ihre Hand. »Was ist die gute Nachricht?«

Sirin schüttelt den Kopf. »Das habe ich sie natürlich auch gefragt. Also, es ist Brustkrebs. Ein Tumor, ein bösartiger Tumor. Aber eine schwächere Form. Ein Tumor, den normalerweise ältere Frauen kriegen. Einer, der nicht so schnell wächst. Einer, der wahrscheinlich gut in den Griff zu bekommen ist. Und er ist klitzeklein. Yay, was für eine tolle Nachricht! Verfickte Scheiße.«

Sirin raucht weiter und weint ein bisschen.

»Aber ich zieh das jetzt durch. Ich hab dich, ich hab Jonas. Ich schaffe das. Operation, Bestrahlung, Chemo, wenn's sein muss. Ich hab das so verstanden, als ob das wirklich gut behandelbar ist. Vielleicht höre ich auf zu rauchen, was meinst du?«

Sie drückt die Zigarette aus und fasst sich an beide Brüste.

»Notfalls schneide ich sie ab. Titten werden überbewertet.«

ELIZA

Der Erscheinungstermin des Artikels ist perfekt abgestimmt. Eliza und Franziska haben von der Polizei einen Tipp bekommen, wann die Hausdurchsuchung in den »Love & Found«-Räumen stattfindet. Die beiden Reporterinnen stehen im Morgengrauen bereit, während Anna in der Redaktion auf ein Signal wartet. In dem Moment, in dem die ersten Rechner und Festplatten von Polizisten aus den Büroräumen getragen werden, veröffentlicht Anna die wohl längste und aufregendste Geschichte, die »Melli« je gesehen hat. Exklusiv. Eliza hatte schon vorab Zusammenfassungen mit den wichtigsten Erkenntnissen geschrieben und Anna verschickt sie an alle Nachrichtenagenturen. Nicht nur Franziska und sie stehen in der Autorinnenzeile, sondern auch Mona, Ehrensache.

Durch die gute Vorbereitung greifen alle großen Nachrichtenmagazine und TV-News-Sendungen die

Geschichte mit Bezug auf die Recherchen von »Melli« auf. Franziska, Eliza und sogar Anna geben Interviews, selbst einige englischsprachige Medien interessieren sich für den betrügerischen Datingportal-Gründer und die Tausenden Fake-Profile, mit denen er Singles ausgenommen hat.

Für besondere Aufregung sorgt in der Enthüllungsgeschichte die sogenannte Operation Hook, geleitet von einem smarten jungen Programmierer. Hier wurden besonders die romantisch veranlagten User in den Fokus genommen. Statt mit sexy Profilfotos wurden sie mit intensiven Chats geködert. Dafür wurde die Betaversion einer Künstlichen Intelligenz aus den USA genutzt, die bei »Love & Found« mit allerlei Liebesvokabular gefüttert und so trainiert wurde, dass sie in den allermeisten Fällen sehr adäquat und emotional reagieren konnte. »Es ist erstaunlich, wie gut das funktionierte«, sagt ein Informant aus dem engsten Kreis des »Love & Found«-Gründers (Name liegt der Redaktion vor). Offenbar sind die Menschen in Chats gar keine großen Variationen mehr gewöhnt.

Im Gegenteil. Gerade die Möglichkeit der KI, auch schnell mit längeren Texten zu reagieren, wurde durchweg als besonders aufmerksam und liebevoll empfunden. Auch das gute Gedächtnis der KI konnte punkten. Die Software merkte sich alle möglichen Vorlieben und Abneigungen und konnte so perfekt auf die jeweiligen Bedürfnisse eingehen. Offenbar hoben sich die KI-Texte so positiv von den Chats anderer Nutzer ab, dass manche User und Userinnen ihr geradezu verfallen sind. »Wir haben in unser Operation Hook beobachtet, dass sich überdurchschnittlich viele in die KI regelrecht verliebt haben.«

Ein natürliches Ende fand der Dialog nur, wenn der Wunsch aufkam, sich mit dem »perfekten Match« zu treffen. Hier hatten die Programmierer der Operation Hook keine andere Lösung, als das KI-Profil zu löschen. »Das hat natürlich diejenigen verletzt, die geglaubt haben, den Traumprinz oder die Traumprinzessin gefunden zu haben«, sagt der »Love & Found«-Informant. »Aber zumindest blieben die meisten in den Premium-Abos, einfach in der Hoffnung, dass derjenige wieder auftaucht. Meistens haben sie nach kurzer Zeit einen anderen ins Visier genommen.«

Es war natürlich nur ein Experiment, aber vereinzelt sind die Menschen wochen-, in einem Fall sogar monatelang bei der Stange geblieben. »Wow, die sind ganz schön leicht zufriedenzustellen«, hat der junge Programmierer bei der Polizei zu Protokoll gegeben, der als Whistleblower den ganzen Skandal ans Licht gebracht hat. »Es muss ihnen einfach nur mal jemand zuhören und im richtigen Moment die richtigen Antworten geben.«

Eliza besteht darauf, dieses Zitat mit in den Text zu nehmen. Es ist ihr kleines Mahnmal. Warum hatte sie das echte Leben so lange an sich vorbeiziehen lassen? Um sich dann ungebremst in eine Künstliche Intelligenz zu verlieben? Daran knabbert sie immer noch. Wie die Journalistin in dem Artikel hat sie sich alle ihre Daten rausgeben lassen, den ganzen Chat mit Alexander inklusive aller Fotos. Was hätte sie noch vor ein paar Wochen für dieses Dokument gegeben? Ein ganzes Wochenende hat sie sich in das Chatprotokoll vertieft, manche Passagen wieder und wieder gelesen. Auch sie selbst kommt bei der Lektüre nicht so gut weg.

Warum war es ihr nicht aufgefallen, dass Alexander ständig Sinnsprüche absonderte wie eine Vorratspackung Glückskekse? Warum hat sie ignoriert, dass sich seine verschickten Herzchen, seine Liebesfloskeln, immer wiederholten? Wollte sie es nicht sehen? Oder war es ihr einfach genug gewesen, in ihren eigenen Gefühlen zu schwelgen? Hat sie sich wirklich für Alexander, für den Menschen hinter den netten Worten, interessiert? Oder hat sie sich vor allem in seinen Nachrichten gespiegelt, sich schön und begehrenswert gefühlt? Der ganze Chat ist ein Selbstgespräch, Tausende Wörter und Sätze, geschickt ins digitale Nirwana.

Es reicht ihr nicht, nur Nest, die Operation Hook und sein verlogenes »Love & Found« verantwortlich zu machen. Es hat etwas mit ihr zu tun. Wer in einer Haut aus Glas lebt, ist allein, verdammt allein. Es reicht ihr nicht mehr, drinnen zu sitzen und nach draußen zu gucken. Sie will Nähe, echte Nähe.

Tim hat ihr zumindest zu dem Scoop gratuliert, sie haben länger telefoniert. Sie will ihn nicht zurück.

Vielleicht noch nicht, vielleicht nie mehr. Aber sie will reden. Aufarbeiten. Das ist sie ihm, ist sie sich schuldig.

Alexander, dessen Profil für die Aktionen mehrfach kopiert und benutzt worden war, wollte erst gegen »Love & Found« klagen, wurde aber von Sirin schnell von dieser Idee abgebracht.

»Irgendwie blöd, Papa, wenn dein aus dem Ruder gelaufenes Liebesleben in die Öffentlichkeit gezerrt wird«, hatte sie ihn mit hochgezogener Augenbraue gefragt. »Oder?«

Er hat sofort erschrocken abgewinkt. Soweit hatte er gar nicht gedacht. Sirin war allerdings nicht ohne Hintergedanken, hat sie ihr gebeichtet. Schließlich steckt Jonas hinter der Operation Hook, er hat die Künstliche Intelligenz mit Liebesfloskeln gefüttert und auch das Profil von Alexander kopiert. Eine kleine Vergeltung für Sirins traurige Kindheit oder einfach nur ein fehlgeleiteter Versuch, mit seiner großen Liebe in Verbindung zu bleiben? Sirin hat ihn nicht gefragt und will es auch gar nicht so genau wissen. Unbedingt vermeiden will sie jedoch, dass er noch mehr Ärger bekommt.

Sie treffen sich alle zur Feier der Veröffentlichung am Abend im Backpack-Palace. Alle sind da, außer Anna, die Stellung in der Redaktion hält, Presseanfragen entgegennimmt und wahrscheinlich gerade zum x-ten Mal die explosionsartig gewachsenen Reichweiten studiert, gierig wie ein Investmentbanker die Börsenkurse.

Sirin wird in zwei Tagen operiert und vorher will sie es »noch einmal richtig krachen lassen«, hat sie angekündigt. Sie hat sich selbst ein Google-Verbot auferlegt, zumindest zum Thema Krebs. »Ich glaube fest daran, dass alles gut wird«, sagt sie bei jeder Gelegenheit. »Aber für alle Fälle will ich jetzt noch ein wenig Spaß haben.«

Eliza wird mit ihrer Kurzhaarfrisur fast gar nicht mehr auf das Karaoke-Video angesprochen. Aber auch nicht auf die Lebensrettung. Es ist ihr auch lieber so. Zu viel Popularität strengt sie an und auch die Enthüllungsgeschichte hat für einiges an Aufmerksamkeit gesorgt. Auf ihre kurze Karriere als Social-Media-Star kann sie jedenfalls gut verzichten, über die journalistische Anerkennung jedoch freut sie sich sehr.

Karl-Heinz steht an der Jukebox, lächelt selig, und in seinem Schnurrbart hängt mal wieder Kölsch-Schaum. Er wirkt so echt und nah, dass Eliza fast heulen muss. Vor ein paar Abenden haben sie zusammen an der Theke des Backpack-Palace gesessen und lange geredet. Mit seinem Dialekt ist er gar nicht so leicht zu verstehen, aber Eliza gewöhnt sich langsam an die kölschen Töne. Sie haben lange über Annemie geredet, mit der er 40 Jahre verheiratet war. Sie waren ein Team, hatte ihr Karl-Heinz erzählt, in all den Jahren vielleicht fünf Tage voneinander getrennt. Was sie alles gemeinsam erlebt hatten? Vor allem Alltag, aber der war auch nicht immer einfach. Einmal waren sie so pleite, dass ihnen sogar der Strom abgestellt wurde. Sie haben sich Kerzen angezündet und auf einem Campingkocher Suppe gekocht. Wie er es erzählt, hört es sich nicht nach Familiendrama an, sondern wie ein kleines Abenteuer.

»Mit der Annemie konntest du Pferde stehlen und wenn es sein musste auch andere Sachen«, hat Karlheinz erzählt und dabei ein bisschen geweint. Eliza hatte ihm von ihren Eltern erzählt, von Tim und von Keith Richards. Er hat einfach zugehört und immer wieder »Mädchen, Mädchen« gesagt. Es war vielleicht der schönste Trost, den sie je bekommen hatte. Einen guten Kerl wie ihn kann kein Algorithmus erfinden, denkt sie. Auch nicht einen wie Michael. Oder eine Kollegin wie die quietschige Franziska.

Selbst Jonas. Sie haben ein Gespräch unter vier Augen geführt, ein langes Gespräch. Eliza wollte genau wissen, wie sie zum Opfer der Operation Hook geworden ist. Er hat es ihr erklärt, in allen Details. Beide haben sich nicht geschont in dem Gespräch, an manchen Stellen ist Eliza sehr wütend geworden.

Die Operation Hook sei nie als Langzeit-Bespaßung geplant gewesen, hat Jonas ihr erzählt. Eigentlich sollten damit nur Nutzer bei der Stange gehalten werden, die zu früh abspringen, weil sich keine interessanten Kontakte ergeben. Zwei, drei charmante Nachrichten sollten es sein, um die Zeit bis zu einem echten Kontakt zu überbrücken.

»Du hast das System gesprengt. Das ganze Team hat fassungslos beobachtet, wie du unaufhörlich weiter geschrieben hast, ohne auch nur den Versuch zu wagen, ein Treffen vorzuschlagen. Unsere Künstliche Intelligenz hat dabei aber auch richtig viel gelernt, sie ist immer besser geworden.«

Er zögerte kurz, entschloss sich dann aber für vollkommene Offenheit.

»Ehrlich, du warst Gesprächsthema Nummer eins in unserem Team, an Alexanders Nachrichten haben fast alle mitgedichtet, die KI hat das noch nicht alleine geschafft. Das hat richtig Spaß gemacht, eine Teambuilding-Maßnahme. Irgendwann haben wir Wetten darauf abgeschlossen, wann du endlich zur Sache kommst. Als du ihn nach dem Date gefragt hast, da gab es Champagner für alle. Während der Korken ploppte, hat Jan-Eric persönlich in der Datenbank das Profil von Alexander gelöscht.«

Eliza bekam einen heißen Kopf bei seinen Beschreibungen. Was für eine Schmach! Doch fast gleichzeitig wuchs ein innerer Widerstand, es war schrecklich, aber auch lustig. Warum sollte sie sich schlecht fühlen, wenn andere sich so mies verhalten?

»Ich bin halt nicht wie alle anderen«, sagte sie und fragte sich kurz, ob das eigentlich gut oder schlecht ist.

»Ein analoges Fossil im digitalen Zeitalter.«

»Es tut mir leid!«, hat Jonas gesagt. »Es tut mir unendlich leid.«

Sie kann ihm verzeihen. Es war schon schlimm, was er getan hat, aber sie kann ihn auch verstehen. Er war liebeskrank gewesen, vielleicht schlimmer als sie, und konnte so in die Fänge von Jan-Eric Nest geraten. Ohne die Operation Hook und den ganzen Alexander-Wahnsinn wäre sie Sirin nie begegnet, und das wiegt für Eliza vieles auf. Und auch Jonas und Sirin wären vielleicht nie wieder zusammengekommen.

Jan-Eric Nest sitzt in Untersuchungshaft und wird hoffentlich bestraft werden für seine zynische Geschäftemacherei.

Sie selbst hat ein Leben gerettet. Anna war es gewesen, die das Video der Herzmassage gepostet hatte. Sie war bei Elizas Einsatz zufällig dazugekommen und hatte als gute Journalistin erst mal die Kamera gezückt. Nachdem das Karaokevideo viral gegangen war, hat sie alles in Bewegung gesetzt, um den Geretteten zu finden, und sich von ihm die Erlaubnis geben lassen, den Film zu posten. Er war sofort einverstanden gewesen. »Ich sehe zwar nicht sehr vorteilhaft darauf aus, aber wenn es meiner Lebensretterin hilft, okay.« Dann hat sie beim Verlagsleiter Onlinemarketing-Budget locker gemacht – »Wir müssen doch den Ruf unseres Magazins schützen.« Befriedigt hat sie dann tagelang beobachtet, wie die Views der Lebensrettung hoch- und die des Karaokevideos runtergingen.

Sie haben sich sogar kennengelernt, seine Kinder hatten um ein Treffen gebeten. Alle waren so wahnsinnig gerührt und dankbar, dass es Eliza ein wenig peinlich war. »Ich habe einfach nur reagiert«, hat sie ein wenig hilflos gesagt, und als sie wieder und wieder in den Arm genommen wurde, hat sie nach einer Stunde einen Termin vorgetäuscht und war geflüchtet.

»Ich nehme Wünsche entgegen«, ruft Karl-Heinz jetzt in die Runde. Eliza nimmt Sirin in den linken Arm und Mona in den rechten. »Kasalla!«, ruft sie zurück. »Auf die Liebe und das Leben!«

In einer Ecke der Bar entdeckt sie jetzt Marianne und Alexander, die ein wenig verloren herumstehen. Eliza hat Sirin gedrängt, die beiden einzuladen.

»Ja, sie waren lausige Eltern. Aber immerhin, du hast noch welche. Versuch doch, dich zu versöhnen.«

Und als das nicht richtig zog, setzte Eliza nach.

»Jonas hat dir auch eine Menge verziehen.«

Marianne hat sich schick gemacht, sie trägt ein glänzendes Ensemble in Schwarz und hohe Schuhe. Damit sieht sie glamourös und ziemlich deplatziert aus im Backpack-Palace. Sie hält sich an einem Glas Wein fest, wirkt aber noch ziemlich nüchtern. Alexander legt hin und wieder den Arm um sie, was sie zu genießen scheint, denn sie lehnt dann mädchenhaft ihre perfekte Frisur an seine Schulter. Daneben steht Sirin, die zwar immer wieder die Augen verdreht, aber trotzdem nicht ganz unglücklich mit ihren Eltern zusammen aussieht. Alexander zwinkert Eliza durch die Bar heimlich zu, sie lacht und schüttelt nur leicht mit dem Kopf. Nein, nein, nein. Ganz bestimmt jetzt kein Techtelmechtel mit dem falschen Alexander anfangen, der in ihrem Kopf so lange der echte Alexander war. Oder war es andersrum …?

An der Theke steht auch Mona und unterhält sich angeregt mit der Kioskfrau. Die beiden wirken, als hätten sie sich jede Menge zu sagen.

»Pass auf, Mona, gleich holt sie die Karten raus«, denkt Eliza amüsiert. »Und dann musst du der Wahrheit ins Gesicht sehen.«

Der Kasalla-Song läuft, und Eliza will tanzen, unbedingt. Sie läuft auf Sirin zu und zieht sie auf die Tanzfläche, die versteht sofort.

»Leben, leben, leben!« ruft ihr Eliza durch den Lärm der Kneipe zu, und Sirin springt im Takt der Musik wie ein Gummiball. Eliza reckt eine Hand nach oben und singt mit, ganz falsch, aber es fühlt sich richtig an. Alles ist lebendig. Ihr Köln-Gefühl, da ist es wieder! In Eliza steigen Glücksgefühle auf wie kleine Luftbläschen in einem Swimmingpool. Wäre das ein Roman, würde jetzt der Lachfältchen-Mann reinkommen und mich küssen, denkt sie, und in diesem Moment geht die Tür auf.

Zuerst kann sie nicht erkennen, wer eintritt, aber dann sieht sie Mia und Nik im Eingangsbereich stehen. Ein bisschen schüchtern, so als ob sie nicht wüssten, ob sie vielleicht doch falsch sind. Ach Mona. Sie muss ihnen Bescheid gegeben haben, und dann haben sie sich ganz allein in den Zug gesetzt. Wie schön. Sie betrachtet ihre Kinder plötzlich mit anderen Augen, zwei fast erwachsene Menschen, die sie großgezogen hat und die jetzt alleine in die Welt ziehen. Auf einmal ist sie richtig stolz. Sie ist vielleicht nur eine mittelmäßige Mutter, aber dafür sind sie ganz wunderbar gelungen.

Endlich haben die Kinder sie auf der Tanzfläche entdeckt, sie gucken ziemlich erstaunt, kommen dann erleichtert auf sie zu. Sie breitet ihre Arme weit aus.

»Lasst euch küssen«, ruft sie, und es macht ihr wirklich nichts aus, dass beide synchron und demonstrativ das Gesicht verziehen.

ENDE

VERNETZT EUCH
MIT MIR!

Ihr habt »Haut aus Glas« gelesen, und jetzt bin ich so gespannt, was ihr dazu denkt. Wollt ihr eine Fortsetzung? Mit welchem Charakter fühlt ihr euch besonders verbunden oder über wen wollt ihr mehr erfahren?

Tragt euch unter www.poulakos.de in meinen Newsletter ein und vernetzt euch mit mir auf Facebook oder Instagram. Natürlich freue mich auch über eine Rezension auf Amazon, das hilft uns Autorinnen sehr.

Ich freue mich, von euch zu hören und zu lesen!

Herzliche Grüße aus Köln,
Ismene Poulakos

DANKE

Ich danke dem Schriftsteller Bernhard Hofer und seiner Frau Anna, ohne deren »Bootcamp« ich diesen Roman vielleicht nie geschrieben hätte. Was für ein Glück, dass ich euch durch Zufall auf Instagram gefunden habe! Ich kann nur jedem Menschen mit unerfülltem Buchwunsch empfehlen, sich in die kompetenten Hände der Hofers zu begeben.

Ich danke meiner Lektorin Katharina Spangler, die mir zur richtigen Zeit die richtigen Impulse und ein »Big Picture« gegeben hat. Von ihr habe ich gelernt, was »Infodump« ist, und werde es nie mehr vergessen.

Ich danke meinem geliebten Partner Gerd, dem Mann, der unerschütterlich an mich glaubt, auch wenn ich ihm mit meinen Zweifeln in den Ohren liege. Er hat mich darüber hinaus mit seiner Motorsportverrücktheit zu einer Romanfigur inspiriert und zu mehr. Danke, dass du an meiner Seite bist.

Großen Dank an meine erste Testleserin und Freundin Vera, die den Roman in einem rudimentären Zustand gelesen und mir trotzdem mit ihrem positiven Feedback so viel Rückenwind gegeben hat. Ebenso danke ich Katharina Grünewald, Kerstin Winter, Peter Pauls, Tanja Diehl und Stefanie Beemelmanns, die mir alle nach der Manuskriptlektüre sehr wertvolle Bearbeitungs-Impulse gegeben haben.

Ich danke meinen Kindern Joshua und Luzi. Ich war wohl auch nur eine mittelmäßige Mutter, aber ihr seid der Motor meines Lebens und ich liebe euch wie verrückt. Danke, Ben, für die Messlatte. Wenn ich dich irgendwann zum Lesen bringe, dann habe ich es geschafft.

Ich danke meiner Mutter, die mir als Kind endlose Stunden vorgelesen und so die Liebe zum Lesen und zur Sprache gesät hat. Danke, Mama, für all die Worte und Unterstützung. Papa, auch dir danke ich, auch wenn du es nicht mehr hören kannst.

Ich danke Stephan Grünewald, der mich mit seinem Buch »Köln auf der Couch« inspiriert und mir viele Einblicke in seelische Zusammenhänge ermöglicht hat.

Ich danke der großartigen Selfpublisherin und Krimi-Autorin Stefanie Schreiber, die mir Mut und mit dem großzügigen Teilen ihres Wissens vieles leichter gemacht hat.

Ich danke meinem lieben Ex-Kollegen Markus Düppengießer für das gründliche Korrektorat. Danke Edgar Lange für die Bearbeitung des Covers. Danke Oliver Uschmann und Volker Jarck für eure hilfreichen Tipps und Hinweise. Danke Markus Röder für die Wegbegleitung.

Keinen von euch allen kann eine Künstliche Intelligenz je ersetzen!